i

为了人与书的相遇

声誉

唐诺 _著

广西师范大学出版社
·桂林·

图书在版编目(CIP)数据

声誉 / 唐诺著. —— 桂林:广西师范大学出版社,
2021.3
ISBN 978-7-5598-2799-9

Ⅰ.①声… Ⅱ.①唐… Ⅲ.①随笔－作品集－中国－
当代 Ⅳ.①I267.1

中国版本图书馆CIP数据核字(2020)第067107号

广西师范大学出版社出版发行

广西桂林市五里店路9号　邮政编码：541004
网址：www.bbtpress.com

出　版　人：黄轩庄
全国新华书店经销
发行热线：010-64284815
山东临沂新华印刷物流集团有限责任公司　印刷

开本：960mm×670mm　1/16
印张：22　字数：250千字
2021年3月第1版　2021年3月第1次印刷
定价：68.00元
如发现印装质量问题，影响阅读，请与出版社发行部门联系调换。

说明

　　二〇一〇年香港书展，梁文道特别找了个我们两人可抽烟的说话地方，很大一部分时间我们谈一个大致已消失掉的书种——"小册子"，原生地是欧陆，时间是感觉有事发生、人得做点事的现实风雨时日。小册子一度是遍在的，很有代表性的是昔日英国的费边社，几个热切关注现实世界又要自己保持耐心沉静和理智的读书人，一本书只专注地、彻底地谈一个问题，把整个世界仔细拆解开来一样一样对付。我记得我们还郑重约定一起来写小册子，中国香港、台湾和内地都各有难题且又纠结一团，当然是梁文道约我定。

　　我们也都晓得这并不容易执行，梁文道缺的是足够大块完整的时间，我缺的则是足够的热切之心，习惯退后半步（可能不止）、习惯旁观，但这个二〇一〇香港约定是季札挂剑……

　　是以，这本《声誉》（原书名《我有关声誉、财富和权势的简单思索》），便是始生于那个热天午后的香港露天咖啡座，是我始终记得要写的小册子（世事蜩螗，书写题目当然一直换来换去、随风而转），

i

快六年了。

只是不知道这样是否算交差、达到梁文道的起码要求？

简单，是小册子书写的基本守则，它设定的书写位置得更低一些、更近一点——这本《声誉》，我于是把自己限定于一般常识的层面，没有任何深奥的东西（说穿了，我也深奥不起来），包括书写内容，包括文字选择，也包括使用的实例和文本。这回，我引述的书，像《瓦尔登湖》《基督山伯爵》《环游世界八十天》等等，尽可能选用一般人读过的、至少有印象的（更通俗的书就真的有困难了，实在没什么可说可用的东西），如果这样话还讲不明白，那就单纯是能力问题了。

常识，正是梁文道一本重要著作的书名（我尤其推荐他的自序那篇精彩文字）。我自己这么想——常识，从其来历看，其实原来多是一个一个深奥高远乃至于会吓到人的东西，这是我们一般所说从睿智界到常识界的必要转变，很长一段时日只存在于某人、某些人不懈的猜想、观察、反复思索修整之中，也是一般人们需要很久很久时间才总算弄懂或依然不太懂但安心接受的东西，像地球绕着太阳转这一来自濒死的伽利略（以及更早那几位智者哲人）的今日常识便是。常识的结晶出来，因此多是结论性的，不带着它的思索发现过程，只留其然不留其所以然，最终往往就是独立的一句话，一个教训，一个命令，空荡荡的，这个常识和那个常识彼此不衔接，其间处处是空白。

极可能不只是彼此不相衔接而已。正因为原是一个一个特定思维末端的结论东西，在这样一个必然诸神冲突的人类现实世界里，像源自李嘉图和源自马克思的基本常识极可能便是矛盾的、彼此吵架的，我们该听谁的呢？当然，我们一般总是彻底实用主义的，看哪个当下合用、当下舒服或有利说哪个，但我想，我们生活中、生命里总会有一些不好这么混下去的特殊时刻、特殊问题（我近年来很喜欢、很有感于这句国王新衣也似的坦白话语："台湾真的打算一直这样混下去吗？"），总会碰到非认真一点不可的问题，总也有需要弄得更清楚的时候。

回忆常识的生成过程，我们也许会想到更多事情，比方，常识因此可能是不足的、是错的，是一种难以察知的时代限制，不因为有过多的人信它为真就自动正确，我们多少得警觉它可能谬误又无碍其强大的不恰当力量；常识是需要不断更新的，它的真正价值，毋宁在于人相信、并要自己保持明智、开放、不偏不倚的心，而不是特定哪句话，太过黏着蛮横的常识有另一个或更合适的名字：愚行，集体的愚行；常识也是有限的，相对于人的认知进展有过早的尽头、过早的结论，它的边界就是人集体的公约数认知，从另一面来看是限缩的，人类真正的思维成果可远远不止如此；还有，我们是否也因此想起来并稍微感激为我们发觉它、最早说出来的那个人？以及不断说明它的那些人？并因此给予今天仍奋力往更深处更正确处探问的人一点空间、一点最起码的敬意，以及一点合情合理的支持——但不急，我们一样一样来吧。

认定这本《声誉》是小册子，把自己限制在一般常识层面上，用常识性材料工作，并时时问自己某一个很简单但其实并没太认真想过的问题，原来这样的书写也是很有乐趣的。也许我这么说有点怪怪的，这有着某种手工匠人的乐趣，把船划好把鱼钓好，我因此想到日本一位大陶艺师匠的感想："不能一直只想艺术作品，偶尔也该烧一些日常实用东西，这样作品才不会不知不觉变得单薄。"——这一整年，我脑中的钉子户字词是"稠密"，卡尔维诺想好了但来不及讲出的题目（他会怎么说呢？）。我用我自己会的方式，努力把这一个个四下散落的常识试着聚拢起来、连缀起来，找东西填补其间的空白，尽可能夯打结实，并希望它们各自"回到"自己较恰当的位置上。当这些认识和判断、这一个个劝诫和命令不再四海皆准，缩小回它们各自原来的尺寸大小，果然如吴清源讲的（"当棋子在正确的位置，每一颗都闪闪发光"），它们不仅更加明智，还带着柔和准确的关怀光亮，是讲给哪些人或怎么一种处境时刻的人听的。

　　只是我完全晓得，这本《声誉》无法真的是一本小册子。小册子根本上是辩论的、说服的，有着坚决如矢的纠正企图，而这是我不可能做到的——我很早（远早于知道爱默生所说辩论无法真正说服人这句话）就不怎么相信辩论和说服，我最远只相信到"说明"这一步。就连说明都是有条件、有前提的，人得对文字语言保有最起码的信任和善意才行，并共同服膺一些传统的（博尔赫斯用语）、其实也就是人思维言说在悠悠时间里凝结的"规矩"（也是其途径），这样才进行得下去。没看错的话，这正是我们此时此刻不断在失去的东西，我们相当意义上正回返古早的部落时代，就连我们这些最抗拒、并意图消解部落主义的人都无可避免被挤成个部落，封闭并不断缩小的部落。

　　托克维尔讲过这样一番话，容易误解但实在说得太好了："一旦我认为一件事是真理，我就不想让它卷入辩论的危险里，我觉得那好像一盏灯，来回摇晃就可能熄灭。"

　　"所有的言辞都需要一种共同的经验。"博尔赫斯这句话，我注意到是写在《莎士比亚的记忆》这本奇妙的书里，可以很简单，也可以很深刻——人的经验也许指的不只是实际上经历过的事而已，经验的获取和存有，仍得取决于人在事情发生当时的心思状态、意识状态，以及稍后的回想整理。人一直在遗忘，自然的，当然也常常是有益的；记忆则多少有勉强刻意的成分，也屡屡带点痛楚和不堪负荷之感。

所以说，就连常识也会得而复失，随着共同经验、共同记忆不再，背反于我们对常识只增不减、只更新不遗失的开朗习见。

那为什么还写呢？是啊。如今，我把人类的书写、人类的智识成果想成某个小池子（曾经都说是大海，但我恰当地缩小了它，这样似乎也可用来许愿了），我们只是一个一个、一代一代把自己的书写结果丢进去，单向的，不问后果后续。报称不发生于我们单一个人、单一作品上，这包含在一整个更大、更长时间的循环里。也许真正的事实是倒过来的，每一个书写者一无例外都是读者、先是读者，我们每个人都先拿走报偿，不断从这一任意取用的池子里拿走自己要的，由此构成现在的一整个自己。所以，不是给予，而是要还的。

接近于一种义务。

目录

从汉娜·阿伦特的愤怒开始

因为瓦尔特·本雅明的缘故，汉娜·阿伦特对"死后声誉"这东西愤恨不已，她确实有理由这么生气，甚至感觉恶心。人们在本雅明死后多年才一拥而来的那些或已超过的赞誉和崇拜（有相当比例是真诚的），要是能够分一点到他生前，本雅明就不必如此狼狈一生，也可以不用四十几岁就绝望自杀于法西边界的比利牛斯山区。当然，能帮助他救援他的不直接是声誉，而是声誉带来的或说可换得的东西，一些钱，或一本护照。

诸如此类的故事我们其实还能想到许多，比方梵高也是，还有爱伦·坡。马克思的丧礼当时没有各国政要也没洪水般涌到全世界团结起来的工人，事实上一共只有十一个人，比起耶稣的最后晚餐出席人数还少一个，也许我们该把心怀不同企图而来如官方卧底的犹大给扣除掉，让十一成为我们该牢牢记住的一个数字，一个有关声誉生前模样的历史常数。

汉娜·阿伦特其实还写过另一篇文章，很容易和她写本雅明的文章想在一起——罗莎·卢森堡，和本雅明一样不到五十岁就死去，但这位远比本雅明勇敢、有生命韧性的了不起女士是被杀害的，卢森堡遇害处的碑文写着："一九一九年一月十五日，卡尔·李卜克内西博士和罗莎·卢森堡博士遭到骑步兵卫队的毒打及暗杀。当时已死或仅是身受重伤的罗莎·卢森堡被抛入列支敦士登桥附近的运河。"

卢森堡也有她的死后声誉，当然比本雅明的黯淡多了，也不真诚多了："除了在俄国革命初期对于布尔什维克政治的精确、令人惊诧的批评之外，罗莎·卢森堡所写所说的全都没流传下来，而它们之所以被保留，是因为那些持'上帝失败了'论调的人们可以将其当作方便而且完全不恰当的武器来攻击斯大林。她的新崇拜者并不比那些诽谤她的人与她本人有更多共同之处。"——这是阿伦特对死后声誉这东西的另一种愤怒（或者说已愤怒无效到成为沮丧了），不仅总是来得太迟，还总是不正确也不干不净。

卢森堡的《资本积累论》是一部应该传世的书。有关马克思所说资本主义将因为自身的经济矛盾而自行崩毁的乐观历史预言始终全无迹象，卢森堡早早（有点太早了，太早总是只让自己身陷困境和险境，这是通则）察觉，说出并提出她的解释，这里，她驳斥了黑格尔和马克思的简易辩证法，以为资本主义的再生产并非进行于一个封闭系统里面，资本主义会持续向外扩张，借由吞噬地球上的其他地区、其他国度来缓解生产矛盾，也就不创造出对立面进入到所谓的革命情境（如卢森堡指出"现代无产者的确贫穷但还不至于穷困潦倒"，也就是不只剩脚镣手铐而已）；卢森堡以为资本主义会不断吸收外部养分来维持其顺利运转，就算谈自我毁灭，那也得等到整个地球被其征服和占据之后。

一百年后的今天看，当然是卢森堡对——卢森堡总是比较对，包括对苏维埃革命的种种忧虑，她预见了"道德的崩溃"，指出"革命的扭曲比革命的失败更加可怕"。

时至今日，我们对本雅明的基本认识算是正确的，只是深刻度、细腻度的问题而已；但对卢森堡，一百年时间依然如阿伦特所说的，充斥着谬误——她依然被说成是所谓的"红色罗莎"，一个狂暴的、动辄失控还喋喋不休的可怕女人云云。卢森堡其实是个温柔而且沉静的人，爱鸟、爱花，"有着单纯感人的仁慈以及诗意的美好"，她对文学、对诗也有极佳的鉴赏力和阅读习惯，所以阿伦特说她，"只是个天生的'书呆子'，如果不是这个世界冒犯了她对于公平和自由的感受，她更宁可埋头在动物学、植物学，或者历史学、经济学和数学之中"。

罗莎·卢森堡最堂皇的墓志铭出自列宁，这是非常著名的一番话，并已成历史掌故："让我们以一个古老的俄国寓言来回答：一只鹰有时候飞得比鸡还低，但是一只鸡永远飞不到鹰那么高。罗莎·卢森堡尽管有错误，但是她过去和现在仍然是一头雄鹰。"但有趣的是，卢森堡自己选的却是另一只鸟，寻常的大山雀，一九一七年二月她在柏林的监牢里写给玛蒂尔德·雅可布的信："我的墓碑上只能写两个音节'zwi-zwi'。这两个音节就是大山雀的叫声，我能够模仿得很像，一听到我的声音，它们马上就会飞来。您想想看，这两个音节往往像闪亮的钢钉一样直率而平淡，而从最近几天以来则带有一点胆小的颤音，一点细微的胸腔音。雅可布小姐，您知道这意味着什么吗？这是即将到来的春天轻轻吹来的第一缕气息——尽管备受冰雪和孤独之苦，但我们（大山雀和我）觉得——春天来了！如果我因为烦躁活不到那一天，不要忘记在我的墓碑上刻'zwi-zwi'……除此以外什么都不要写。"

大山雀罗莎·卢森堡，一八七一年三月五日生（所以是双鱼座人），一九一九年一月十五日死。

千万不要误会汉娜·阿伦特的愤怒，她不是要砸毁声誉这没用东西，刚刚好相反，她在乎而且护卫。阿伦特完全知道这关乎着、牢牢系着多少极重要的东西，包括基本真相，以及随真相而来的历史公平正义讲究，还有，只有凭借着尽可能正确宜当的声誉，我们才能记得、找到某一个值得记住的人，以及他的作为和作品云云。正因为这样，阿伦特不免心急了起来——这一切不能早点完成吗？趁着他还活着时，让他安慰地知道自己做到了什么，可以的话，也让他过得稍微好一点，凡此。

消逝中的死后声誉

这里，我们可能也会多留意到一件事，那就是这种生前几乎无人识得、死后哪天（几年、几十年）世人才突然恍然大悟进而惊动、撼动一整个世界的悲伤例子，好像都不免有点"古老"，比方本雅明之后你还想到有谁？至少该给我们一个名字吧，这好像意味着事情有变，有东西在离我们远去。

声誉、财富、权势（玩紫微斗数的人称之为科、禄、权，人命盘上三个熠熠发亮的点，谁全都拥有便称之为"三奇加会"，意思是最好命的那种人），其中最飘忽不定的应该就是声誉了，而且还步履蹒跚。权势和财富都在人生前完成，是活人的东西；只有声誉，很长一段时间人们普遍相信是人相对短促生命一场、盛装不下也确定不了的，只能和其他我们自知做不完、穷尽一生想不清楚的事一并交代给后世。这不来自于猜测，而是来自于数不清几乎没例外的实证。于是，"真正的"声誉既是死者的殊荣，也同时意味着某一"真相"的终于水落石出，是历史大河里结晶打磨出来的某一成果及其夺目光芒，这个人让我们得着它所以理应赞誉，或我们把它归给这个人，为的是确认、保有这个珍罕成果。

声誉的此一时间延迟本质，不同时代、不同生存地方的人们用各自的话语重复来说，每个人类学者几乎都能在他研究的社群社会里找到相似的格言（意即每个社会皆要求自己深深记住此事），像我们习惯说盖棺论定（也不免伴随着或深或浅的狐疑，真正能论定吗？），英国人则说"真相是时间的女儿"，真相由时间孕生下来（但也会不孕或流产吗？），已到此一世纪今天，我们仍会读到诸如此类的审慎提醒："不应该在媒体迅速反应的'非法法庭'中评判它，而是应该在缓慢的历史法庭中心平气和地考虑所有可以利用的证据。"

如果说"死后声誉"确确实实是在消逝之中，那必定是：或一、我们已发展出更强更有效率的辨识能力了，我们已能赶在人还活着就把声誉赠予他，不必再惹汉娜·阿伦特生气了；或另一，我们已取消了（他者）、放弃了（自己）"死后声誉"这东西，看穿了它的虚妄（"都是捕风，都是虚空"——《圣经·传道书》），连同我们对身后世界种种的大量取消和放弃，我们倾向于相信人死后是没知觉的。年轻时候的小说家张爱玲曾俏皮地说出名要趁早啊，得赶在年轻时还能享用它时，等人不能动了不能谈恋爱了不敢吃这吃那再出名有什么意思呢？不是虚空到真的就只剩虚荣了吗？是的，声誉对老去的人已用途不大（意即换取不了什么可用的东西），多想下去还感觉有点猥亵，更何况已经死去、什么都用不着的人。

会是哪一个呢？还是两者都有？

说的是死后声誉，其实我们能想的当然还是活人的世界，汉娜·阿伦特的愤怒显然也是发向活人的世界，可以计较的事情全发生在活人世界里。

补充一下。我们也能试着这么看——声誉、权势和财富，理应各自对应着三个思维、工作领域，分别是历史学、政治学（也许已转向大众传播）和经济学（也许已是金融了），我们从这三个领域的冷热消长，便再清楚也不过地看出声誉、权势和财富的现实相关变动；如果有人反对这一对应而且言之成理，比方说声誉哪能再归属于历史，明明也已取决于大众传播了，那更代表着我们对声誉、权势和财富的基本认知必须大幅度修改才行，比方这三者是否已不能平行并置了，而是呈现出某种附从、依存关系。

历史，在我们活着的世界里，比诸政治和经济当然早已是个冷去的、没落的领域，就不用再去比大众传播和金融了，谁要看不出这个，很难相信他仍是个活着的人。

契诃夫的笑声

截断时间，让声誉仅止于活人世界会是怎样？

汉娜·阿伦特的愤怒，在一百年前的契诃夫小说里化为一阵笑声。这篇小说名叫《发现》，是一八八六年他二十六岁时的作品，讲五品文官工程师巴赫罗木金活到五十二岁，"像被蛇咬了一口似的"，忽然发现自己原来有极不寻常的绘画才分，搞不好还能写诗，他于是陷入了半天时间的连续沉思和想象里，从那个黄昏一直到入睡。

活着时的声誉模样。

契诃夫数以千计的短篇小说一向焦点集中直指核心，像是一次只处理一个问题，这有点笛卡尔乃至于罗兰·巴特的味道（为什么不可以把蓬松混乱的人生彻底分解开来，每个点都单一是一篇小说？）。但契诃夫通常会多写一个"开头"，兴也，触发也，先从某一件确实常会发生的意外写起，由此转入的小说遂只是人寻常生活的偶然一道岔路、一次奇想、一个水花，乃至于只是个梦。其戏剧性不损害也不替代人日复一日的真实生活，再怎么放声大笑都无妨，也因此小说如此自由，就像我们不讲出来、人们也无从察知的时时刻刻心思自由流动，就像我们内心里的笑声。

巴赫罗木金在那一天午后谁家舞会上遇见了他二十年乃至二十五年前爱上过的一名女子，但昔日美人（"她就能用笑容把一支正熄灭的蜡烛重又点燃"）如今是个干瘦、虚弱、又喋喋不休的老太婆了。"这真是岂有此理，任什么凶恶的意志也不能像大自然这么糟蹋人。要是这个美人当初就知道日后会变得这么猥琐不堪，她会吓死的……"巴赫罗木金一边这么想，一边随手在纸上画，便是在这一刻，他发现自己竟然极传神地画出来那个他爱过的、如今只存于他记忆里的美丽女子头像，稍后，他又画出她如今的老妇头像。

由此，巴赫罗木金（由仆人侍候，吃下一整只松鸡，喝了两大杯昂贵的法国布尔冈红葡萄酒晚餐后）跌入一种浑身软绵绵的沉思里，云端梦游般地想象如果自己当了画家或诗人会是怎样一种光景——他先想到的是自由，可以过一种不寻常的自由自在生活，"不受一切官品和勋章的约束……而且只有出类拔萃的人物才能评断他们的活动"；然后，是荣誉和名望，"不管我在机关里的工作多么出人头地，也不管我爬到什么官品，可是我的名望越不出这个蚂蚁窝……他们就不同了……诗人或者画家，心平气和地睡觉也罢，喝得醺醺大醉也罢。反正连他自己也不知道，在城里或乡下，总有人背诵他们的诗，或者观赏他们的画……谁不知道他们的姓名，谁就会被人认为缺乏教养，无知……Mauvais ton……"

最终，在巴赫罗木金躺上床那一刻，这几小时的想象仿佛凝聚了、完成了，剪接成这样一个完整而且具体的连续画面出来，像一部真实纪录片——这时候他，画家或者诗人，正在黑夜里一步步走回家去……有才能的人往往没有马车，那么不管你愿意不愿意，只好步行……他，这个可怜的人，就一步步地走着，身上穿着褪成红褐色的大衣，说不定连套靴也没得穿……公寓门口有个看门人，这个粗鲁的畜生开了门，看也没看他一眼……在那边，在社会人士当中，诗人或者画家的名字受到尊崇，然而那种尊崇却没给他带来什么好处：看门人并没有因此客气些，仆人们也没因此和气些，家里人更没有宽容些……他的名字固然受到尊崇，可是他本人却遭到白眼……如今他筋疲力尽，饥肠辘辘，终于走进他又黑又闷的房间里……他想吃点什么，喝点什么，可是呜呼！松鸡和布尔冈酒都没有……他困倦极了，连眼皮都合上，脑袋都耷拉到胸口上了，可是他的床又硬又冷，大有旅馆的味道……他得亲手给自己倒水，亲手给自己脱衣服……光着脚在冰冷的地板上走来走去……最后他不住地颤抖、昏昏睡去，知道他没有雪茄，没有马车……知道他书桌的中间抽屉里没有安娜勋章和斯坦尼斯拉夫勋章，下边抽屉里也没有支票簿……

已经是梦话了，巴赫罗木金舒舒服服地睡着了："去他的！去他……的吧……幸好我年轻时没有那个……没有发现我的才能……"

有趣的是，二十六岁已看到此一事实的年轻契诃夫，居然日后还不疑也不懈地继续书写下去，有偏向虎山行的毅然而然味道，他不是也该趁早改行吗？

一个预言性的时代真相

　　这篇小说乍看有点奇怪。一八八六年，还叫俄罗斯，还是沙皇统治，也是让 E. M. 福斯特赞叹"全世界最会写小说的几乎全是俄国人"的那个时代，彼时俄国的大书写者不都是过好日子的人吗？比方普希金、托尔斯泰、屠格涅夫、赫尔岑等等，就连陀思妥耶夫斯基本来说也不是穷人，他也许有过小说中所描述的那种生活甚至更惨，但那是他不节制的生活方式、他近乎自毁的性格使然。

　　倒是因为契诃夫的这篇小说才让我们察觉此一事实真相——原来旧俄这些大书写者高当时人们一大截的特殊生活，是来自于本来就有的、世袭的财富和权势，是有闲但听从某种异样召唤的富人贵族去写诗写小说，而不是写诗写小说的收入及其声誉让他们摇身成为富人和贵族。指出此一时代真相，我们这里绝无一丝一毫嘲讽轻蔑之意，事实上，我以为这些人是了不起的，他们原本可以继续累积财富和权势，但他们各自看到了某些比个人财富和权势更重要也更迫切的东西，生命遂从这里岔出去，走上某一道有种种不可知风险、甚至再回不了头的人稀之径，可能指向流亡和死亡（如赫尔岑），也可能直下最底层过那种一无所有的生活（如亲王身份的克鲁泡特金），至少，今天我们惯看的财富中人、权势中人还有谁这样？托尔斯泰的《复活》，说的正是聂赫留朵夫这个年轻贵族的"忏悔"，只为了营救被不公义审判被放逐到西伯利亚的妓女卡秋莎，抛开一切直追进那个冰封、穷苦、绝望人们的世界里，这样的故事今天不能再写了，因为不成立，我们会说这太假了，太一厢情愿、太戏剧性到难以忍受，就连电视肥皂剧里都不存在这种人这种事。

这也可能让我们想到，同为财富和权势中人，老贵族和资本主义新富豪可能还是大有不同的，就像马克思和恩格斯在《共产党宣言》里指出的那样，还是有不少好东西在这一历史替换中掉落了。列维-斯特劳斯也说，资本主义时代最明显的现象之一便是人"美德"（他真的用美德这个古老板正的词）的不断流失——资本主义对它的获利者从不做任何其他要求，唯一的教谕便是继续投资、扩张、赚钱。

契诃夫是百分之百的穷人出身，在今天还看得到的书信集里，我们反复看到他计算着稿费收入，一行几戈比云云，他于是比任何一个当时的书写者更知道诗、小说乃至于声誉的真正物质价值。而这也成了历史预言，每个国家每个社会步伐不一，但迟早都会走到这里，显现此一真相：一个，套用昆德拉的话，后诗、后小说、后声誉的时代。

愈来愈不可能掉入的陷阱

如此，我们知道了，何以巴赫罗木金的发现"像被蛇咬了一口似的"——这蛇同时也是第一条蛇，《圣经·创世记》里那条蛇。正确来说，不是蛇咬，而是被蛇诱惑去咬了一口让人眼睛明亮起来的禁忌之果，对活于财富和权势伊甸园的人来说，这是不赦之罪。

契诃夫本人，穷了一生，他祖父仍是农奴，父亲自由了却是个破产逃债的卑微小商人。契诃夫十六岁到莫斯科，做两件事，一是念医学院，一是想办法赚钱寄回去养活一家老小兼还债，一直要到四十岁以后才算缓缓从贫穷挣脱出来，但他的人生很像那种破烂连续剧里的好人，受苦受冤二十九集多，最后五分钟才平反获得幸福，令人生气地在幸福终于到来那一刻戏就结束了，这样谁都想当坏人不是？——契诃夫只活四十四岁，死于肺病痼疾，在那个冰天雪地的国家，这是一种穷人病、社会病。

但真的很少看到精神上、心智上这么明亮健康的人（契诃夫因此是我生命里最重要的自怜自伤医治者），若说绝无仅有只他一个，会不会太沮丧太犬儒了些？契诃夫认真、谦逊而且写的东西充满笑声，温暖的开心的笑声，像花干干净净开在最阴湿脏污的角落——他是最摧毁弗洛伊德不实理论的人，童年那一堆（还不止一个、一种）所谓的创伤经历，只是他写小说的源源不绝坚实材料，他用来理解别人同情别人，看懂其他那些贵族出身小说家不易看到也不易看懂的广大俄国下层世界，"化为幸福的诗歌"如博尔赫斯所说的文学工作。唯一致命的一处创伤在肺部，也真的要了他的命。

契诃夫一直是我最喜爱的小说家，这话后头若加上"之一"，也不超过五个（张大春则说是三个，他也极喜爱契诃夫）。我不常谈论他的小说，只一直反复读他的小说如一个生命友伴，好看而且维持心智健康。尤其近几年，我已远远安然活超过他的全部年岁，是个比他年纪大的人了，更感觉这个年轻人真是了不起。

严格来说，契诃夫比本雅明"不幸"多了，这意思是，他的不幸是生命本身的不公正，本雅明则多多少少该为他的如此人生负点责（性格，以及行为）。契诃夫从不拿自己的不幸去挥舞，不是那种我穷过（老大，那都三十年前了）所以我贪婪有理；我被"伤害"（更不止四十年了）所以可以耍赖、可以合理化自己的恶行。契诃夫甚至没看不起这样的人（很惭愧，这我实在就做不到了）。

巴赫罗木金真正发现的，也就不止于自己错失的天分而已。这个发现持续前行柳暗花明，从一个某一天的白日梦缓缓掉头回到现实人生里，还发现了我们其实也不难自己发现的更多东西——包括这个，巴赫罗木金推绝了诱惑，如同什么事也没发生地继续他五品文官舒舒服服人生。一百五十年后的今天，我们也没看到有谁真的落进这个美丽陷阱，而是完全倒过来，更多年轻时日就知道自己写诗小说不凡天分的人，奋力从中挣扎出来，奋力走向巴赫罗木金五品文官式的新人生，为年轻的错误发现做出弥补，正因为起步慢了，往往更积极更坚定也更敢。

进一步，财富和权势的拥有者，大都想望并积极培养儿女接班（还好不一定成功），子子孙孙永宝用，这是财富和权势"世袭化"倾向的最根本推动力量；但是，我环顾我周遭这一干了不起的书写者朋友，能做得到的话，全都努力不让下一代继续自己的路，这有点令人悲伤，会是竟然不相信自己一生所做的这件事吗？应该还不至于，但一言难尽——

人们的行为如此一致，可能就无法用个人抉择来解释，甚至难以诉诸单一特殊社会，这里必定有更恒定更经常的道理存在。

幸福以自身为目的

老年的博尔赫斯这么说，文学工作，是努力把人世间的不幸一一化为幸福的诗歌，而幸福是以自身为目的。

这话本来是近乎自明的基本道理，但愈来愈像是劝告和提醒。

幸福以自身为目的，意思大约是，幸福才是最终的，是真正落回到人身上，是完成了、不再外于我们的一种"美好的状态"，举凡声誉、权势和财富都不是或还没有；也是说，幸福不必再转变为、或说用来换取其他东西，相反地，是其他东西应该（自然地，但也得是明智地）转为幸福，成为有助于幸福的某种东西，就像云化为雨水降到大地。

博尔赫斯的话，如果我们听出来其中的劝告、提醒成分，那必定是，要我们别只停在、纠缠于那些犹待换取的、还不是我们人身可直接"吸收"的雨云状东西半途；还有，提醒我们事情不只如此，人需要的远远不只是物质性的东西而已，否则我们今天还忧烦些什么呢？就物质的种类、数量和品质而言，我们这个时代即便不在天堂，至少也已经来到人类历史上最靠近天堂的地方了（当然，也还有诸多不属于天堂之地，还存在炼狱和地狱），可我们仍得解释并且处理，我们的确有着人类历史未曾有过的普遍忧烦、躁郁和茫然，屡屡感觉这也是个离幸福最远、人连过生活都不大会的时代。

博尔赫斯说诗歌帮人们处理不幸，诗歌也是让人幸福的必要之物，这在今天听来也许古老而且有点好笑，但其实是真的，只是不容易了而已——倒过来说事情就明白多了。人无法拒绝不幸，如古希腊人相信不幸来自于喜怒无常的天上诸神，人只能设法忍受、处理时时袭来的不幸，如果能够的话，最好还能让不幸生出价值来，成为某种有用的生命材料，这正是诗歌对不幸的"处理方式"，所以古希腊人才进一步这么讲："诸神在人间创造种种不幸，为的是让诗人有东西可歌咏。"这当然不是一句风凉话，而是身处不幸之中的人所奋力认清的一个道理。

丁尼生也这么说过："所有的悲伤都可以忍受，如果你把它们放在故事里，或是诉说一个关于它们的故事。"

不幸成为生命材料，就有着不完全一样的意思及其形貌了。人，尤其是工作者，对材料有种自自然然的特殊体认，相当程度能承受它的脏污、沉重、纠结和伤害，材料甚至是人该自己主动去找寻、发见和搜集的（由此从一己逐渐及于他者，进入世界）。因为它是"有用"的，生出了价值，还生成了种种我们难能从别处获取的理解和意义，悲恸也许只是必要的代价，甚至是一道独特的、深刻的小径，引领人走到寻常日子里挖开不了、抵达不到的某一点，远方，或身体深处，人也就不只是单纯受苦而已。不幸，尤其在工作完成、成品出现那一刻，会只是一个个回忆，一个个被包裹起来已没有锋利棱角的东西，只剩沉沉的重量。弘一法师临终写的那四个著名的字——"悲欣交集",这是相当相当准确的幸福模样描述。

博尔赫斯说诗歌让人幸福,更多指的是阅读、吟诵诗的人而不是写诗的人,吟诵的人以较少受苦的代价,得到几乎完全一样的成果和安慰。

我们觉得古老,也许只是普遍遗忘了这门久远的处理不幸手艺而已,不再讲究,不再相信,也就不会了。

博尔赫斯命名为《帮凶》(诗人是大自然不幸的帮凶)的这首诗有这几句:"我承受着宇宙、屈辱、欢乐的全部重负。/我应该为损害我的一切辩解。/我的幸与不幸无关紧要。/我是诗人。"

人们愈来愈把幸福单一赌在物质上,这有其道理,但显然并不够。

所谓的绝对需求

How do you catch a cloud and pin it down ——押在物质，也就是人最根本的生物需求上，我们便得问，声誉、权势和财富这三朵雨云，哪个离地最近？

在契诃夫《发现》这篇小说里，巴赫罗木金原本以为拥有了画家或诗人那样的声誉直接就等于幸福，但在睡着之前他终于成功地看出这两者的距离了，而且，这之间有一个失落的"环节"，那就是财富，或直接说就是物质性的种种东西（松鸡、布尔冈酒、温暖的房间、软的床、马车、雪茄、支票等），似乎是说，声誉要兑换成可享用的人生幸福之前，可能得先通过兑换为财富这道必要手续才行，至少有一部分非得如此不可，这是幸福的"两替"基本规则里最森严的一条。

这极可能是非得承认不可的一个真相，韦伯所说"不舒服的事实"，不承认它处理它，所有我们对人、对世界的进一步善意设想不免都显得轻佻——在所有可能转换为最终幸福的好东西里，财富的确是最靠近幸福的一个，最先的，也是涵盖面最广的。承认它，我们才能看得懂很多事包括可能的未来，尤其是声誉、权势和财富的逐步统一趋向，当然是以财富为核心，由财富来统一。

至少有一部分非得先兑换为物质性财货不可，这就是人生存所需的东西，经济学称之为第一类需求，或更加重语调称之为绝对需求，如凯恩斯所说的："人类的需求可能是没有边际的，但大体上能分为两种，一是人们在任何情况下都感到不可或缺的绝对需求；另一是相对意义上的，能使我们超过他人，感到优越自尊的那一类需求，即满足人优越感的需求，很可能是永无止境的……但绝对需求不是这样。"

超出绝对需求的"多出来"部分，便是经济学家所说人可以"自由支配"的部分，或直接简称为自由。

但这个自由支配的部分，依凯恩斯所言，却一直被限制被导引，投入（应该可用"投入"这积极一词）到"能使我们超过他人"的竞争之中——凯恩斯说的完全是事实。

往上去就是自由

　　"绝对需求"这道森严到无可商量的界限，从古至今一再被人类意识到如阴魂不散，包括才不过半世纪前的马丁·路德·金博士，这个有着黑人自由集体大梦的人，在成功争得美国国会通过全美各州适用的"民权法案"之后，毫不自我陶醉地第一时间就把目标转向经济，以为工作远远没完成，黑人自由的下一个障碍是财富。他太熟悉那种挤在贫民窟里、宿命般毁灭于罪恶大街的遍在黑人家庭，法律也许已保障（或说还给）黑人可以自由搭车选座位、进游泳池（美国一直是游泳项目的全球霸主，但相较于其他运动项目甚至是最贵族味的高尔夫球和网球，至今仍未出现任何一位像回事的黑人游泳选手，这可能无法只用生理条件来解释）、进餐馆、进百货公司，"梅西百货的大门为每个人而开——"，破折号后面当然是：只要你付钱。

　　很可惜，金很快就被个白人疯子暗杀，大梦未酬；但也可能因此避免了失败，毕竟，作为自由的障碍，这真的比让美国国会通过民权法案要难多了，财富远比权势难对付。

"吾所以有大患者，为吾有身"，老子说的是这个身体的存在，也说的是维持这个身体底线也似的绝对需求，无法用思维、用意志、用精神力量、用某种大彻大悟来替代；豁达、自由自在而且精神状态强韧如庄子，也有他实在撑不住的时刻，据说他不得不去跟他的老朋友惠施要过这些东西，并把自己说成是一条困在干沟里、亟需一点点水好活命的鱼——这最低数量的水，就是"在任何情况下都感到不可或缺"的绝对需求。

这道以绝对为名的界限分割得如此森严，让人沮丧、痛苦，但另一面来看，却也让人感觉简单、干脆，目标明确如靶而且充满希望——如此，不也正是说人类问题的关键，就在于让人们满足这个绝对需求吗？只要做好这件事，往上去，就不是我们必须太关心甚至太关心不见得好的事了。纳瓦霍族这么说一种人："他就是那种教羊吃哪一种草的人。"

人挣断生存铁链，自由了，依据个人资质、能力、心志和兴趣云云，顶多再加上运气成分，能走多远，这任何进一步的成就都是"多出来"的、锦上添花的。自由自在如四面八方而去的个体，和因此自自然然不断丰盈起来的人类集体世界，不紧张、不勉强、不矛盾、不存在非怎样不可的种种压力以及诱导欺瞒——卡尔·马克思是最接近这样思维的人，这个屡屡掉落于生存线以下、看似狂暴阴郁的大思维者，其实内心乐观安详。日后的社会主义者最关心分配问题到已成其旗帜，一如另一侧资本主义者总奉发展为名，但马克思众所周知的几乎不谈分配，不需要谈分配。简易一点来说，马克思是对人类生产力进展最富信心的人（相对于最阴森、悲观、感觉尽头已不远的马尔萨斯。马克思甚至不认为得靠私有化的人的自利之心来驱动），而且可见的将来只会更快、更多、更不成其为问题（意即已超出而且势必远远超出人类的全部绝对需求），出问题的只是生产关系，从结构上纠正这个即可（从原理层面技术层面就可完成，所以也就不必动用道德力量）。马克思因此也不费心描述未来的理想世界模样，他只模糊地（或轻快无比地）说上午写诗下午钓鱼云云，以某种接近"嗜好"的方式，劳动的大量"剩余"让劳动仿佛也个人化、嗜好化，意思是人全然地脱困和自由，也几乎是无可限量的，人人释放出他的全部可能，这岂是我们现在能够、应该预想的？马克思没有任何一幅未来的乌托邦图像，但也可以说，他有着人类从没有也再没有的最好乌托邦图像。

孔子、子路、颜渊

　　这里，我们把声誉、权势和财富（暂时）比喻为雨云，并不是指控它们皆华而不实，只是说"还没下来"而已，仍是某种向往的形态。人们很早就经验地察知云和雨的关系，云不是视觉幻象，云实实在在带来了、饱蓄着人们仰头等待祈求的雨水，云层的高低及其特定形状决定着雨水的有无和多寡。中国的"夏"字原是巫者祈雨之舞的直接象形摹写，和其他春、秋、冬三季的取自于大自然景观变化（如小草萌生、如枝条结冰）不同，奇特地转而强调人的行为甚至说行动，有一种紧张感，似乎说这是一年内三个月里最攸关着生死的大事情，人为此不惜献祭各种宝物，甚至杀生杀人。

　　当然，雨也不能下太多，那是另一种灾难，人们同样从经验一再察知。

　　以云为喻，很容易想起孔子——是啊孔子呢？他大致上怎么想这些事？以一个两千多年前的智者。

　　孔子话说得如此轻快，带一点点玩笑性的自谦，仿佛只是言志，并没要压迫人说服人——富贵（财富和权势）之于他是浮云也似的东西，能够的话他也很想要，只是距离未免遥远了点，而且不自由得做些让自己不舒服的事，因此也就有点不划算了，他此时此际还有一堆想做的、爱做的、急着去做的事。确实，他也一直是个多才多艺的人，对人充满着好奇，实然的，以及可能的；还有，他的思维里充满着"他者"，有一种接近于授命性（来自上天或内心里的无上命令声音）的责任感，一些生命的素朴义务。

如此的轻快之感很相似于马克思，我猜想，这有那么一点"劫后余生"的意味，是因为人类世界一直挣扎浮沉于这道名为绝对需求的生存线水面上下，始终无法真正安心，一次天灾、一场人祸（比方战争或统治者增税）、一个不运或仅仅是人自身的失慎，就又把人压回水里去；绝对需求沉重如桎梏，满足它如同挣断它、好不容易摆脱掉它，当下有一种海天空阔、人世间再无其他难事之感。

但和马克思不一样的是，更多时候，孔子努力在描述人挣开生存桎梏之后能做什么，这上头他还比马克思审慎、理性、该说是悲观还是实际。生存线以上就是个生存线之上才颤巍巍展开的人类世界而已，并非就是天堂——人满足了最基本的需求，人还有诸多进一步的需求得料理的烦恼。极有趣地倒过来了，这里孔子反而更贴近我们今天。

孔子一生，就我们有限所知，屡屡遭逢着挫败和困厄，但此一绝对需求应该不是他的困扰（除了陈蔡那几天），而他显然也善用了自己这个优势或幸运，让他成为他那个时代做最多（种）事、行为行动如此自由到时时届临危险的人。

已站在生存线之上了，"士志于道，而耻恶衣恶食者，未足与议也"。这句话其实是极理性的。无所不在的边际效益递减法则，最灵敏的便在于人吃饱喝足保暖的生物性需求，其效益会快速归零甚至成为负值（看看日本电视大胃王比赛必有的痛苦不堪画面吧），孔子劝人别把自己绑回去，比较划算的做法应该是，把有限的生命资源如时间如心智移往其他，让生命效益总值极大化。

若想进一步看清楚孔子对此一绝对需求底线的态度和处理，不从他身上，而是他的学生，两个，最穷的颜渊，以及最孝顺的子路——

子路的生存需求是摩擦性的、一时的（这么说会不会有点不敬？），因为年老的父母得奉养。孔子讲，这种时候二话不说去找工作去赚钱，而且对工作别挑剔别选择，天大的事也得先忍着搁着。不夸张不矫情不委屈、悲愤、说东说西，也没说生命就只限于这样、永远这样，事情尽管不免相互限制妨碍，但耐心点细腻点，仍是可以两全的，最重要的是，别成为借口。

颜渊则自身是堪堪浮出于这一生存水面的人，让人看着害怕，漫漫人生，毕竟总有下雨的日子。"一箪食一瓢饮，人不堪其忧，回也不改其乐。"这说的已是一道不能再底线的生活底线，接近最严格意义的绝对需求；也说的是颜渊自己的选择，包含他的不预备，连忧心都不必、都是浪费的。依《论语》，颜渊并不是那种好而笨的人（曾参也许还比较像这样），也不至于是那种拙于其他一切的亚斯伯格人，他的聪明看得出有极机智灵动的亮光成分，往往还带着颇凌厉的锋芒（一不小心就割到一旁的子路和子贡，这发生不止一次），要说不能过稍稍像样安全的生活是不可思议的。孔子最喜欢他的专注，几乎是佩服了，那样宁静、澄明、无杂质无阴影的镜子一样的心思状态，还非常持久，穿透了日月星辰流转；孔子以为这无人能及，可能包括总是忧心悄悄的自己。

如果我们（理想地或武断地）直直划下这道所谓绝对需求的线，让人在界限之上得着完全的自由，最接近这样的人可能就是颜渊——

很可惜这里有一个破口，那就是颜渊早死，不能说一定和他的生活方式有关（诸如营养不良什么的），但人总难免这么嘀咕，特别是觉得自己有点向往又自知做不到时。

两个立即可见的困难

到这里，至少已经有两个大问题了。

其一，如凯恩斯那样，在概念上我们热刀切奶油般很容易划下这道绝对需求之线，以接近数学线的模样，但回到我们每个人的实际生活里却不是这样——所谓维持生命基本所需究竟是什么意思？一杯淡水河里直接舀出来的水，对某个困在阿塔卡马沙漠（号称全世界最干的沙漠，曾整整四百年没下过一滴雨，天啊！）的人可能是仁慈的、符合定义的，但我们并不主张这么做。

但丁《神曲》里以三十五岁为人生正中央一点，是人生命之旅的折返点，写诗当时但丁正跨过这个交界，如同诗里他跨入地狱、净界和天堂，所以人寿是三十五乘以二的七十岁。很长一段时日一直到才昨天（大约有个几千年吧），七十岁大致上是人们普遍同意的正常人寿终点，再多活下去的人就稀少了，如中国人所说的。

但七十人寿其实是人类世界的，之前更长时间的生物世界并非如此。证诸考古学人类学的挖掘和田野调查报告，也佐以生物世界没有老年、生殖能力终止大致等同于生命终点的通则，五十岁左右应该是合理的数字。而今天这个大家努力活着的新世界，我们提高到八九十岁应该不过分——所以绝对需求，究竟是维持一个使用五十年、七十年抑或九十年的身体？

其二，我们始终（也可能永远，马尔萨斯幽灵徘徊不去）无法说人类世界已解决、已完全脱离了绝对需求问题——还需要一一提出证据吗？这使得进一步的讨论变得很尴尬很困难，人类世界的进展从来不同步，世界是厚厚一叠化石层，同时存在着"正常人寿"是五十岁、七十岁、九十岁以及一些非活超过一百岁不可的人（基本上和财富的数字呈现高度的重叠，谁要看不出这个就太瞎了），这让人很难畅所欲言地检讨生存线以上世界的各式棘手难题，只因为对财富现象、经济扩张现象的必要质疑，总会冒犯到仍挣扎于生存线下的人们，脑中自动响起"何不食肉糜"（中国）"为什么不吃蛋糕"（法国）的道德责怪声音。而那些站在财富世界顶端的人也很懂这个，这些被他们欺负得最惨的人同时也是他们的人质，有人仍在挨饿受冻，怎么可以不继续创造财富呢？

诚心讨论民主政治问题也是这样。道德是强大的自我约束力量，在意它的人很难讲赢不在意它的人，没办法，这是令人极不舒服的另一个历史通则。

一次有关绝对需求的实验

有一本书，其实说的就是这一道绝对需求底线，而且不光是说，还实际活给我们看；坐而言之前是起而行，是此一行动的记录报告，也因此，书的真正说服力量不来自于其稍嫌轻快的说理，而是行动本身及其结果，坦克车也似强力地从我们的怀疑不安上头碾过去。人果然可以就这么过活，而且完好无缺地活了两年之久（从一八四五年七月四日到一八四七年九月六日）——这就是《瓦尔登湖》，人人熟知的一本书，写书的"美国颜渊"是年轻气盛、其实没什么隐士感倒像个拓荒者的亨利·戴维·梭罗。

"人人熟知的一本书"，是吗？还是吗？

《瓦尔登湖》是一战、二战前犹未蜕变、仍属穷乡僻壤（尤其文化上，诚正的清教徒能有多少文化？）的美国少数拿得出来的东西，大致上就是霍桑和马克·吐温的小说，梅尔维尔的《白鲸记》和凡勃伦的《有闲阶级论》等等，博尔赫斯会为我们再加三个：爱伦·坡、爱默生和惠特曼。当然，这些书和这些人都是精彩的，但也是因为日后美国的重要性变得无与伦比，了解这个大国成为全世界人们的必要功课，这些书、这些人也跟着得到回溯式、补偿式的注目、阅读、诠释和心向往之（死后声誉），不定能从中找到美国强大的奥秘。

《瓦尔登湖》如今在海峡两岸有着截然不同的处境——台湾，基本上这也是一本已消亡的书了；大陆，比方我们可从最大网路书店当当网的文学类五百大畅销证实，《瓦尔登湖》一直雄踞榜上不衰退，还好几个版本并列，时不时冲进前十，长销而且畅销（出版工作者心中最美丽的卖书方式），这意思是，人们仍把它看成是那种"必须要读的书"，包含在你生活于某个当下社会所有"必须知道、参与的事物"里面，意识着一个公共领域公共空间，不管实际上的阅读状态如何（只买不看、只看了五页，或有看没有懂……）。说到这里，我们也许得换一种讲法才对：不是哪一本书在台湾消失，而是台湾逐渐没有了"必须要读的书"这种东西和这个概念。换个讲法有益地把我们的注意力，从对某一本书命运的惋惜哀悼，移转到对自身所在社会的种种确实认识，是积极的。我们可能会因此再想到，这同时意味着公共领域公共空间在台湾的持续萎弱，公共性的东西几乎只剩市场，从实质内容的抽空开始，空洞到只剩冲动和情绪（情绪是这些年大量流出到处淹没的东西），不装什么可供继续想下去讨论下去的东西。

"真的可能这样子一直混下去吗？"——这是我一名老友对台湾未来的含笑疑问。这些年我们也慢慢学聪明了，不疾言厉色，不心急，不怀期待免得好像在求谁，什么事都笑着说。

也许，两岸并非截然不同吧，只是分别站在"当代社会"的不同时间阶段而已，一如台湾也曾经热切地或义务地买这本书翻读这本书。说真的，我实在看不出大陆对此有什么特殊的抵御力以及足够的抵挡意愿，仅仅是延迟而已；而且，起步慢的通常总跑得更快，整个世界确确实实是"趋同"的。

台湾最早通行的译名是《湖滨散记》，美得。正如这一书名显示的，人们绝大多数把它误认误读为那种田园诗的、牧歌的甜滋滋散文，包含着一堆人生智慧体悟（这是一个畅销书种），当时还经常是中学老师推荐、指定的课外或暑期读物，要写五百字心得报告什么的，误会就可以大到这样。《瓦尔登湖》当然是很激烈的，尤其之于台湾当年的右派动员统治体制及其风声鹤唳式的社会防堵规范。这样左翼的、已左到无政府的思维当然是吓人的、有毒的。回想起来，这本书之所以能够堂皇出版，只因为出版单位是美国（在台）新闻处，站它身后的正是惹不起的CIA，是老大哥家的东西，宣扬大美国国威用的。沧海桑田，历史像开玩笑一样，《瓦尔登湖》原是修理美国的，其间美国政府还关过梭罗一晚（抗议墨西哥战争拒绝缴税，公民不服从），但时间神奇地稀释了它的"毒素"，至于在台湾，则是我们"读错了"，因为误读不吸收遂得以避免中毒。

这两年，仍像开玩笑一样，由于"公民不服从"的缘故，梭罗这个名字又偶被提起，但因为人们真正需要的只是"公民不服从"这五字咒语，不想也不愿多了解什么，也就没几个人真的回头去读梭罗那篇一八四八年的演讲稿，更遑论这本书，如果看过书，这一抗争思维绝不会只长这样子——我看到杨照苦口婆心地解释"公民不服从"（果然引来一堆毫无内容的纯谩骂），这当然不是造反有理的宣告而已，更不是特许，它可上溯到古希腊苏格拉底的审判，也就是说，早在两千多年前，人们已深刻地察知这是一个非常困难而且处处陷于两难的东西（比方法治守护和个人信念的界限及其冲突），苏格拉底选择饮毒芹而死，正是不愿牺牲、破毁任何一边。两千年前的人懂得比我们今天多而且理性，这真没面子。马克思讲，开始是悲剧，结束是闹剧，但我更喜欢这一句："人类历史最终总选择用漫画来描述自己。"

有关"公民不服从"，至少看一下汉娜·阿伦特的整理讨论（台湾时报出版）*——当然比《瓦尔登湖》难读多了，还有，应该绝版了吧。

"一八四五年，将近三月底，我借了一把斧头，走向瓦尔登湖的树林，到了最接近我盖房子的地方，开始砍一些又高又笔直、树龄不大的白松，做木材之用。不借东西开始工作是困难的，但借东西可能是让你的同胞对你的事感兴趣的最佳方法。那斧头的主人，把斧头拿给我的时候，说那是他眼中的眸子，但我还的时候比借的时候还锋利。"

---

* 编者注：参见汉娜·阿伦特《共和的危机》，简体版由上海人民出版社2013年出版。

东西还可以更少

梭罗在七月四日美国独立纪念日这一天住进去，是偶然（房子大致可住人了），但也是具象征意味、不象征白不象征地顺带选择（再独立？），完工则赶在冬天冰雪到来之前。梭罗很详细地列了张总表，包括"板子、屋顶和墙壁用的废木板、板条、两扇二手货的玻璃窗、一千块旧砖、两桶石灰、鬃毛、炉架铁、钉子、折叶与螺丝钉、门闩、白垩、运输"等十三项支出，总花费是二十七点九四美元。列表干什么呢？列表是实证地告诉所有人，盖一间房子、足以遮风避雨保护自己生物性存有的部分，其实有多简单多便宜，是个示范，人人都可依样做到（今天我们要如何解释给他听这已不可能了，世界变了），他显然非常得意："等哪天我兴致来了，我还打算盖一栋和康考特街上最豪华最奢侈的房子一样的房子，而所用的费用不会超过现在这一间。"

再明白不过了，《瓦尔登湖》不是归去来兮从此犬马相伴，这打开始就是一次实验（梭罗自己的用语："从我的实验中——"），不是止于他一人而是有着普遍可能、带着某种社会工程企图的实验，设定了目标还设定了时间，时间一到走人："我离开森林和我去森林有同样得当的理由。也许是我认为我有好几种其他形态的生活要过，无法把更多时间用在这一种上。令人惊讶的是我们多么不知不觉就落入一条惯路。我在这里住不到一星期，我的脚就从我门口到湖边踩出一条路来，而到现在，虽然已有五六年未踩，却仍旧清清楚楚。不错，我怕别人也习惯了这条路，因此帮助保持了它的通畅。地的表面是柔软的，可以由人的脚留下痕迹；而人的心所留下的路径也是一样……如果你在空中建筑城堡，你的工作不会白费，那本来就是它该建的地方。现在把基础垫在它下面就行。"

梭罗在湖边居住了两年，整个《瓦尔登湖》写的却只是第一年的事，如他书末下结论前一语带过："第二年与第一年相似。"——同样是边际效益递减。这一无情法则无所不在，而且在文学书写领域里往往比其他任何地方更肆虐更逼人太甚。

所以瓦尔登此行此举，说是人理想生活的寻求不太对，而是人寻求理想生活的必要条件必要基础，"我去瓦尔登湖的目的并不是要便宜地度日，也不是要昂贵地度日，而是要在障碍最少的状况下处理我私人的业务。"是以，这本书的核心思维正是——所谓真正的"生活必需品"是哪些？然后，要获取这些必需品，可用哪一种最简单的方式完成？最低限度得耗去人多少劳动量和生命时间？"障碍最少"是关键词，人确确实实的自由，便是减去这些劳动和其时间耗损："人在得到了生活必需的那些东西之后，除了继续去求取这些多余的东西之外，还有另外一种可能，那就是，现在开始向生活前进了。"

梭罗太兴高采烈的笔调（更像惠特曼而不像他师事的爱默生），往往盖住了其不得已不自由的成分（"我们可以意识到我们之内的兽类，它的觉醒同我们更高天性的昏睡成正比。这动物是爬虫类的、肉欲的，也或许是不能完全驱除的；就像某些虫类，即使在我们活着而且健康的时候，也占据我们的身体。或许我们可以离它远一点，却不能改变它的本性"）。既然是障碍，当然尽可能是减去的、排除的，如梭罗总是这么自问自答，其实应该还可以更少更简单，也许连房屋和衣服都不是必要的，尤其人若生活在那些低纬度的较温暖地方；也许喝清水就行了，一样维生而没其他副作用，不需要酒、咖啡和茶，还有同样会迷醉人的音乐；也许一天不必三餐，一餐就够了，大自然里有哪种生物恪守这规则呢；也许肉也不必再吃，尽管他暂时还做不到，梭罗喜爱打猎钓鱼，但"我毫不怀疑地相信，人类在逐渐的改善过程中，将必然会脱离肉食，就像野蛮人在与更文明的文化接触之后，不再吃人一样"。

谷物和清水，一箪食一瓢饮，等在尽头处的就是颜渊了。

于此，《瓦尔登湖》书中最生动的一幕，便是他和那位犁着田农夫的对话，这也是我中学二年级第一次读便牢牢记得了。我的同班同学（如今是个秃头的退休欧吉桑）买错了书、奋斗了几个晚上完全没办法、很慷慨送给我的——这位有见识的农夫劝告梭罗："你不能只靠植物维生，它不能供给你造骨头的材料。"因此，这位农夫虔诚地每天奉献一部分时间好换取供给自己身体造骨头的东西，他一边说一边跟在他的耕牛后头，而这牛呢？全身上下全是植物造的筋骨，轰轰然前进，还拖着他和笨重的犁，什么障碍也没有，什么也阻止不了。这里，梭罗的感想正是："有些东西，在最无助和生病的人是必需品，在别人来说仅仅是奢侈之物，又在另一些来说，根本连听都没听过。"

"开始向生活前进。"瓦尔登湖是一个起点而非终点，梭罗所谓的生活在还要更远一点的地方。只是，和颜渊的故事一样，有一个不那么以励来者、"看吧"的结局——一八六○年，也就是林肯选上美国总统那一年，梭罗在野外受寒、转为当时束手无策的严重支气管炎，一年半之后病逝，只活四十五岁而已。这个年岁和考古学报告里早期人类骸骨出土对彼时人寿的估算，相当接近，也差不多就是人类建构自身独特世界之前的生物性天年。也许，所谓人的生活必需品还是得稍稍再加多点吧。

但无论如何，梭罗的确是个有信念而且说到做到的人，不左言右行，不是要人过简单生活却自己活得如此复杂（如今一堆此类畅销书作家都这样），不是歌咏"人民"却处处服膺政商名流云云（如今一堆所谓的公共知识分子也都这样）。当然，在那个人普遍犹有不疑不惧真理式信念、而且地球空旷些的年代，有些生命实验相对容易些，至少，这样找一座湖、借来一把斧头、向森林笔直走去的行动如今多不可思议或说多昂贵，大概也不会得到什么动人的声誉是吧，比较像是个疯子，或更糟，一个 homeless，一个失败的人。

扭曲、模糊、消失的生存底线

《瓦尔登湖》书里，梭罗时不时会检视自身的物品，像一人流落荒岛的鲁滨孙·克鲁索那样（人们也还看笛福《鲁滨孙漂流记》这本曾经必读的书吗？），而且，一样带着一种帝王巡行也似的、我富有天下的满意语调。

"在目前这个国家，就我自己的经验，我发现，少数几种工具，一把小刀，一柄斧头，一把圆锹，一辆手推车，等等，若是喜欢读和写的，再加上一盏灯，一些文具，再有几本书，已经差不多齐备了，而所有这些，都只要一点点钱就可以得到。"这是他动手盖房子前说的，住进去之后则是，"我的家具有一部分是我自己做的，另外的，凡是用了钱的，也一概列入了我的账里，这些家具是一张床，一张台桌，一张书桌，三把椅子，一面直径三英寸的镜子，一套炭钳和炭架，一个水壶，一个小煮锅，一个煎锅，一个长柄勺，一个洗盆，两副刀叉，三个盘子，一个茶杯，一根汤匙，一个装油的罐子，一个装糖浆的罐子，和一盏有漆绘灯罩的灯。"

其实，顺这个线索来读其他书、尤其小说也极有意思，人类学式的读法，我们几乎一定可察看出（带点合理推想）不同国度、不同时代、不同社会形态乃至于不同阶层人们的所谓生活必需品，以及更多生活真相，如狄更斯的英国、陀思妥耶夫斯基的旧俄、乔伊斯的爱尔兰、加西亚·马尔克斯的哥伦比亚、格林的哈瓦那太子港狮子山西贡以及刚果丛林云云——如果我们自己再奋力补上时间，那显露出的真相就更多也更加稠密有感了。

最好的是，这通常是不经意透露出来的。不经意，在如今我们这个多疑的年代，正代表着可信。这里，我们只看巴尔扎克的名著《高老头》（毛姆以为是人类最伟大的十部小说之一），地点是法国巴黎，事情发生于一八一九年，也就是，还早梭罗的实验整整二十五年，按理说，人类世界少进展二十五年，但这里是当时世界的中心或说尖端，有截然不同的景观——

以下这段话，是那位四十岁上下、好像五湖四海之事什么都懂、热情洋溢但神秘的伏脱冷先生讲给法律系大学生拉斯蒂涅听的。当时，这个来自安古兰米乡下的年轻人一心想打入巴黎的上层名流社会："你要在巴黎拿架子，非得有三匹马，白天有辆篷车，晚上有辆轿车，总共是九千法郎的置办费。倘若你只在成衣铺花三千法郎，香粉铺花六百法郎，鞋匠那边花三百，帽匠那边花三百，你还大大够不上咧，要知道光是洗衣服就得花上一千。时髦小伙子的内衣绝不能马虎，那不是大众最注目的吗？爱情的教堂一样，祭坛上都要有雪白的桌布才行，这样，咱们的开销已经到一万四，还没算进打牌、赌东道、送礼等等的花费；零用钱少于两千法郎是不成的。这种生活，我是过来人，要多少开支，我知道得清清楚楚。除掉这些必不可少的用途，再加上六千法郎伙食，一千法郎房租。嗳，孩子，这样就两万五一年，要不就落得给人家笑话；咱们的前途，咱们的风头，咱们的情妇，一股脑儿甭提啦！我还忘了听差和小厮呢！难道你能教克利斯朵夫送情书吗？用你现在这种信纸写信吗？那简直是自寻死路。相信一个饱经世故的老头儿吧。要不就躲到你清高的阁楼上去，抱着书本用功；要不就另外挑一条路。"

于是，我们有两个颇具体的数字了（都是货币数字），梭罗那边是二十七点九四美元，而且一次解决没有之后（瓦尔登湖的自耕兼采集渔猎是有盈余的，梭罗还说——"而我发现，一年只要有六个星期的工作，我就可以得到生活所需"）；大学生拉斯蒂涅这边是两万五法郎以上，而且每年从头来过——时间相差二十五年我看就别计较了，追根究底的人可设法查出十九世纪彼时的"美元／法郎"两替*汇率。

去年，朱天心那里发生了件趣事——她现在公开奔走演讲，多是因为动物保护而不是文学保护（尽管文学也应该列入保护了），会后有名年轻女学生不敢置信地赞美她如此勇敢，朱天心正待谦虚一番，但女学生说的千真万确是："你怎么敢不戴假睫毛就出来。"

这呼应了我们稍前已知道、也千真万确的另一件事——我们一位定居洛杉矶的老朋友带了女儿回台北（省亲兼看病植牙，台湾名列世界前茅的全民健保），女儿躲居处哪里都不敢去，理由正是忘了带她备份的假睫毛，为此，当母亲的救火也似冲去西门町扫货："她说不戴假睫毛比要她光着身子出门还丢脸。"其实，一八一九年当时的巴黎大学生拉斯蒂涅也这么想，两者是同一种思维："一个大学生爱惜帽子远胜于爱惜衣服。"

别以为这是在批判年轻人（年轻人是不可以、也不是用来批评的，

---

* 日语词汇，意指"兑换"。

要说"我们可爱的台湾年轻人"),我知道、而且心悦诚服完全接受日本高校女生的一种说法——日本上一代人常看不惯她们奢华、非理性的花钱方式,但女学生反击得很漂亮:我们才是最理性最富耐心的,而且还最知道如何俭省;不像你们,我们能自由支配的钱非常有限,因此,一件衣服一双鞋一个名牌包或换一款魂萦梦系的新手机,都得事先仔仔细细计算并计划,绝不会也不可能冲动,而且往往得缩衣节食地延迟三个月半年之久,并设法从各种不可能之处、你们想都不会去想的地方挤出钱来(午餐不吃、走路替代搭车云云),还有,我们一定地毯式查询过所有相关资讯,货比全东京乃至于全世界,最终,看准稍纵即逝的打折特价时刻才出手,冒着擦肩而过、已遭人抢购一空并断货的永生遗憾风险。真的,跟筹划一次银行抢劫案一样,精密、耐心、每一步都想好而且一不小心就失败大吉。朱天心写过一篇类似的小说《第凡内早餐》,小说中的年轻女孩如此处心积虑只为买一枚钻戒、一枚让她从女奴成为自由人的半克拉不到小钻戒。

这篇告白有《庄子·盗跖》篇的说理味道,完全无法反驳,而且在道德层面上丝毫不输指责它的人,只除了逼我们回头再想,究竟什么是生活必需品,是人必不可少的东西?——二十七点九四美元或两万五法郎?午餐,或假睫毛?

绝对需求,如凯恩斯以及所有经济学家讲的那样,作为一个有用的概念可以是很明确的,一条线,to be or not to be;也似乎没什么弹性,人吃饱穿暖就不需要更多,再多马上成为痛苦(太饱或太热),《瓦尔登湖》书里也讨论了这个,梭罗引述当时有机化学家莱比克的说法,人的身体是个炉子,要缓慢地、控制地烧着,好保持"动物热",食物是内部燃料,遮蔽处(山洞或房屋)和衣服则负责保住这热不散失,就这样而已。

然而，一进入到人生现实里，一旦开始一样一样想成具体实物（什么样的食物、什么样的房子衣服、乃至于假睫毛、钻戒云云），我们心里那条直线当场就扭曲起来、模糊开来、甚至消失了——所谓人生现实，指的正是我们所在的这个人类世界，大约在一万年前到四千年前这期间奇妙建构起来的（阿伦特的挚友哲学家雅斯贝尔斯说的"人类觉醒时刻"），有别于、也再难回返之前两三百万年如同一天（"万古如长夜"）的纯生物世界。从本能的、行为行动高度一致透明的自然物种之一，到如今雪花般没任一片完全相同、各自有着一颗隐蔽幽黯人心（康拉德）的"人"。人自身是异物，是变数，不只他上达的聪明和想象力难以预知，最不可测的可能是他向下的非理性和愚蠢，因为往往毫无道理毫无线索（"怎么可能会有人做出这种事来？从生物本能来说应该是不可能的才对啊？"），人如赫胥黎所说重新成为一头"幼兽"，才开始，未完成，不固定，还不知道究竟会朝哪里去。

　　要撑住一个生物世界不难，事实上只要"不做"就行了，取消思维和希望，不抵抗死亡，让时间平静滑去；但若要撑住一个人类世界呢？——

　　两三千年前的《礼记》说，人到某种年纪，吃的穿的用的都得有所调整，比方说质料较轻软但保暖的衣物（当然也就稀有昂贵），经常性地吃肉饮酒，守丧期间不斋不戒不弄坏身体云云——这说的当然已是人寿七十、人类独特世界的身体了。《礼记》，今天我们读来仍感觉有某种上达的光亮，带点兴奋感猜测感，即使谈的是死亡和丧礼，这是人类世界的曙光时刻，真正困难的还没来，如博尔赫斯说的，崭新得像是一轮新月，一副新牌。

并没有人饿死冻死的悲剧故事

　　《高老头》一书所在的一八一九年大致是怎么样一个时代、一种人类世界呢？有一个最简单、巨大醒目的时间参照点，那就是一七八九年（我们中学历史课本里的一个魔术数字，像从此植入脑子），三十年前，巴黎人们打开了巴士底狱，这就是像谁一刀切开历史的法国大革命；此外，拿破仑死于又两年后的一八二一年——这段风起云涌的日子，帝制和共和反复交迭，并一再相互摧毁处决，整个世界脆弱不堪，几乎不剩什么东西是耐久的、人可依傍的。巴尔扎克试图以人类文学史上最大幅度的小说群来穿透、理解、组合并记住眼前这个世界（"刻画一个时代的两三千名出色人物的形象，这绝不是一件轻而易举的工作，因为说到底，这就是一代人所涌现的典型"），他总的命名为带着难以言喻意味的"人间喜剧"；或正确地说，稍后这个名字才自己从这堆小说中浮出来，"这套作品的创作，已经快十三年了，现在给它加上'人间喜剧'的题名。"

　　巴尔扎克诉诸经验地讲："仅就两性来说，描绘社会类属所费的工夫，至少相当于描绘动物的两倍。总之，动物之间的相处，很少有惨案发生，其中也不至于有什么错综复杂的情节，它们你追我逐，如此而已。"——两倍工夫，这绝对严重低估。纯就数量来说，描绘依本能而行的动物，不必写几只就足够说出整体，还不是眼下，而是千年万年以上的此一物种；但两三千个形貌、心思、命运、选择各异并且得一一仔细描述的人物，才堪堪能够说出一个人类特定历史时刻的样貌，而这也不过就是眼前这几年、这几十年而已。这个壮丽的小说书写企图，巴尔扎克奇特的、甚至带着某种神秘信心地相信以他一人之力可完成，仿佛如梭罗《瓦尔登湖》里那位专注制造"人间最完美一根手杖"的工匠，时间会无可奈何地等他，"时间只叹息着站在一旁"。巴尔扎克也晓得，他的几位出版商一谈到他总只能如此祝福："愿上帝赐他长寿。"

高老头是这两三千人中的一个，文学史一般认为最成功的一个。这位才从呼风唤雨的面条和淀粉生意场上退休下来的六十九岁老人，原是这家伏盖公寓最阔绰的一名房客，然而短短几年，他的财富包括一堆金饰、银器，以及铜和纸的钱币债券却雪花般神秘地消融了，人也从光鲜的高里奥先生衰败为破破烂烂的高老头。其天大秘密是，他有两个疼爱到痴迷的女儿，都嫁入上流豪门，大女婿是贵族世家的特·雷斯多伯爵，二女婿则是才封了男爵的新兴银行家，为着让这两个女儿过那种符合新身份的奢华生活，高老头一直用到了鳔夫的最后那两枚小钱，"高老头就像杀人犯养的狗，见主人的手染红了就去舔。他不争辩，不判断，他只是爱。正像他自己说的，为了能接近自己的女儿，他会去给拉斯蒂涅擦皮鞋；他女儿缺钱时，他愿意去抢银行；对于没有让他女儿得到幸福的这两个女婿，他怎么能不气义愤填膺呢？他喜欢拉斯蒂涅，因为他女儿爱拉斯蒂涅——"。小说结束于一场什么也不剩的寒飕飕丧礼，还是靠大学生拉斯蒂涅和几个房客凑钱借钱支付的。其间，另一位学生房客跑去女儿女婿两家报讯，却被挡在门外，只能递入这样一张纸条："请你卖掉一件首饰吧，让你父亲下葬的时候成个体统。"这张纸条旋即被扔进了火炉里，命运跟高老头的钱一样。"拉斯蒂涅一个人在公墓内向高处走了几步，远眺巴黎，只见巴黎蜿蜒曲折地躺在塞纳河两岸，慢慢亮起灯光。"

并没有人饿死冻死包括高老头，伏盖公寓也还供应每个月四十五法郎的膳食如地老天荒，整场悲剧连同人所有不堪的样子全发生在这些人吃饱喝足之上、在这个"多出来"的自由之地自由之时；或者说，人很多原来并没有的心思、行为和表情，如昔日老子说的，似乎是在人浮上生存线之后才出现的，是人类世界所独有的，往往惨不忍睹。也许正因为看太多这些，人会想回头讲自然赞颂自然，从策略到信仰不等，以为人类世界建构这一场是歧路的、虚妄的、犯罪的，乃至于直向自我毁灭而去。这一令人悲伤的主张及其各式话语一直都在，这几千年来从没真正停过。

只是想跟别人一样

凯恩斯，如我们引述的，说人生存线上的需求，无止境、不受生物性满足约束，系来自于人想要"超过他人，感到优越自尊"云云，仿佛开启了、卷入了一场全新竞争——这说得已相当准确，但我以为有更好的说法。

是托克维尔。托克维尔观察当时北美洲的印第安人，说印第安人贫穷但绝不悲惨卑鄙，他注意到只有那些贴近白人生活的印第安人才变得悲惨卑鄙。

东尼·席勒曼的小说《时间之贼》中，纳瓦霍部落警察乔·利普霍恩（我自己最喜欢的侦探之一）找寻失踪的人类学者爱丽诺·傅莱曼-柏纳尔，循着那一组特殊陶罐的路径一直追到纽约。那个雨天下午，他坐在现代美术馆外头，享受着雨水（"就像所有来自干燥地区的人，利风喜欢下雨——那是罕见的、渴盼已久的天赐清新之福，让沙漠开花，生机重现"），就在这时他又看到了，毕加索的那头山羊雕塑，雨水淋得湿亮发光。这是他和死去的妻子艾玛的回忆，年轻时他们旅游纽约时一起发现它——"完全是我们纳瓦霍人的写照，"她说。"饥饿、憔悴、枯瘦、丑陋。可是，它很强悍，很能忍受折磨。"她因为这个发现开心地抓住他手臂，一脸欢欣，而这种美是利风别处再没看过的。当然，她说得没错，这只瘦骨嶙峋的山羊会是完美的象征，可以放在台座上展示的。悲惨又饥饿，够逼真的了，而同时它怀孕了，傲视一切——

毕加索当然不会是想着纳瓦霍人命运雕塑这头母山羊，他捕捉的只是某种挣扎生存于大自然的生命，纳瓦霍人正巧在其中而已。

东尼·席勒曼不只是个推理小说家，一直到此时此刻，他几十年长居新墨西哥州不去，研究并协助纳瓦霍人，纳瓦霍部落会议曾赠予他"最真挚的朋友"此一正式封号——推理小说里多是搜查某人（受害者或嫌犯）家居、CSI式巨细靡遗清理所有相关物品的场面，我们遂得以一再窥知纳瓦霍人"实物性"的生活景况。纳瓦霍人普遍拥有的生活什物，总是一小张清单就列举完成，跟一百五十年前梭罗的没多大差别。

坏脾气的小说家冯内古特指出来，在白人上到美洲大陆之前，为数几百万的印第安人一直在这块大地上过着"贫穷、但高贵富想象力的生活"，这是重述着托克维尔的话，只是托克维尔进一步看下去想下去，印第安人的破败悲惨，最先出现在印第安人和白人这一道交壤杂居地带，托克维尔也不停于国族控诉和道德煽情，他沉着地回到人的普遍层面来，说欧洲的穷人（本来）也是这样，穷人绝不卑鄙，真正悲惨起来、让人感觉绝望发生于穷人和富人的接触，像是城市边缘、城市里的贫民窟，那才是我们所知道最接近地狱的人间角落。

托克维尔和巴尔扎克是时间重叠的法国人、巴黎居民，显然看过同一个模样的世界，《高老头》似乎也提供了佐证——来到巴黎、徘徊于上流豪门外头一心想挤进去的拉斯蒂涅，和他留在乡下老家的母亲和妹妹，已明显是两种人了。

生存线上，是有一心想超过他人、想立于顶端的人，这我们方便说他不知餍足；但更多是只想跟别人一样的人，这样的期盼不说是卑微的，至少也是"正常"的。托克维尔把这个问题拉回到无可躲闪的一般人世界里来，不再只是某个特殊的道德问题。

托克维尔也说（在同一本书里，《民主在美国》），普遍平等原则是个巨大醒目的思潮，而且必定随着时间澎湃起来，"看不出来有什么能阻挡它"——我不知道他是否也把这两个想法结合在一起，若结合起来，事情就不会只发生在宛如富人世界和穷人世界交接的条状地带，（逐渐）没有所谓的"前线"，而这正是今天全球化的基本景观，我们在台湾看得很清楚，特别清楚。

不可能做到的允诺

今天台湾看得尤其清楚，不是因为财富分配的恶化特别惊人（分配的确全球性的恶化，来自于资本主义的逐渐接管世界，惟相对来说台湾地区还不算太糟，比方从基尼系数看香港是台湾地区的三倍），而是台湾的无法隔绝并缺乏纵深，整座小岛完全曝现于全球化风暴之中，也可以讲，整个岛都是富人世界和穷人世界的交壤之地，因此有经济数字无法解释的一股冲天怨气，以及某种失意感、某种并非迫切性的绝望。

人跟人，不是非得"超过他人""感到优越自尊"不可，而是起码该差不多、该就算打个七折八折也好的接近点吧（我买不起兰博基尼也该有辆丰田或日产吧），这几乎是天经地义，有什么理由可以说穷人就该比富人不受诱惑、不生出此一"可能是无止境"的需求并为之处心积虑呢？我们顶好把这看成是基本人性（亦即想事情时当它是条件或前提，而不是变数），不待日后出现的普遍平等思维来唤醒出它。事实上，人类的平等思维正是从这些人难忍的、也看不下去的地

049

方逐渐凝聚成形的（较明确的历史时间落点正是巴尔扎克、托克维尔这大革命一代的法国人，自由平等博爱），并进一步支撑它、强固它，乃至于上升为某种接近允诺的东西。

人类世界的建构是否本身就隐含着"毒素"、或从头到尾是个错误，这我们再说，根本上，所谓"无止境的需求"先就让人很紧张，也有理由害怕，像是打开某个潘多拉盒子那样，这不是支付得起的允诺，就算是上帝，或正确说，尤其是上帝。梭罗在《瓦尔登湖》里讲："某人的所得不正是另一个人的损失吗？"这可以争议，资本主义坚持市场机制是两利的、互惠的，会创造出某些"多出来的东西"（实物生产，或使用价值），反对的人则手指社会实况，谁能假装没看到其中遍在的各式各样不公不义，或直接说就是欺诈剥削侵夺呢？但我们这里要说的是这个更长期也更难解的麻烦，那就是富人不断拉高人的生命生活"规格"（规格是一种一旦形成就很难下修、下修非常痛苦的东西，也称之为"铁律"），加速了并恶化了此一无止境需求和有限世界、有限地球的根本矛盾，这一矛盾几千年来隐而不宣地持续逼近，今天很明显已在我们不远处了——说到底，马尔萨斯不可能是错的，只除了有限的东西不只是土地一项而已。

蒙田书里，我找到这一句话，他好像不方便多说清楚——"就算是做好事，也该有个限度。"有两个统计结果，一是很多人晓得并短暂成为颇恶心的时尚，不丹这个国民平均所得才一千四百美元的国家，却是全世界最快乐的国家。于是台湾那几位霍布斯所说"生活优雅的绅士"第一时间就跑出来劝告大家，人每一年，或至少这一生，都该去一趟印度住那种一晚三美元的旅馆（但想必还是搭华航头等舱去的，如电视广告里那样）；另一个较少人留意，当前幸福国家调查，竟然（该不该竟然呢？），全球以几个经济发展刚起步的非洲国家最高，可以到百分之八十五的人认为自己是幸福、正幸福中。我自己相信这是确确实实的、没人动过手脚的数字，幸福感来自于他们正好身在一道上升的曲线上，人充满希望，也相应变得和善慷慨；这一幸福感其实也是我们的亲身经历，时不时还有人怀念如失乐园，台湾一样有过这样的一段时日，稍后我在宛如苏醒过来的上海又一次眼见如此，事实上，今天一堆沮丧、绝望、人满心怨气、只希望明天不会更糟（但所得是不丹的二十、三十、四十倍）的国家，或长或短都有这种美好昔日，春花朝露。

这两个调查结果让我们想起些事也思省些事，复杂难言，不会是那种愉悦得很轻佻的结论，提心吊胆以及悲悯的成分可能还多些，如同老年人看着兴高采烈的年轻人，你深深知道等在这些快乐国家前面的会是什么——宛如天起凉风，我想到的是《败坏了哈德莱堡的人》这篇小说，马克·吐温最不开心、语调如此阴郁的作品，整篇小说是个密谋，在无光的夜间进行。哈德莱堡原是一个最诚实正直、人也最自豪快乐的小镇，但它无意中得罪了一个过路的人，这个人决定毁灭它（或说揭破它）。很简单，陷阱就是金钱，只用了一袋一百六十磅四盎司的金币为诱惑物，折算约四万美元（当时），整个镇子的人就像旅鼠跳海般一个个依序跳进去，无一幸免。最终，哈德莱堡人大彻大悟决定恢复诚实的声誉，把他们官印上的箴言改了，从"让吾等不受诱惑"减一字，成为"让吾等受诱惑"，马克·吐温写道：于是哈德莱堡成为一个更诚实的小镇。

不丹和这几个非洲国家没得罪这个世界以及这个资本主义，但这个世界和这个资本主义仍不会放过他们。

人真的经不住这样。

财富这一头开始翘起来了

　　《高老头》是一部丰富多面向的小说，可用各种方式和心思读它，看到各种很不一样的东西——这一回，我们说它是个有关财富的故事，金钱是小说中的核心之物关键之物。

　　乍看，财富在当时（仍）处于某个很卑微、很可怜的位置，被牢牢压在权势和声誉底下，就像有钱的高老头只能躲远远地、贼一样地看着用他钱如流水的女儿女婿两家，但这不是确切的真相，真相是——至少在此时此际的法国巴黎，世界首都一样的权势与声名荟萃之地，真正可靠的、有遍在决定力量的、人想尽办法抓取的已经是财富了；权势和声誉尽管仍撑在较高一层的地方，但已然露出虚张声势的架子模样了。我们这么说应该是正确的，高老头尽管从不获邀参加女儿你三天我两头的豪门宴会，但宴会里的美食美酒等一切排场之物，还有女儿身上每一件权势和声誉表征的夸饰之物，全部都是用高老头的钱买来的，而不是凭借权势和声誉取得（谁给你啊）；也就是说，权和名的盛宴是华美的空中楼阁，以用钱买来的东西堆叠起来，没高老头的钱就没"比别人优越"或"至少和别人一样"的宴会（已接近沉重义务的宴会），两个女儿心知肚明，因此，宴会前两三天正是她们微服私访伏盖公寓挖钱的固定时刻。没错，财富才是防震的下层结构，还是财富才贴近大地。

此一真相日后会更明确更无法遮掩。财富从权势和声誉底下浮了上来，成为人的主目标——当时的巴黎，法国大革命已爆发三十年的巴黎，同时显现着两种方式的历史运动——

一是循环的，历史不断重复出现的。当下的现实世界秩序松动，并开始掉砖掉石地瓦解，一种"瓦砾时刻"。权势和声誉失去倚仗自身难保，需要抢救需要努力撑住而且代价一天天昂贵起来，人转而抓取更硬、更实、方便保有且哪里都通行无碍的东西，所以，菲律宾马可仕带走的是钱，海地的"娃娃医生"也是钱，非洲那些人们穷到全家找不到一块钱的国家，其独裁者照样挤得出几十几百亿美元流亡。权带不出国门，声誉已狼藉到神仙难救，人都散了还站到敌对一侧，只有钱依然不离不弃忠心耿耿还熠熠发光——尽管堆积日久不免也生出霉味，台湾的"总统官邸"据说一度满是这有碍呼吸系统健康的气味。

另一则是直线的、从此改变再不回头的，权势从此再无法复原为原来模样了。法国大革命当然是人类世界民主化历史的决定性或说戏剧性的一刻，民主针对的当然就是权势，如何处理一个太大、太集中的东西呢？最简单有效的就是拆解开它，这就是分权，让权势小而散落，并进一步把权势关在某一有限空间（如管辖范畴）和时间（如任期）里——民主制度没要对付声誉，它只是无意中但必然地改变了声誉这东西，其内容，以及其形成和授予方式云云，大趋势上，是声誉的"质"跟着下修和分散；民主制度则和财富的追求有着"亲和性"，自由放任是两者共有的根本思维，本是同根生，各自生长但也自自然然地合为同一棵大树，妻夫木。

其实事情还可以想得更简单些，压下了权势这一头，另一头的财富就翘起来了，再没有足够力量可拉住它。权势和财富正是支配人类世界的两大东西，既联合也不断斗争，声誉不与焉，声誉从没有足堪匹敌之力。当我们什么事都不做时，声誉只是某种光和影，是依附性的，端看当下决定的是权势和财富而已；当我们努力做对一些事时，声誉能做到的仍只是某部分补救、某种捡拾，人类带着自省意味地拾遗补阙，让整个世界不至于那么单调，人们不至于那么趋同如听从某个惯性或者生物本能，在实然统治的乏味世界里，奋力留一点应然的东西。

加西亚·马尔克斯的异想天开

有关声誉的力量，这里顺势来讲件趣事，趣事而已，不构成证明，证明需要再严谨一些。

这是加西亚·马尔克斯的一次异想（一九七五年）。他极厌恶当时智利的皮诺切特独裁政权，也认定这个不该成立的政权撑不了多久，决定扮演最后一根稻草来提前压垮它，于是伟大的小说家公开宣告，在皮诺切特政权下台之前，他将无限期封笔，是他自己说的"文学罢工"；也就是，谁要想再看加西亚·马尔克斯小说，那就得弄倒这个政权。如此，遂划下道来形成一次权势和声誉的奇妙正面决斗。

大卫 vs. 歌利亚——只是，谁是大卫？谁是歌利亚？

加西亚·马尔克斯深信自己是赢家，毕竟，这其实也是一场下驷权势和上驷声誉的不尽公平决斗——声誉这一边，已不容易再更干净更巨大了，"很难估计我在拉丁美洲有多少读者，但事实是我的作品很受欢迎，仅《百年孤独》就售出了五百多万册。"稍后，加西亚·马尔克斯还这么说，我们知道这没吹牛，"我极可能就是为哥伦比亚这个国家挣得最多声誉的人。"而且，就算每个人仍有他一己的文学声誉排名，这一声誉仍洁净光朗到几无一丝阴影，更不受地理和国界的限制；至于权势这一边，皮诺切特政权已声名狼藉到一种地步，而且只限于安第斯山脉这一狭长高冷之地（好笑的旅行作家比尔·布莱森说的，"住在这么窄这么长的国家一定很有趣"），就算在智利国内，老实说也没多少人真的喜欢它。

结果当然是，可怜的政权赢了，毫无感觉如闽南语讲的蚊子叮牛角。加西亚·马尔克斯只能改一个豪勇的誓言，我们可能比较喜欢稍后这一回的："我希望皮诺切特政权倒台前，我能写好够出一本书的短篇。"书名设定为"一天又一天过去的日子就是生活"，这取自于哥伦比亚一位已死的、鲜为人知的诗人奥雷利奥·阿图罗的诗。说这话时，距离文学罢工已又过了四年（一九七九）。

就这样，加西亚·马尔克斯也说的这句话其实远比乍看的深沉，也悲伤吧——"因为我忙于这么多政治事务，我觉得有点真正怀念文学了。"

（补充：如今，加西亚·马尔克斯和皮诺切特都死了，死后，加西亚·马尔克斯轻易地压倒皮诺切特，从来都是这样，可能也只能够这样，所以我们得有一个死后世界，一个属于记忆的世界。）

权势真的这么值得拼死护卫吗？

　　远别离，古有皇英之二女，乃在洞庭之南、潇湘之浦。海水直下万里深，谁人不言此离苦——这是李白一首离骚型的诗，迤逦徘徊，场景也是鬼气森森的楚地，讲的是娥皇女英姊妹绝望的思念，一路追着舜帝南行的足迹进入到此地密林里，她们一定要找到丈夫的坟墓，但在这里，光黯交叠迷离，山长得都一样，树木更全长得一样，人很快失去了方向感，连自己是否前行都不确定了，更何况舜帝没地标、没足够线索的埋骨之地。

　　诗非常好，念出声音来感觉更好（即便不复原为大唐李白时的发音）。但这里，我们要看的是这毋宁最幽黯的一句："或云尧幽囚、舜野死。"意思是尧帝也许失势被监禁至死，舜帝则是被新统治者禹帝流放南方地极，质疑的当然是中国上古的最美丽禅让之说，代之以残酷但习见的权势侵夺及其迫害——李白不确定，但世间确实有此一说，一个极合理猜测，理由是厚达几千年的历史铁板，完全密不透风的人类真实经验，不谈人性，也至少是样本数充足的统计学，百分之百，无一例外：何以从此之后我们再看不到任一个人、任一名掌权帝王这么做？

亘古人性几乎无法驳斥，此事如果还能多想什么，只能从世界的实况变化里找；同样的人性倾向，在不同的生命处境里会出现我们想都想不到的人类行为和习惯，这也是常识——先说，我完全无意为此一简易禅让神话辩护证其为真，以下所说的也构不成论证；我纯粹只是好奇，某种通常只容身于文学领域的好奇：人做出某种怪异的、看似不合理不人性的行为，除了虚假和疯狂这两大理由选项之外，那必定存在着某个非比寻常的东西，少掉了什么，或多出来什么；也很可能是一个极特殊的、可供我们探视某种人性边界的线索。

我很荒唐地从我们家一只猫讲起——儒儒是一只黑白毛色的大猫，聪明到有点狡猾的地步，但非常公正，是我们家十几二十只猫（时时变动）的猫王，性格多疑，所以朱天心不是太喜欢它，但谢海盟和我一致认定它极可能是我们家猫史上的第一明君，如唐太宗或康熙那样。儒儒有个烦恼或说不运，那就是猫王这个位置鬼使神差地始终交不出去，有一两次交出去了却又回来，十年左右时间，它挑拣出几个继承者并积极训练它们，但不是性格有某处弱点（太懒或太快乐），就是急病早夭，因此，尽管口炎加上年纪牙齿几乎掉光，儒儒仍得每天执行猫王职责不息。

身为猫王得做些什么？它得维持家中秩序，制止吵架并小小惩罚闹事的猫；它每天固定巡行两条街巷，吓走入侵的街猫（其实也都是我们喂食的，儒儒一定很气我们加重它的工作）；还有，家里的小猫走失乃至于困在某处（屋顶、空屋、工地或草丛树丛深处），它叹口气（真的）负责带回来等等。相对地，猫王可得到什么？老实说，全然跟它的义务不相称，尤其我们统一喂食，食物分量内容全一样，全数绝育，也没所谓的交配权问题，也因此，看着一屋子舒服酣睡的猫，我只能拍拍仍两眼贼亮的儒儒，跟它讲真是辛苦了。

儒儒让我想起来列维-斯特劳斯的田野调查报告，他讲述巴西内陆雨林里南比克瓦拉人酋长那一段让我印象深刻——和儒儒很相似，列维-斯特劳斯说这是一个总是满脸忧伤表情的中年男子（但他们的"天年"可能只五十岁左右），像是被他酋长的沉重职责压垮，而那样初民形态的、自然经济的、食物仍以采集为主的社群里，几颗布里提果子、几只蜘蛛等等，人能有什么特权享受可言。

我也想到相传流放舜帝的大禹，说他忙得胫骨都不长毛了，这比说他三过家门不入还生动；还有，上古那几个据说一听要他当"君王"就吓得四处逃窜如通缉犯的智者，庄子最喜欢讲述这些人这些事，还赋予一堆理论。

所以也许，权势"值得"人不顾一切占有是稍后的事了，得迟至人类世界建构起来之后又相当一段时日；尤其权势的直系血亲继承更是人类世界才有的（还三岁五岁就登基），这可能经历了一个渐进过程，比方所谓兄终弟及（从国家到嫂子）的家族横向继承方式普遍存在却又同样在世界各地一处处消失，极可能正是权势向着一家一人持续收拢的一个失落环节云云——权势值得人如此拼命以及不顾颜面人情，变化的关键正是财富，财富的进展为权势不断装填真实内容，实质的财货及其享受，不再只是纯精神层面、心智层面的满足和优越感而已。

所以也许，事情应该整个倒置过来看才清晰——我们是在财富力量充分加入之后的世界回想从前，用日后富有天下的君王样式去理解上古人们乃至于生物世界，以至于出现不可解的矛盾，人当时的合理行为让如今的我们难以置信。

所以也许，民主制对权势的诸般限制，一个极重要但隐藏的关键也正在于相当程度切断权势和财富的连体，尽可能让权势（恢复）只是权势，以至于人性上尽管总是心不甘情不愿，但从一个国家领导人的位置退下来，缓缓又回复成人可思议、也可忍受的事。

　　唯一的麻烦是，在此同时，财富也逐步挣脱了权势的掌控，不必再仰靠权势来聚集并取得保护，财富独立存在，玩自己的游戏，而且倒过头来控制权势。

以国为单位的权势和以世界为单位的财富

　　此处仍有一个几乎明摆着的问题：我们从这样一个又一个富可敌国的流亡者应该马上想到，这么多钱，积聚起来还是得相当一段时间吧；而且，还非得在权势仍稳固、仍有效时就进行，否则一定来不及。权势大游戏倾向于全有和全无，像《迷宫中的将军》，这可不是哪个贫穷小国、而是一整个拉丁美洲大陆的大解放者玻利瓦尔，但真到全无那一刻能带走的就只是手边既有的东西了，包括回忆、梦想、寥寥没几个人的最后忠诚，和一具"刚刚好够他走到自己坟墓"的破破烂烂身体。小说一开始是玻利瓦尔溺毙也似的泡在浮满药草的浴缸里，赤条条的，几乎是个隐喻。

　　现实中，掌握权力同时攫取财富，这我们都知道，并以为是通则了，倒过来，只有不这么做的人我们才赞美他（意即以声誉补偿他），说明这是珍罕的、非比寻常的、值得写进历史的（死后声誉），就像春秋时代鲁国的季文子，当了三朝国君的首席执政官，却没财产没珍宝，家里女性不穿丝质名牌衣服云云。除了斥之为所谓的人性，或主张权和钱总是磁石般自动凝聚为一，可能还有什么意思？像是，财富仍有什么权势所没有、做不到、难以完全替代的特质？包括在平常安稳的日子里？包括在造次颠沛的狼狈时刻？

平常日子里，钱比权"好用"——权势太声威震天了，坦克车一样，轰轰然硬要开进生活现场的小街小巷，总是破坏的，至少非常扰民；权势又太巨大了，而且无法分割使用无法找零，换取生活琐物、支付日常开支其实很不方便，就像马克·吐温很出名的那个有趣短篇《百万英镑》，由于一对富翁兄弟的恶质玩笑赌约，"我"这个落难于英国的美国流浪汉，身上除了一张找不开的百万英镑大钞之外一文不名，他怎么付账呢？结果他一先令一便士也没付过，全是挂账欠着或说接受馈赠招待随便你说（马克·吐温的天才，就是能把最令人厌恶的事化为玩笑）；也因此，让权势直面生活第一现场和人们，总是威吓的、掠夺的、占人便宜的，是一种不均衡、不公平、谁都感觉不舒服、遂也难以长期持续进行的方式。相反的，掏钱付账，无声、自然、平顺不惊、银货两讫谁也不委屈不患碍，流水般进行，而流水正是财富（或货币）的本质说明及其象征，钱者，泉也。今天，在稍微像样一点的国家，稍微像样一点的政治人物，都晓得买东西要付钱，而且只能多给不可少给，这已是 SOP 了，还是一个最简易的诡计，跟公众场合抱起人家小孩一样，权势鱼肉乡里的古老不堪印象，总多多少少让肯花自己钱（当下通常并不追问他钱的来历）得点好名好印象（声誉）。"我爸是李刚"那个车祸肇事的年轻蠢蛋，我们认他为蠢，也在于他掏出来的是权势而不是金钱，我们仍愤怒一如往昔，但更高比例是感觉荒唐可笑不知死活，都什么时代了还来——

至于在非常日子里——非常日子最考验、最无情揭露事物的本质及其限制，由此，我们察觉出来，权势基本上是黏着的、生根的，一句话，权势总是有其无可逾越的界限。

有关权势的大小界限，一家一乡一省一国云云，这也许可用理论来妥善解释（比方权力的层级体系是否仍有其无法克服的最终尺寸极限？每膨胀一分都得面对新的、冒出来的、幂数难度升高的鬼一样难题？它是否终会压垮自己？所谓的"无法克服"最终是一种自然的、根本原理的、人插不了手的矛盾，如歌德自传里说的"天意不让一棵大树抵天"）。至少现实明白显示的是，人类世界至今没能建造出一个奄有整个地球的单一国家单一权力系统（人一再试过，包括基督教会和无产阶级，包括联合国，但除了好莱坞电影里没人成功），连稍稍接近都没有。

历史上占地最广的单一国家是蒙古人的，不可思议但几乎无法统治，还有就在我们这代人眼前崩解开来的苏联（以不甚有意义的冰封西伯利亚大举充数，若非一八六七年俄皇扔山芋般把阿拉斯加卖给美国，还会更大一点；又，偌大格陵兰岛曾长期隶属丹麦，可没人当丹麦是大国），曾经几乎一统整个拉丁美洲的玻利瓦尔亲身经验地如此感慨："统治这座大陆，就跟在大海海面上耕种一样。"

权势无法携出它自身的边界之外，光和黯，横行或如丧家之犬，这一点它非常动物性。

财富则从不设边界，能走多远是多远，这一点它也像流水，哪里还有人们生活着，它就有可能（迟早）流去哪里，如人类进入到每一个不同国度异质社会，领头的总是行商；这也一直是财富最惹恼权势的地方，不安分不守秩序甚至不忠诚，它本来就是世界的、全地球的、不愿受分割权势力量的约束，如今更像是这样或说眼看着已完成。历史上，财富不通的种种障碍多是权势竖起来的，这是一场隐秘的、不多说话但一刻也没真正停过的战争，财富锲而不舍地偷渡、破坏、拆除每一处、每一种限制而且——成功（比方关税和贸易保护，这全是由国家手里硬抢下来的），全球化的核心就是财富，其过程就是财富的流通史，它最后的障碍就是国界，亦即权势的统治看守边界。

其中最关键的东西是货币，一个已出现几千上万年并日趋完美的东西；权势和声誉从没发明出类似的、相应的好用东西来。

继承钱远比继承权容易

　　所以，权势，有点诡异的，在它理论上还不真的那么需要财富、还看似什么都可直接伸手去拿的时日，就一一开始积聚财富，古往今来南北西东，如同听着同一种召唤——这里头隐含着切身的警觉，可能也包含对未来的惴惴不安。除了上述种种无法克服、无从防范的缺陷，权势的难以及远，除了空间，更是时间，它无法储藏（即今天省着不用，明天不会更多，除非这是某种"充满智慧"的说法），想转交子孙也远比一般想象的要困难非常多，这是权势拥有者共有的大烦恼，一不小心甚至当下就伤及、破毁权势。即使在那个允许某种世袭身份的往昔年代（比方中国西汉，够世袭了吧），明显的历史事实是，权势的继承人得比财富的继承人讲究种种条件，更需要长时间费心养成，否则无法承接，不是临死前写封遗嘱就行了。所以说，更多权势的继承者享用的其实是财富，某些（由权势向下两替而成）受保障、独占形式的财富，最常见是地租的收取，制造出一排闲闲无事斗鸡赌狗的富家翁（至今依然如此，活化石，活得很舒服的化石），若也想继承权势，那还是得早早从头干起（基层，如汉代的"郎"），或偷几步，从快一两阶之处，而且，真的得学习蛮多东西才行。

但，西汉（其实不仅仅是西汉）不是有所谓的"抑商"吗？这又是怎么回事？

抑商

历史这古怪东西，如福克纳所言，倒着来看真的比顺着看清晰太多了，预见未来很难也很危险而且骗子居多，以至于明智些、负责任些的人总劝我们别没事这样做；但回望过去，则屡屡恍然惊喜（当然也屡屡悲哀、不忍、生气，可惜无法相互抵消），我们往往从此时此刻已浮现成的世界模样，如知道其答案了，很轻易就看清楚原来当初就是这么回事，原来就是这个意思，原来当时他们所想的、处心积虑要得到要成为的是这个，种种看似随机、凌乱、左冲右突、失去理智的难解行为动作，原来也都准确不准确地持续指向这个。

汉王朝抑商，像是权势对财富的最全面宣战——后代最记得的是禁止商人"乘车衣帛"，意思是很蛮横很粗鲁地直接切断财富的向下两替之路，钱不能化为可享用的特殊实物，试图让钱就停止于某种饥不能食寒不能衣的无用状态，让绝大部分的财富雨云悬空着落不到幸福大地成为虚空，成为纯观赏的一幅画；此外，也规定商人及其子孙不能当官，意思则是也同时切断财富向上两替成为权势之路；稍后，则是侵入式对商人各种新名目的增税或说税制发明云云。但这真的是权势对财富的压制、扑灭作业吗？应该不是，正确地说，这其实恰好倒过来是财富的争夺和占用，财富才是真正的标的物，简称抢钱。权势宣战的只是商人，它忽然强大起来充满威胁的未曾有过对手，之前长达四百年的战乱、半无政府状态，这个新兴的力量被放任地释放出来，战国末已有名有姓地出现一些号称富可敌国、甚至足以操控权势的大商人，他们以全新的途径、乃至于更有效率的方式来获取增殖财富。我们说，如果要消灭要遏止的是财富，那不许乘车衣帛应该是所有人包括天子本人，像托马斯·莫尔《乌托邦》想的那样，让黄金在整个国度毫无用处毫无价值，只用来打造犯人的脚镣手铐云云（另一种版本的"除了脚镣手铐再无损失"吗？）。整个西汉王朝，大概只有汉文帝是如此，他出身寒微，没预期会当上皇帝，也一直保有着很节俭的生活习惯，还信奉老庄一脉的主张；他尽可能不作为不介入，典型的小政府思维，所以抵抗的不只是财富，还包括权势。事实上，他在位时反而是汉初商人最好过的一段时日，自由放任，又重新一个个富可敌国。汉文帝干净清爽的帝王声誉（极可能就是中国全部帝王最干净的一个），正是来自于他对权势和财富的两皆拒绝。

西汉的抑商作业有两个高峰，分别是草创的高祖刘邦和大肆扩张的武帝刘彻，两人都是苦于财用不足、很缺钱的皇帝——刘邦是真的穷，当时穷到皇帝的马车都找不到四匹同毛色的马来拉，这个楚地农乡出身，忽然从"别说我们一无所有"到"我们要做天下的主人"的皇帝，他的抑商于是有那种"为什么你有我没有"的侵夺零和味道，应该还带点小心眼的报复之心，如《史记》写的："高祖乃令贾人不得衣丝乘车重租税以困辱之。"这不是真能成为正式法规长期执行的做法；武帝刘彻才是全面的、处心积虑的、步步进逼的，权势的扩大需要更厚实的下层结构支撑。其中最有趣也最富革命性的是，负责帮他对付商人、从商人手里一次一次把钱抢过来的也正是商人，最内行、已证明最有经验最有办法的商人，其核心是旷世经济奇才、中国历史上最被低估的人物桑弘羊，以及齐地大盐商东郭咸阳和南阳大铁商孔仅（盐、铁收归国有国营，正是武帝最重大的经济改革或说抢钱之道，如《盐铁论》），就像切斯特顿的神探布朗神父说的，我破案的秘密是因为我就是凶手本人，哦，我意思是说，我得像凶手那样想事情。

如果我们把这描述为权势者对财富者的战争，也就不是权势者和财富者划清界限、你死我活只能留一个的战斗，而是以权势加持、撑腰、保证的财富来对付财富，以裁判兼球员、随时可喊停并改动游戏规则的财富来对付孤零零的财富，如此，很耐人寻味的，这样究竟是财富的黯黑甬道岁月呢？或竟然是财富奇妙上达、并不符合人类历史普遍进程的异样光芒四射时刻？

到武帝一朝，实际的结果便不是财富无用，而是财富实在太有用了，已达有点骇人听闻的犯规地步了，比起今天我们这个财富快无所不能的时代，竟还有超出来的部分——比方财富上可直接买官，这是如今我们只能做不能说、多少得迂回前进的事，武帝当时是由国家明文订出、公布价目一览表，多少钱换多高爵级，就像今天网路电玩官方网站的武器、装备价目表那样。也就是说，财富向上两替为权势之路，由国家打通、认证并保证，后代沿用的捐官制度都没敢做到这么大张旗鼓如重大施政的程度。另一端，财富则下可用来减刑除罪，一样明文订出换算表如买卖，这也是我们今天几乎只能做不能说的事，各国刑法皆保有一些以钱易罪减刑的特殊法条，集中于轻罪微罪，是的，法律之前人人平等，以及更平等，从来都是如此，但至少，这是把金钱的缴付看成惩罚看成吓阻，而不是武帝一朝绑匪式的就是要钱，以钱为标的。

《史记》描述过当时这样一种现实光景："而富商大贾，或蹛财役贫，转毂百数，废居居邑，封君皆低首仰给。"很清楚，已能做到操控物价甚至炒楼炒地皮的进步程度，并晋阶到封国君王都得低头巴结他们，显然连当下声誉部分也连带提升到某种高度了，日后法国巴黎一样给钱的高老头都远远做不到这样。

财富的力量。

在权势统治的长段历史中，人们不无愤懑注意到的总是掠夺，权势者如何压抑、占取财富，但就人类世界的长期进展变化来说，更富意义的可能是权势和财富的两替作业，权势如何一点一点让出统治权，卖掉自身未来也似的好换得当下急需的金钱——财富如水，这渗透的、难以察觉的不舍昼夜进行，但也有很清晰的时候，平日谦卑、摆着笑脸的财富最知道何时可以翻脸强硬起来，抓住权势最脆弱最有求于人的时刻进行攻击。汉武帝一朝是如此，而最有成果的是日后的大英帝国，英国的整个现代化、民主化过程，也可以看成是一连串以钱易权的两替式谈判，君王的权力可以分期付款买过来，于是便不需要暴力革命。

很少人想成为桑弘羊

汉武帝的经济作为，我们今天有累积了千年的知识和经验，可分辨得出哪些是正道的、哪些很危险几乎一定会出事、哪些又是异想天开乱来的——这也许不好太苛责，毕竟扑面而来的现实局面是全新的，很多事物（货币统一、国营制、商业税等）人还没有足够认识和经验，只能猜想着摸索着奋力前行，而短期的燃眉救急和长期的作为又总是混一起打成一团，往往没给正确的经济思维足够时间证明自己，执行"污染"了思维。

我一直坚信桑弘羊是个被严重低估的人物，用我们这里的话说，我们一直欠他一些"死后声誉"——而这样的低估，是否也让往后两千年的人们少了诱因，没要让自己成为"桑弘羊那样的人"？

当时，时代的核心课题原是单一权力体系的建构，但年轻心急的汉武帝有点"提前"或说"加速"，他想一下做成太多、太大的事（包含个人享受），有些很显然不是仍如此简易的权力系统负荷得了的（西汉官制仍是简单的，规模、分工、层级和相关配备都不够），以至于对的、有意思的想法往往都会做错，在实际执行的过程走样。而这可能也提前曝现了权力系统的某一部分真相或说其可能极限，权力系统的运作不是需要用钱而已，钱更不是伸手去拿就好，经济"必须"是此一结构的无可分割部分，或更严重，如马克思所说作为整体基础的所谓下层结构，权力系统每每扩张一分、每想做更多事，都再逼近了自身的极限，都更得乞援、借助、联合财富的力量，直到翻转过来。

当时，货币统一并由国家铸造，由实质走向信用，这是必要的也是必然的，正是货币的历史演化方向；向商人征税、商业新税的发明，这今天我们怎么看也都是对的、公义的，否则税收永远只落在被土地牢牢抓住的一般农民身上，只是这一直是个执行难题，两千多年后我们也没好太多，今天我们的税收一样严重压在"现代农民"的上班族、受薪阶层身上，仍一毛钱也逃不掉，大商人依然游走滑溜或更胜昔日（汉代商人没听过伯利兹或开曼群岛吧，对了，还有巴拿马），也拥有更强大更稳定的游说和操控立法和行政力量。知道韩国三星集团的公关单位规模多大吗？聘用多少律师？上网查一下吧吓吓自己，对清醒脑子甚有助益——汉武帝的大经济改革，始料未及地从只是缺钱的星火到全面燎原，因此像节气配合不对、太早开的花，也就不见得能得到"正确的历史教训"。

破天荒草创再加上权力网络的相对原始疏阔，常识地来想，都不容易执行得准确。正常时日总是过卑的徒具虚文，局部性的雷厉风行起来又往往是恐怖的、乱来的——武帝一朝从张汤以降酷吏的生产相沿不绝，这很可能并非巧合，经济犯罪的追索一株连就是几万家几十万家（很方便把你想整他的、想抢他的人家也列进去）。就像那个辛酸的波兰人笑话：话说波兰一架小型民航机坠毁于墓园，现场新闻报道说："现场惨不忍睹，已挖出三千多具遗体，搜救工作仍加快进行中——"

奥普拉掏出来什么？

回头来想声誉、财富、权势这三朵雨云——

有位拉丁美洲的大诗人曾如此自嘲："我已名满全国了，但终归还是默默无闻。"这句话，我相信台湾地区一干名人（不只是可怜的小说家、诗人）是很有感觉的，尤其人在异国时。偌大一颗地球，这种时候显得特别大、太大，声誉传送不了多远，一如权势有它作用不到的境外，你也没办法在哪个国际机场找到个柜台或柜员机两替为当地通用的声誉和权势；相对地，财富则进步到连这一手续都可免了，更多时候它自动两替，货币这东西已完成，却又一直在进化中。

所以台湾想出来一个特殊用词，叫"台湾之光"，关着门自己给自己授予。由于想望的产量太大，顾不得内容品质，因此卖得很便宜，半卖半送。

中国大陆在这上头相对积极，也很肯砸钱两替——这惠及了小说家、诗人，我一直人在出版业知之甚详，中国大陆的文学作品外译，有大大超越出版市场和正常文学评价的"强推"部分，领头的作家已渐变为某种跑国际文学码头、过另一种生活的人。

有个真实故事——前些年，美国的奥普拉在法国花都巴黎的超高档服饰店碰到这么一桩其实很可思议的事，那就是势利眼的店员（势利是其行业本质，甚至就是作业须知，意即第一时间判断谁是真正顾客，这是好店员的能力），拒绝接待这位看来已太老又没身材可言的陌生非裔女子，当然这回是大大走眼了。奥普拉，同时拥有巨大的声誉、权势和财富三奇加会，但她果然精明世故，她拿什么威吓这些个不长眼的店员呢？她选择掏出来的是所谓"黑卡"，一张无限额度、遂也同时代表认证过声誉和权势的传说中信用卡，不必吵不必解释不必难堪地自夸，事实上，奥普拉好像一句话也没讲。粗俗地来说，你有可能认不出奥巴马（所谓全球最有权力的人）和加西亚·马尔克斯（全世界最无远弗届声誉的小说家，当然已是个鬼魂了），或依稀认得了也不以为意、不能怎样、干我什么事，但钱是一定认得也一定干我一堆事不是吗？

我自己非常非常喜欢奥普拉这个故事，是介绍我们眼前世界最好懂的故事。

我猜，奥普拉一定读过大仲马的《基督山伯爵》这本好几代人一生熟读、相处的通俗经典小说，她还没年轻到遗忘、遗失掉这些东西，或说她生活的国家、社会还没这样（这本书在台湾则逐渐消失了，这是个饶富意义的征象，和诸如《安娜·卡列尼娜》或《卡拉马佐夫兄弟》的消失有不尽重叠的意思，这意味着更进一步，我们曾经更难想象一个没《基督山伯爵》的世界），只是不晓得她那一刻有没有想起来，或依计行事——同样在巴黎，只是时间提早了两百年（和高老头恰好同时），货币形式也未臻完美但无碍。复仇而来的爱德蒙·堂泰斯戴着基督山伯爵的假面进入巴黎，多年之后，他又见到已成大银行家还封了男爵的昔日仇人唐格拉尔。堂泰斯一样二话不说拿出来的正是当时欧陆三个大国三个最大银行家签了名的无限额度信用状，亦即奥普拉"黑卡"的前身。"这三个签名价值连城"，当场一拳击倒唐格拉尔男爵和一整个巴黎。因之，奥普拉那一刻服饰店人员的脸上表情，我四十五年前已从大仲马书里栩栩如生看过了。

　　有些事，源远流长。

财富的力量展示，且持续增强

　　爱德蒙·堂泰斯，极潇洒或知道这无所谓的坦承他基督山伯爵这爵位是花钱买来的，为着这样那样方便一点而已，意思是财富当然可向上两替为权势和声誉。他真正的、或说唯一的复仇武器便是他自言的"带着富甲天下的财富而来"。就当时巴黎，他原只是个彻彻底底的异乡人陌生人，并没丝毫声誉和权势（而他三大仇家全都有，分别是政治世家的大检察官、陆军中将出身的领袖级国会议员，以及政商挂钩的封爵银行家，根深植密）。最有趣的也恰恰在这里，财富这人人认得、熟悉的东西，第一时间便把敌意、不安和多疑全数转换为好奇，整个巴黎的核心名流世界骚动了起来，堂泰斯的不明来历反倒成为口耳相传的传奇，人人争相上门来看一眼这个神秘的怪富翁。我们也可以这么看，整部《基督山伯爵》正是财富的一次华丽、极富想象力的演出，财富一连串惊心动魄的两替作业，一扇一扇应声打开森严闭锁的大门，进逼到权势和声誉的最高层之地，还进逼到人心的各处幽黯角落，叫出来并买到每一个人深埋多年、不可能承认、连至亲之人都不说的可惧记忆和秘密（维勒福夫人的、植物人鲁第亚老先生的、唐格拉尔夫人的、安德理王子的、裁缝卡德普斯的、希腊公主海蒂的……），什么也阻挡不了。

书里，堂泰斯还简单只花他二十万法郎，就成功制造了一场莫须有的西班牙政变，重创了巴黎的证券交易市场和内线交易的唐格拉尔；他故主莫雷尔先生的声誉和一条命也是他"买回来"的，包括二十八万七千五百法郎债权加一艘新船埃及王号载满着洋红、靛青等等，还附赠了一颗大钻石当莫雷尔女儿朱丽的嫁妆；还有，他的女伴希腊公主海蒂也是买的，辗转从奴隶贩子手中，这最贵，用掉了他最大两块稀世翠玉的其中一块。

一部小说，包含着书写者的想象和期待，当然并不足以直接证明、也千万别用来证明彼时巴黎的财富、权势和声誉交错纵横真相。这毋宁更像个预言（通过小说家佐以想象的捕捉），对日后世界的说明能力还更胜对当时，也因此，至少往后这两百年《基督山伯爵》这本书一直没有"过时"、没变得古旧不可解。今天台湾不再读这本那本书，往往并不是书失去了力量，而是人这边失去了力量。

这两百年，财富的力量连同它的样式一直在成长，更自由，更灵动，更流水般哪里都渗得进去，还愈来愈坚固不坏，很多过往人们察觉出的弱点裂缝都成功补起来了。印度佛家爱用金刚钻这摩氏硬度最高的东西来形容某物亘古不坏，而金刚钻在权势、财富和声誉中最接近财富不是吗？事实上，裸钻一直是货币的一种，通常用于非法的交易、洗钱、财富的转移藏放（意即对抗财富的簿记化、具名化）云云。今天，财富最醒目也必将影响深远的演化正是——一种认得它主人是谁的金钱，以及不容易损失、也不容易损耗的财富。这是私有财产的终极演化，简单通俗（往往也带着负气）的说法即是，财富走向世袭，依托克维尔的洞见（"继承法往往不知不觉决定了人类社会未来的样式"），这相当相当程度决定了人类的未来。

　　财富已难以摧毁，包括时间这一无不可摧毁的无情力量——当然，时间最终仍会得逞，只是得很久很久。

要怎么运送出去？

　　《瓦尔登湖》书里，梭罗不吝展示诸多湖中、森林中才有的好东西给我们看，这本书的美文误解可能便来自于这部分的吹嘘描绘。梭罗此举有点不怀好意，很明显是想诱引我们——礼闻来学，不闻往教，你不能要好东西自己来找你，或者说，等好东西迢迢跋涉到你那边，它往往已变质了、腐败了、光彩尽失了；只能你来，不能它去。

　　不能运送的东西，很多，举凡多汁但一碰就受伤的各种小浆果小莓子、早晨草叶上的露水、湖里鲜度化为光泽的鱼、湖面颜色随天光云影随四季流转的幻化不定，等等。

　　声誉因风传递，最多只需要空气分子作为介质；权势甚至不必，它是一种关系，一种力学作用，磁力场引力场那样，在真空中都能进行；就只有财富本来是沉重的实物实体，这原来是它最令人头痛不已的部分，它是有"身体"的会老会坏，储存不易、搬动运送不易、及远不易，但有趣极了的正是，一旦这些困难一一克服，财富唯一是实体实物的特殊优势就显露出来了——不像权势和声誉总遥遥如浮云，它是人人摸得到、看得懂、用得着、而且乐于收取也知道怎么收取的东西。

洛克当年便清清楚楚看到这个，他称货币为"解围之神"，解开什么困境呢？解开的正是，把人劳动成果从快速耗损消失的东西，转变为"可以持有而不变质的永恒事物"。

它不是只属于少数人的（少数异样禀赋、能力、性格和运道的人），而是全部人；它不只发生在人生命中某一截特殊时日或阶段，乃至于只是一个梦一种想望，它紧紧联系着人的生物性绝对需求，今天需要而且明天后天照样需要个不停；最终，它还是唯一会留下来的东西，在人最糟糕必须做最后抉择的时刻，因为只有它是真正致命的，也只有它能延续生命以及延续希望云云（当然，如饿死事小失节事大，人仍有转而选择声誉和权势的余地）。一句话，它是"通用"的，不论时间上空间上，而通用这一词我们又何其熟识不是？

通用，正是货币的一个主要解释和一个名字，称之为"通货"。

轻灵起来的财富

顺此路，来回想一下货币这个最寻常却也最神奇的东西。

货币也称之为通货，意即它（原来）是诸多财货中人人会要、遂通行不滞的某个、某些核心之物。所以通货膨胀，大白话便是钱（通货）多了（膨胀），货币数量超过了实际使用的需要数量，钱于是变得有点不受欢迎，能买（换取）到的东西变少了而且还会持续变少，钱在这种特殊时刻因此有点烫手；同理，通货紧缩就是钱少了。

货币的另一个相关解释和名称，我们稍前提过了，就是水，流动不居源源不绝的水，借用了流水沛然莫之能御、哪里都去、可能还包括它一停一壅塞住就死去（死水，污浊腐臭的水）的此一特质，也称之为"流动性"和"流通性"，这个翻译之词其实不是形容词副词而是名词，直指的就是货币。所以，所谓流动性偏好，粗鲁点来说就是人对货币、对现金的合理偏爱，这是经济学者认定并广泛运用来解答种种经济现象、经济选择的一个事实通则，强调其灵动、不被拒绝、随时可兑换成其他东西其他形式，并投入最恰当的地方，以至于最利于持有，胜过其他任何较笨重的东西和形式（其他实物如汽车、农产品的大量持有，通常我们称之为库存，已很难视之为财富，这没有利息，还得不断支付存放费用并不断自然耗损，最后往往只是一堆废物，比方每个出版社都有一堆等待化为再生纸浆的库存书）；所谓的流动性陷阱，则是一种特殊的货币现象，货币宛如掉入一个陷阱之中，再无法正常流动，于是交易停滞，库存堆高，经济快速探底云云。货币一停止流动，景况十分悲惨，这是我们都知道的，也多少亲身受过。

财富力量的爆发，货币的发明或说发生是这一切的关键，它使得财富坚实同时又滑溜，既是实体实物却又虚拟无形无阻力，像神话中那种长两个头的魔龙，很难杀得死它——货币的发生及其简单演化过程谁都晓得，它最原初针对的就是流通的问题，或者说，在万物的流通中自然而然现身，如美神维纳斯从波涛浪花之中冉冉升起。

找出一种最适合当货币的东西

实物的直接交换有种种困难和摩擦——

首先，彼此的需求很不容易恰恰好对上（我很需要你的米，但你显然并不想读我写的书云云），解决的方法只能是进行三方乃至于四方五方六方的复杂交易（NBA 球员的交易因为仍是"实物"交易，遂常出现这种状况），或说让这样的交易网络成为可能（遂也生出了市集）；再来，需求的数量大小也不容易恰好对上（我需要你这个耗时烧成的美丽大陶碗，但你实在吃不了我这一堆等值的新鲜野菜云云，当然也可采行我供应你一年野菜的素朴分期付款方式，但这不干净且只能进行于熟人），这里又碰到物品可分割不可分割的另一交易关键难题；此外，实物携带、运送、存放的笨重及其耗损，这一直是根本难题，随着交易的扩大及其必要延迟只会更严重更麻烦；还有，物品在交换转手过程的污损破坏本来不是个事儿，但也随着交易的复杂化多次化、同一物件被反复使用于交换而非直接使用（即货币化），逐渐成为一个困扰，凡此。

因应着这种种困扰，其中有几样特殊物品，人们普遍愿意收取，生活里几乎都用得上，可又不那么容易自行生产供应云云，这些仿佛需求最大公约数的东西，遂从实际交换中脱颖而出，成为交易网络的中心枢纽之物，让交易通过它们得以较顺利进行；既是本身具功能性的实物，同时又是联系的媒介，我们日后称此为实物货币——就中国历史来说，最原初大致上是海贝、布帛、斧头和刀等等。几乎谁都看得出来，汉字中举凡和财富交易、和货币相关的造字，总忠实地留着贝、布和斧斤的印记。尤其"斤"这字，很早就用于计量（亦即财物的计算），但绝大多数人不记得它本来是斧头的象形，是斧的原字（斧字反而是稍后才有的，添加上"父"的声音符号，让人知道怎么念它），由于频繁使用于交易（这个大陶碗换你两个斧斤、这堆粮食值四个斧斤云云），遂逐渐演化为通行的计量单位，只砍人不砍树了，斤字的"篡夺"使用，极生动地记录了此一实况过程。

　　盐可能是另外一种，同样人每天需要，保存和分割都很容易，只是在中国没像在其他某些文明某些国度那么显著，如犹太人的年轻导师耶稣要人做世间的盐（做世间的货币？）云云。

　　海贝、布帛、斧斤、盐（乃至于米粮、茶叶、宝石……），作为货币，这才各自尝试着开始，也明显各有缺陷。这里，我以为较有趣的反而是其一致性，货币化的实物品类在世界各地高度重叠而且演化方向相似，这当然不该说是巧合，也不是人没想象力，而是人类在财富增长、财富交换面向着相同的要求和难关，也经历着相似的过程，并得到了相类似的经验成果乃至于"答案"，某种所谓的趋同演化。日后，相异社会相异文明的接触碰撞，财富这部分的歧异几乎是最低的，很容易彼此看懂，也很容易察知对方在想什么要什么盘算争抢什么，商人之间的对话远比其他任何行业的人比方诗人小说家简单多了

（尽管老说诗人小说家是向着同一个世界、共同写同一本大书云云）。这上头，地域的、国族的界限极模糊，全球化的障碍极小，仿佛有共同的语言，或说，财富自始至终就是全球性的。

最终胜出的是斧斤，或正确地说，作为斧斤材料的金属。还原为材料，挣开既有形式的束缚，让它更轻、更自由、更富各式各样可能用途，也更利于分割收存云云，这是货币演化飞跃起来的一步。不只在中国胜出，这也是普世性（在金属矿产并不均匀分布的前提下），全球飞舞，差别只是时间早晚、是发明或学会、是自发使用或遭到侵入同化而已。还有，就连其稳定下来的形制也快速地普世一致，美学空间受限于实用：圆饼形，摩擦耗损最小，不割手，方便携带交换和堆叠——至此，货币已完成了，也差不多完美了（翁贝托·埃科指出，人类有很多东西是一出来就接近完美），它从此不再从人类世界退出独立存在，人也再不必发明新的某物来替代它。往后，货币的变化调整只在货币"内部"进行，更像是它自身的生长演化，依循它自己的规则和逻辑，人们在使用时不断发现货币原来还能这样还能那样（比方用更轻的纸张来代表、代替金属；比方货币的存放居然可以不损耗如其他所有财货，反而不断滋生利得云云），把它藏孕的力量和可能性不断找出来。

不再造货币，而是用货币——如何把货币用到极限。

为什么不是更富用途的铁？

也来重新想一下货币的信用性。我一直认为，一般对货币信用性的理解有点不对，或说，有点延迟了它。

实物货币，按理讲可以是全然自然的、放任的，因为它代表的价值和本身具有的价值是完全一致的，没有多出来，不是信用性的——也就是说，使用于交换，它是货币；使用于日常生活，它就是某种有用的财货或物质。它的"价格"仍有涨跌，但只是相对于其他财货的涨跌关系，不是货币性的。

所以，理论上不必"管理"，实物货币是最符合自由经济思维、市场自己会调整决定的东西。

但这里我们来看另一种金属：铁。人类世界包括中国曾试用过铁钱，但那通常是不得已的（比方金银铜不足），也总是撑不了多久（氧化腐蚀，供应量太大云云，一般所说铁钱太重搬运携带不便不是正确的说法，铁的比重小于金银铜），这很明显背反于我们对实物货币的习焉不察"认定"——不是说实物货币的选择（或说自然脱颖而出），应该是人们有着最普遍、最广泛使用可能，所以人人都乐意收取的某物吗？

铁岂不是更富各种用途的金属？事实上，铁绝对是人类世界至此用量最大、应用最广的金属，但整个人类世界快速的统一以金银铜这三者为货币，端看在地的交易实况和其矿产状态而定。铁最富用途，不只因为它天然存量大、取得容易遂充分开发，更因为它的化学性质，可依各种实际需求制成各种性质的"合金"。金和银都是极惰性的，偏软又不易和其他元素化合（纯铁也软，但容易通过化合锻冶增加硬度），除了装饰很难有实际的生活用处；铜好一些，青铜（即铜合金）时代曾是人类一个颇长的生活阶段，但最有意思的也在这里，铜正式地、普遍地用为货币恰恰好是铜使用的"空窗期"，正好在青铜时代落幕之后，又距离日后电的发现和使用遥遥无期，无法利用它的高导电性、低电阻性来作为铜丝电线。也就是说，铜作为金属货币，不是因为它人人有用，而是它正正好无用，这有《庄子》的寓言味道。

所以说，货币很早就得是信用性的，早在使用金银铜的金属实物时代就开始了，意即人们愿意收取它，不全然因为它有用，而是相信别人也愿意收取。这可帮助我们去除一些迷思，也较容易看穿货币的种种诡计——比方要不要回到金本位的问题（意即纸钞只是黄金的凭证，有多少黄金才能印行多少纸钞）。要求回返金本位通常是人们对当下货币的信用已达高度怀疑、不安的时刻，尤其是国家大量印钞如脱缰如赛跑时（的确极度不公，利益全归于负债者和大规模货币使用者，是做账式的掠夺），但以金本位来"拴住"货币，绝不是因为黄金的实物性、非信用性，仅仅只是因为黄金的自然有限数量，这当然可以制止货币数量泛滥这一端（改用更稀有的铀本位、铈本位会收束得更快），但也会立刻制造出另一端的灾难，即黄金当场腾贵、货币供应严重不符经济规模、市场第一时间停滞瓦解云云。黄金作为货币的时代已经完全过去了，这是另一种以有涯逐无涯，数量固定弹性太小的黄金早已追不上不断扩大快跑的经济规模，尤其是这半世纪多（即金本位废除后）资本主义的爆发。上帝创造黄金，本来就不是设计为人类货币材料的。

货币是信用性的，所有货币的诡计因此集中于此——虚拟，欺诈，画鬼神易。

今天，我们仍使用金属为辅币，沉甸甸的，从口袋掏出来看看，这是某种合金，材料价值低于使用价值，它们的主成分，没错，就是铁。

货币诡计生于、藏于信用里

　　抱歉，仍然是个波兰人笑话（这是悲伤的，悲伤的人们生长着最多辛酸的好笑话），尽管昔日的老大哥已不在多年了，如沧海桑田，也让这个笑话如预言——话说某乡下银行员劝个农夫存钱开户。"我存十块钱在你们银行，万一你们银行倒闭了怎么办？""我们华沙总行会负责。""万一华沙总行也倒了呢？""波兰政府会负责。""波兰政府也倒了呢？""我们还有苏联老大哥会负责。""可是就连苏联老大哥也倒了怎么办？"银行员遥遥看向东方克里姆林宫的方向，勇敢地说："笨蛋，只花你十块钱就换得苏联老大哥垮台，这样你还不划算吗？"

　　今天，我们使用的货币（纸钞）大致就是这么回事，相似大小相似制造成本的纸上注记着天差地别数额的"价值"，系由其背后某个巨大的、有偿付能力的体制机制来规定、来保证，笼统来说就是负责印制它的国家老大哥，尽管某些非常时刻（非常时刻其实并不少见）国家也保证不了，而且随着财富力量的高速扩张愈来愈保证不了。我孩子手中就握有一张津巴布韦的巨钞，已数不清记不住究竟多少个零了，这是我那位无聊的钱币收集者老友初安民送他的，这张数额百亿上兆的钞票可能还买不起一个面包。美钞就比较稳定（准世界货币，不只由合众国联邦政府支撑保证），也比较诚实，这个人们仍如此信神、往往还虔信得有点可笑的大国，纸钞上仍印有诸如神佑美国之类的字语，试图搬出上帝来终极保证——国家的确愈来愈需要神的护佑没错，尤其在对抗财富力量这一事上。

这就是所谓的"信用货币"，有别于之前千年以上时间的实物或实值货币。说来只是一张花花绿绿的纸，本身的价值和所代表的价值完全分离，最原初只是一纸证明，像支票、取款凭证、债权凭证之类的，最早还不是由国家开始的，而是商人在实际交易中使用出来的，仍是为着克服实体实物搬动运送的费力费时和危险（隐藏一叠纸比隐藏一堆金属容易多了）。交易扩大，钱也是很重的（我自己是没搬过钱，但经常搬书，知道那有多累人）——这是货币又再一次的"起飞"（中国最早曾称之为"飞钱"，轻盈飞起来的钱），进入到又一个全新阶段，朝向彻底的虚拟、无形、无阻力无摩擦、宛如佛家空无不灭的境界而去。其实不是从金属到纸张，而是从实体到无形，货币至此正是某种神魔级的东西了，只等它自己把这神魔力量彻底释放开来。

信用货币和实物货币的时间分割点，一般很容易想成是纸钞出现时。理论上，实物货币并不需要额外保证，因为它代表的价值就是此一物件原来的价值，也就是说，你大可不当它是货币，而是换到某种"有用的东西"如缝衣的布或铸造农具或凶器的金属材料云云，帝力于我何有哉。

但这极可能是错的，从两三千年后的今天我们可以看得很清楚——在人们正式使用金属货币（或甚至再稍早）、货币这东西这概念正式成形那一刻起，货币就从实物中分离出来进入信用阶段了，比方西汉初年当时；或干脆点说，货币从来都是信用的，信用是货币的"本性"，这样我们才不会看错它。

货币创造出的利益

　　根本地来说，如果货币的代表价值和其实际价值一致，铸币将是徒然增加一笔成本、吃力但绝不划算的纯服务之事，如果有人好心愿意，国家大可开放乐观其成才对，而不是抓他关他。

　　汉文帝时就开放天下铸钱，但马上证明这是暴利行业，人们蜂拥着探矿采铜，光景大概相似于日后的淘金热潮，当然无关也远远超出实用所需。其中最有名的是邓通这个人，文帝怕他饿死（术士预言他将饿死），赐他大铜矿铸钱，几年时间立刻成为全中国首富。事情很清楚，邓通经营的是金融业，而不是较辛苦的采矿业、金属制造业，这也预言了日后金融业的层出不穷故事，如台湾蔡家三代（谁说富不过三代？），他们究竟是做成了什么了不得的伟大事情、且三代人只增不减对人类世界有着非比寻常的贡献，才得以取得如此财富？

　　我以为这个质问是绝对必要的，得一直记着，时时勤拂拭，特别在你进入到经济学迷宫也似的理论世界之时、之后，否则你往往不知不觉变成另一种人、你原本不要成为的另一种人。

这一脱缰也似的巨额利益是之前（纯实物交换）没有的、人不知道的，纯粹由货币所创造出来。而今天我们明白了，这才只是开始，是滥觞（意思是水量刚够浮起个小酒杯），未来，用昆德拉的话来说是，"这是一条大河啊"。所以铸币印钞得收归国有，不管是为着占取或基于公平，一直到今天，几无例外；但不能印钱无损于货币的"操作"，这个迷人的、遍地是闪闪发光财富的、且大到几乎看不到边界的空间，正在于货币超越了、挣脱了实体实物打开来的，藏孕在货币的信用里，事实上，由国家印钞，意即最终要负责、要收拾烂摊子的是国家，这不是更好更方便吗？今天，经济学者沮丧地告诉我们，这甚至已无关经济学了，而是数学。数学正是人类所知唯一一种和实物实体世界可以完全无关的学问、唯一一种真正向着无限而去的纯粹思维。

货币不是透明的交易媒介，货币是独立的全新东西，有它自身的内容和意志，带来一个全然不同以往的新世界，至今已玩了两三千年才正成熟当今，也才刚知道它能做多少事情，惟仍远远不见尽头，任何认为雷曼兄弟事件这场全球经济危机只是特殊案例或货币灾变终结的人，可能都有视觉、智力或精神方面的症状。马克思谈资本主义的"异化"非常精彩，是他最棒的部分之一，但要是今天他还持续看着眼前这个世界，我想他会把话讲得更利落更准确：真正异化的源头、异化的核心之物，就是货币，完毕——麻烦在于，我们召唤出它却送不走它，没办法把它骗回去那个小铜灯里。想象一个没空气没阳光的世界（如好莱坞的某类电影）极可能还比想象一个没货币的世界容易些而且有可能些；或者说，没阳光没空气好像还能用"科学"来解决，没货币那整个眼前世界就瓦解了。我们只能死心在它每天的统治和定期不定期的失控狂飙劫掠下过生活，把它当作是无可更改抗拒的"自然处境"，类似地心引力那样，并一样一样修改我们的价值信念、我们一直以来坚信坚持的东西、我们的希望来配合它。

汉武帝的一个货币诡计

　　缺钱孔急的汉武帝至少已玩过一个著名的货币诡计，今天来看当然是初级的、很野蛮的——他（一定是听从某个内行人的建议）拿出库藏的无用白金和上林苑繁殖太快、产量过剩的鹿皮，制成三款进献的、祭祀的专用货币，逼那些食租者的封国君王吐出现金交换，汇率由身兼央行总裁的皇帝本人说了算。一交换，原本无用的白金和鹿皮瞬间跑出巨额利得来，这今天我们何其熟悉，正是华尔街那些人每天每时每分每秒做着的事。

　　可视为同时期，在地球另一端也发生类似的交换诡计利得，犹太人的圣地耶路撒冷，难怪犹太人的声名一直和货币和金融紧紧绑一起千年不改——犹太人亡国星散之后，回耶路撒冷圣殿参拜成为人的生命义务，这于是催生了一个祭司和商人联合的货币诡计，远道而来的参拜者得先两替为在地货币才能奉献，于是庄严的神殿前繁荣起来，如最早的一条华尔街，满眼是钱。年轻的耶稣第一次骑驴入耶路撒冷，看到的便是这样不堪不净的景象，他也做了今天占领华尔街的人们相同或更激烈的事，那就是掀桌砸毁这些钱摊。

是的，源远流长，让人疲惫不堪。

从多余之事到攸关生死

　　所以说，《盐铁论》这部西汉奇书真的值得仔细重读，我们比这两千年来的代代之人都更知道怎么好好读它，可能也读来更加亲切有感，如同找到某处源头，这一切原来如此——我的老朋友詹宏志年轻时聪慧地领头做过此事（尽管只是提示性地加入现代经济思维），书在时报出版公司的历代经典宝库丛书系列里不知还有没有*。但又三十年了，快速进展或说宛如揭晓的这三十年，我们不仅知道更多，还多以既成事实的样式摊开在我们眼前，不必再推论、猜测和忧烦。

　　《盐铁论》系由和桑弘羊打对台的当时儒者记叙书写，言辞上不尽公允，有太多他们还不懂也不愿懂的东西，但这今天不难过滤掉；而且，儒者的"偏颇"也并非全无价值，里头仍存有不少我们正遗忘、已轻蔑不已的有益价值信念、有益看世界角度。

　　回头想，何以海贝在那么早就"被选为"交易媒介？它是实物没

---

* 编者注：《盐铁论：汉代财经大辩论》，时报文化2012年出版修订版。

错，但更殊少生活用途，何以人们愿意拿活命的粮食柴薪去换取？

——这很可能透露出交易（原初）的某种本质来。交易，在自然经济的状态下，人拿出来的原是彼此的剩余之物，是人在生存线上进行的特殊活动，为的是提升生活，甚至就是凯恩斯所说想让人歆羡云云，其夸示成分远高于生存成分。所以商业交易是所谓"逐末""逐利"之事，意思是并非必要，甚至说成是某些人格有问题的人才做的事，或做这样的事难保内化有损人格云云，这是当时人们的普遍看法，也应该是合理的实况感受而不是一种特殊的思维和主张。

反倒是，在商业交易最逐末逐利（最赚钱的行业就是算到小数点以下好几位数字的行业）也最浮夸的今天，我们反倒不再这么说话了。今天，交易的确沉重得事关基本生存（买米、买油盐酱醋茶⋯⋯），是交易分工的世界样态，人在合理、有利、方便的情况下不知不觉走上的历史单行道（人类历史演进的通则方式），人相互依赖到底，遂有一部分变得极其脆弱，生存线以下和生存线之上的事全纠缠一起分离不了，人被绑架了，打击富商巨贾一定先打到、打死更多挣扎生存的人们，人肉盾牌那样。

从海贝到金银铜，这连起来一道也许不同于一般货币解释、但更具交易原初本质的前货币之路，它们最醒目的共同特质是：都闪闪发光（几丁质和金属的自然光辉，我们可能也会想到，铁的问题也可能包括它长得不够美），实物，没那么有用，多出来的，但如此夺目诱人。也许，布帛的货币选择也应做如是解，更多并不为着制衣取暖、留住梭罗所说人身体的"动物热"，而是作用于人心里另一处有异常热度的神秘角落，就像我们今天对衣服、对各名牌当季新装一样，有些衣服哪里是取暖，根本是得受寒受冻好不好。

早期的经济学著作，珍罕的宝石曾带给这些了不起的思维者不少困扰，通常得将它特殊化，单独立项，孤立于一般原则之外，因为并不容易解释这么没用却又这么昂贵这么普遍被人忘情追求、价值和价格完全脱离的东西，会冲垮好不容易建立起来的交易理论、价格理论云云。然而，从海贝到金银铜，再往上延伸不就是宝石了吗？只一步之遥，宝石不过是其更高端的一物，如最早的"大钞"，更夸富的大钞，当然折算兑换不易，但无妨，用得起拿得到的人本来就很少（或也让我们想到比方台湾帝宝级的豪宅，相当程度是不受景气影响、独立于景气循环之上，因为芸芸众生，只需要那不受景气影响的二三十个人就够了）。时至今日，宝石尤其是其中价格行情最明确有依据的裸钻，仍属货币的一种，携带藏匿方便，机场海关的金属探测装置没反应，受过训练的米格鲁小狗闻不出来，不少行业的人于是很爱用它。

这里有着时间差——交易原是多余之事，如今也是、更是；但交易如今又攸关生死，倒不是会让人当下饿死冻死，而是人生活方式的整个破毁、整个瓦解。

不是鸦片，是货币才对

"哲学家花了多少世纪研究幸福的真义，到现在都还众说纷纭，原来解答竟然就在这里！这种东西可以用一便士买到，放在上衣口袋里带着走；狂喜的情绪可以装进一个瓶子里，宁静的心可以交给邮车去传递……"这段话是德·昆西写的，我在谈"人造天堂"（波德莱尔的命名）时已引述过一次——很可惜，德·昆西说的只是鸦片，最终把他给拖入地狱里的东西，不是货币。

但应该是货币才对，更对。

至少——鸦片，我们从德·昆西和波德莱尔那里知道，里头藏孕着一种短暂的或总有其赏味期限的特殊幸福，一个决计留它不住的天堂（依德·昆西的真实鸦片成瘾告白，最多只十年二十年），而且结束时当下翻脸跟你连本带利追讨，眼前整个世界瞬间黯黑恐怖如《圣经·启示录》那种模样，也完全是魔鬼梅菲斯特对浮士德博士那样（使徒约翰和诗人歌德极可能就是根据此一麻醉物迷幻效应写成的）；而货币，藏放的可不只一种幸福一款天堂而已，可适人适性、配合你的生活作息和梦想打造，很多有才能有专业训练的人都乐于帮你（价格合适一切好谈），就像日本著名电视节目《全能住宅改造王》那样（原名"大改造‼剧的ビフォーアフター"）。你站在世界之中，朗朗乾坤，这绝非幻觉也不凭空消失（通常还能转售再赚钱，是一种金融商品），海水没有沸腾，日头不会掉落，它坚实存在可拍照可供人进入参观（总有这种需要，否则不就锦衣夜行？），还有法律保障，还可传交子子孙孙永宝用。至于，有一种心思复杂难言的类似说法，说货币打造的幸福天堂是否总是指向不幸、不得善终，是否也如鸦片有个躲不掉的地狱陷阱在后头等着云云，这并非全无根据全非经验事实，但，这再说了吧。

想想——几乎人所需要的一切、拥有的一切、乃至于所做过的一切，都可以（或已应该说"必须"）收为一小枚金属、一张纸，装身上带着走，是哆啦A梦四度空间口袋及其神奇道具的真实版本；当你在路上捡起一张纸钞一枚钱币，某个人一小时、一天的劳动成果就自动变成你的，好像那一小时、那一天的工作本来就是你完成的（这正是最具货币掠夺性的地方，货币诡计的"原型"）；你，如果是对的父亲母亲所生，你睁眼大哭那一刻，可能就拥有了成万上亿人一生辛苦流汗的劳动成果，这与其说是你上辈子上上辈子做了什么好事，不如说你上辈子上上辈子必定是个不可思议的工作狂劳动狂，日以作夜，万夫莫敌，是这样子吧？货币以它惊人的收纳能力、抵抗时间的消蚀能力保住了最古老的生死轮回之说，但彻彻底底改写了它的内容。

《环游世界八十天》的真正福音

　　所以说究竟是怎么回事？所以说，那些不死心追问价值何物、犹想处理价值保留价值的了不起早期经济学家一定弄错了，经济价值当然不是（只）由人的劳动所创造出来的，至少从有了货币之后就再不是了；而且，劳动成果的报酬比例持续地、稳定地缩水，是最定向、也无法回头的历史进展。今天这是基本常识，大经济学者克鲁格曼也帮我们证实，薪资（中国大陆古典地称之为"工资"，劳动报酬）不是重点，也有限（尽管大企业 CEO 的薪资对我们而言是天文数字的"有限"），真正重要的是所谓的股票选择权，该看的是这里。这和薪资的"价值"天差地别到不该视之为同一物，也确确实实不是同物，这是一把钥匙一本护照，带你进入一个完全不一样的世界，货币的王国，真实无比但怎么感觉都像梦境的不思议之地，比方说，在这个世界货币是活物，极可能是唯一活物，自己会生长，结实累累。

　　劳动，人日出而作日落而息，如今还有法律限制（原意是保护），大致上一天不超过八小时；但货币的劳动时间毫无限制，像童话中的精灵，在人酣睡时仍持续累积财富，二十四小时无休，一秒钟都不放过。

《环游世界八十天》这本书写成于一八七三年，Around the world, I search for you……书写者是相信自己正目睹某一个全新世界到来的兴奋之人，急着想告诉世人一些新鲜事你当认错悔改（曾经，这是常见的小说书写企图和方式）。这部小说于是建立在这个信与不信的赌约上："人能不能只花八十天就环游全世界一圈？"——这个新福音并没错，但还是没看到真正重点，没真正察觉更深刻、更富意义也更具时间续航力的历史进展。

今天（我特定询问了我超级航空迷的儿子谢海盟），越洋大型客机的正常巡航速度（当然还可以再快些），空巴的 A380 是零点八九马赫，波音的 747 是零点八五，777 是零点八四。一马赫为一千两百二十公里，而赤道一圈是四万零七十五公里，换算过来，在不考虑起降和加油的情况下，三十六点八小时多一点就可绕行地球一圈，从八十天又降为一天半。但这已是快抵达尽头的进展，还可能更快些、但不会再快多少了，一方面是无可逾越的物理法则，另一方面更棘手是现实的其他种种障碍，其中最沉重的果不其然就是经济考量，亦即技术上仍有空间，商业上却不允许，商业说了算，这才是天条。事实上，曾有一款更快的客机青鸟般飞过，那就是有个鸟喙机首的协和机，人类世界唯一的超音速客机。协和机的停飞、除役并灭绝是个再生动不过的现代启示录故事，它无法克服音爆的恼人问题，但真正致命的仍是经营问题，其成本和效益的问题，一只不死于航空科技却绝种于经济法则的大鸟，正式加入旅行鸽、大隆鸟的行列。当然，如果一样不考虑续航加油和成本效益问题，最快是战斗机军用机，老早已能飞三马赫以上了（侦察用的 SR-71 黑鸟可飞三点三五马赫）。杀人放火的东西通常最高端最不受限制，也使用最多人类智慧成果，还能得到经济法则的有限度豁免，这是另一个令人沮丧的历史通则。

真正的福音，《环游世界八十天》只几句话不经心地带过，躲在这里——那是出发前夕男主人公福格先生交代他的法国新用人讲出来的："用不着什么行李，带个旅行袋就成了，里面放两件羊毛衫、三双袜子，等我们出发之后，路上再给你照样买一套。你去把我的雨衣和旅行毯拿来。你应该带一双结实的鞋子，其实我们步行的时间很少，也许根本用不着。得了，去吧。"而真正的关键之物是："（福格先生）顺手塞进一大叠花花绿绿的钞票，这些钞票在世界各地都能用。"彼时的准世界货币是英镑，两万英镑（镑和中国的"两"一样，原是金属重量单位）。计较地来说，"这些钞票在世界各地都能用"这话并不完全成立，如福格主仆总会误入到、迷途于某个仍属自然状态的地方；这话于是更接近预言，或平实地说，是往后人类世界持续进展的描述，它每天都多实现一些，一块地方一块地方要有光就有光地实现。

故事收尾大家已知道，福格先生戏剧性赢了，在八十天时限内赶回伦敦，俱乐部的大钟准准响起——他本以为自己输掉了，晚了一天，却是因为漏算了国际换日线得以追回这一度遗失的二十四小时（小说家洋洋得意的最终诡计）。福格先生保住了声誉，赢了财富，外加一笔生命真爱降临的红利，独缺权势。

真正有意义的进展（已）不是人能否更快地掠过某地，而是可以如此轻灵地进入某地，如水滴融入河海（记得吧，货币是水，带你流进去）；真正神奇的不是交通工具，而是货币。一如不信八十天足够的那几位俱乐部友人坚称的，交通工具的衔接安排云云难保意外，福格主仆也确实一再发生意外，怎么办呢？通常正是靠货币，用那一叠英镑一次一次堵住漏洞，这也是我们旅游的基本经验——仿德·昆西的说法是，哲学家花了多少世纪研究人和人亲密关系的真义，原来答案就在这里！这种东西可快速解除怀疑和不安，让陌生的变熟悉，让敌意的成友善。你不必在当地有亲人朋友，素昧平生的人自会接待你侍候你，其殷切周到的程度甚至高于对他自己的父母妻儿；你去到的地方、吃到的食物，甚至可能是当地人从不知道有，或知道了也去不了吃不到的。人不必再背起一口古井背负一整个家乡举步维艰，人解放开自己的身体、双手、心思和神经，看到想到摸到感知到。

以下的话我希望自己能更庄重地说，只因为太容易误解误用，花钱血拼有理——我自己有限的异国异乡经验正是如此，不知不觉中触及最多察觉最多的，是通过自己实际付钱、实际使用货币时发生的，这是一个很难说清楚、说正确的环节，一个快捷通道，以某种更接近整体感受的奇妙方式，把你和一个陌生异质的世界及其人们衔接起来。我的老朋友詹宏志曾指出，货架上的商品（种类、样式、数量、摆设……）往往透露出最多当地的真相，包含人每天想的做的用的需求的强调的和缺乏空白的，包含人种种生活基本事实；没在当地用过钱，往往不像是到过那个地方。我们也许并不真的喜欢这样，我们总是喜欢某种更纯净的方式，但这世界已经长成为这样子了，以货币为联系为桥梁。当然，其大前提是庄子所说的"每下愈况"，愈低下处愈明白，愈便宜、愈日常、愈普遍的东西说明愈多事（很可惜，我以前比较聪慧的老友詹宏志已成了个"昂贵"的游客，不再低头看这些最显露真相的便宜东西了），像是在地市场和超市，五星级酒店则全世界都一样。也因此，朱天心和我从不参加那种中国大陆"官方招待安排"的旅游，台湾地区作家没参加过的应该所剩不多，那像只从云端飞过，不搭飞机时都像是搭飞机。

波音747从一九七〇年代开始服役，也就是说，这近半世纪里客机的速度已停下来了，用以取代 747 的 777 是九〇年代产物，改进的不是速度，而是效率和成本，以两颗更强力的引擎来替换原来的四颗，省下的不是旅客的时间，而是航空公司的燃油及其相关成本，经济挂帅。而这飞行速度原地踏步的四五十年，却正是货币这古老千年之物最日新又新的历史时段，强劲生猛，几乎可用爆炸来形容，经济学都快限缩为货币学金融学了。

买来的天空

　　日本东京奥多摩山区竖着一方这样的告示牌，提醒人们再往里去就没有全家、Lawson、7-ELEVEN 等超商，但去莫复问白云无尽时，体贴极了也必要极了，对现代人而言，真不知道是哪个鬼想到的——确实如此，地球上仍留有不能只带货币进去的地方，福格主仆如果去的是南极大陆，行李当然不能只是两件羊毛衫和三双袜子，也没办法到那里再给你依样买一套，那样是找死如尤利西斯的最后航行。

　　但话说回来，这些仅剩的货币不通之地，如今却也正是最昂贵、需要更多货币之地，其间种种障碍，只有付更多钱才能克服成行。我这是从几位已晋升社会名流级的友人处听来的（相识当年大家一个样，但在这样一个财富、权势和声誉纵横的世界，这二三十年发生太多事了，一言难尽），有说六十万台币一趟，也有一百五十万台币的，是去住一个浮华大城市如东京伦敦纽约巴黎十倍以上的预算。

　　瓦尔登湖别来无恙吗？因为梭罗和他这本书，这块地方算是特殊的被保护下来了（显然经济代价不小）。事实上，人们还重建了梭罗那间花了他二十七点九四美元的小屋子，这是声誉为我们成功做到的事，偶尔或者说暂时，声誉还是能击败财富和权势的，倚靠的是外于财富和权势如漏网之鱼的人的价值信念，在某个如漏网之鱼、没那么非争不可的角落。惟更多的瓦尔登湖以及梭罗告诉我们，那些运送不出来的、只能由你走向它的好东西，谁都晓得了，如今只有两个字可说："昂贵"；那种所谓回归自然的"简单生活"，如小说家阿城指出的，其实都是最贵的，只有货币世界最尖端一级的人才讲究得起，一如东西冠上自然或生机这魔术之词，当场价格就不同了。

很多东西不是钱买得到，这仍是真理，但已是奄奄一息、再说也没什么意思的真理；真正有意义、负责任的凝视应该是：有哪些曾经钱买不到的东西如今——成为可能？甚或只能用钱来买？以何种方式何种代价来买？问这个，我们才能知道自己的当下处境，弄清楚我们身在何处、会走向哪里。

我一位穷但非要时时出国去玩去吃的朋友（这样的人增加中），有回订异国旅馆时面对着如此亲切愉悦的询问：你是喜爱山的 view 还是海的 view？她当然知道山和海的动人景观都是收钱的加价的，只好很扫兴地问回去，有没有那种 no view 的房间？

阳光、空气、水，古典经济学如三位一体的最特别三样东西，最有价值但完全没价格，无法也不必购买，任君取用；昔日西雅图印第安人酋长写给美国总统那封信也说，你怎么能买天空呢？——其实已可以买了，那就是"APEC 蓝"。二〇一四年 APEC 在北京举行，为了让北京出现蓝天，以北京为中心的方圆六个省市范围内，停产、限产的工厂据说各数千家，工地停工也达几千处，并全面管制车辆、燃煤云云。果然，那几天北京真的出现了久违的蓝天，有照片为证，乍见翻疑梦相悲各问年。其经济代价多大呢？中国大陆官方没统计或统计了没公布（应该是后者吧），各国媒体高低不等的各凭本事计算，惟完全可确定的是，这是空前壮举，是人类历史上最直接也最昂贵的一次"购买天空"行动。

但也就买到那几天而已，所以说真是昂贵。一星期后，北京环保监测中心再次发布霾害消息，话说得坦白、准确："污染物排放恢复正常状态。"

当然有太多人不舍，想留下这清澄如梦的 APEC 蓝，但谁也知道这不可能——几天时间还租赁得起，要永久买下这片蓝天，就连这个世界第二大经济体、又有集中性力量可断然行动的大国都做不到。乐观地估计需要三十年不懈而且痛苦不堪的努力，其中最难的果然就是，人们得"彻底改变现在的生活方式"。

彻底改变生活方式，也就是 No。

完全不矛盾的资本主义矛盾

　　然后，来想"不容易损毁、损耗的财富"这件事。这是资本主义的"成就"，得从资本主义说起。

　　丹尼尔·贝尔的经典之作《资本主义文化矛盾》出版于一九七六年资本主义最强劲的时刻，基本上和彼时世界逆向行驶，是一个重大反省和质疑，也是够认真的人才做的事。这本书至今仍值得好好读，包括说对和说错的，包括已消逝和仍然困着我们的，这些都是有线索的。某些判断和主张总会"过时"，但思维本身是一道长河，是一种活水的生动状态，成功接续着一个一个源远流长的思维，对和错于是都显现着它的来历、内容和意义，都让人会心动容，都闪闪发光，包含它成功穿透的智慧，和它仍无法察觉如隐藏真相的时空限制。

　　贝尔想指出彼时的资本主义已"变质"了。他相信的资本主义是马克斯·韦伯说的那个，核心是所谓的新教伦理，也就是一种又严格禁欲又放纵不已的怪东西。韦伯显然认为资本主义是人类世界一个极不寻常、甚至并不"正常"的进展，无法自然发生于一般人的、普遍的人性基础上。人要做出这样又禁欲又放纵、两端矛盾拉扯到近乎变态的行为，必定先有某种极特殊的思维发生，改变了某些人，统治着指使着这些人，才能撑住如此极度不均衡、不应该在同一人身上长期相安无事的行为方式、生活方式。这（试图）解释资本主义何以单独在西欧这一小块地域发生，也多少认定资本主义"只能"在欧陆和新教徒统治的日后北美发生，其关键正在于其他世界各地并没有这一奇特而且深沉的人性转变、突变。

往后一两百年，历史似乎一直支持此一判决，资本主义在其他全球各地都不成功反而弄得更残破贫困，资本主义只能是欧洲人的，而且仅限于新教信仰的这部分欧洲人，像整个美洲大陆，新教的北美和旧教的中南美完全是两种经济景观，这似乎更进一步支持韦伯。一直要到先日本、后亚洲四小龙的所谓经济奇迹发生（所以才要夸张地称之为奇迹），资本主义和新教伦理的连体婴关系才算有了现实裂缝，但不少人仍不愿放弃韦伯这个解释，因此问题变成为：儒家是不是另一种新教？同样又禁欲又勤奋入世？甚至就是人类世界唯一能替换新教伦理的伦理系统？这就是华人世界一度成为显学的新儒家，一群文史思维者转而学习、探索、讨论经济理论和经济实务、数字，很辛苦但也颇动人，就像纽约那位睡不了觉、时间陡然比人多一倍的宅男密探说的："我支持所有这么做的人，追逐一个注定不会成功的目标，我觉得这非常迷人。"

这让我们想到《瓦尔登湖》的"中国化"，有很相似的心理状态。可能是师事爱默生的缘故，梭罗带着点爱默生式的大而化之的神秘思维和习惯，也读一些东方的、中国的东西，以至于惊喜不已的华人世界这边，总有人（还不少）想把这本书、这个人纳为己有，以为梭罗和《瓦尔登湖》毋宁应该是"中国"的——其实梭罗的基本归属算简单，他根本上就是个美式新教徒，欧陆的新教信仰加上美洲新大陆的拓荒经历，一样又禁欲又纵情，又勤奋又兴高采烈，鄙夷现实财富却又津津乐道商业交易之事，是开明、心胸较宽广的最健康一型新教徒，他和惠特曼（或说《瓦尔登湖》和《草叶集》）不那么一致的只是，他同时是一个也热爱东方哲学的新教徒、美国人，完毕。

今天，我自己倒希望韦伯和贝尔是对的，资本主义得建立在如此不寻常也不持久的思维基础之上，果真如此，资本主义就太好了太容易消灭了。今天，真相毋宁是，资本主义真正的厉害和强劲，是因为资本主义最不需要"特殊条件"，它的基础是最大公约数的人、基本人性，甚至就是生物本能。任何特殊的人类思维，尤其是上达式的、对人有严苛要求的价值信念，追根究底来说都是资本主义的牵制约束力量。因此，资本主义适合先发生在较容易抛弃价值信念的地方，比方说才发生过革命或战乱之地，比方说某种移民社会，比方说务实的、灵活的、自知无足够抗拒力量和抗拒纵深的小国家云云。长期来说，资本主义是"反宗教"的（以一种淡漠不在意的方式），它装不下那么多应然式的教义及其繁复仪式，两者若要相安无事，只能由宗教这边修改自己来配合它。

这么说，并非全然反对韦伯有关新教伦理／资本主义的历史观察，这毋宁只是资本主义的一个极特殊阶段，资本主义才开始、还微弱，当下更大的阻挡力量来自（旧教）教廷和国王的权势，这只是一种联合，一种不知不觉的历史策略。

只是为着资本形成

　　好，丹尼尔·贝尔以为资本主义已显现的重大矛盾是，他身处的、目睹的资本主义似乎已经变质，不断丧失掉禁欲、律己这一端，只剩追逐财富并放纵恣情的另外那一端——如果你相信资本主义这两端缺一不可，就不会说这是资本主义显露的某种本来面目，而是忧心资本主义是否已开始崩解了？至少已进入到某种只自我消耗的下坡阶段？

　　在此同时，更由于当时凯恩斯式、新政式的政经实况，国家仍试着积极介入、主导经济实务，因此，贝尔的忧心进一步成为——资本主义是否已遭"篡夺"，变成所谓国家资本主义之类的另一种怪东西？

　　贝尔显然认错了强弱之势，所以跑错了阵营。

　　今天我们知道了，人类历史走向贝尔所忧心的相反一方，忧虑的反侧往往是更大更必要的忧虑——是资本主义逐步地克服了国家，而不是国家制伏了资本主义。华尔街是全球的，远比任何一个国家包括它所在的美国大。

　　我们先别管禁欲律己是否新教所独有（比方我们在山西白银商人

的传统家训里就看到几乎完全一样的东西；更早的，任何农家都知道并代代履行，除非饿死，绝不能吃掉留存的种籽云云），而是资本主义何以非禁欲不可？一开始，禁欲究竟从哪里、以何种方式和经济成长、经济起飞联系起来？——答案其实简单到不行，就是所谓的"资本形成"，尤其是第一笔资本，得无中生有，极艰难地、极忍受地、背反基本人性地从并没多少剩余的彼时生活里硬生生挤出来。

这在资本主义初期，是个启动关键，人类历史在世界各地反复重演此事，台湾地区发生于二次战后，是我们这代人和上代人的亲身经历——我们回想并感谢彼时加工出口区三班制工人尤其女工的"牺牲"（我的一干小学同班女同学赶上了这一行列），以为是日后台湾资本形成、经济顺利起飞的决定性一步，指的便是那些人、那整一代的禁欲，包含物质享受，其实还包括各种基本权益的冻结或延迟（过长的工时、菲薄的待遇、糟糕的工作环境、不均衡无保障的劳资关系……）。我中学二年级时（一九七一辛亥年），我农校毕业的二表哥开始在青果合作社任职，员工福利在春节前夕可整箱购买彼时出口日本换外汇的柳丁，一个个澄黄美丽而且个头大小划一，军容壮盛，很显然是严选的。循此，我才一样一样缓缓察知，有多少台湾生产的彼时顶级东西（巨峰葡萄、鳗鱼、鲔鱼、乌鱼子、爱文芒果……），我们连看都没看过，直接封箱上船。

这事，困难的并不是道理本身，道理太简单了谁都懂，用不着先学卡尔文教派那一套弯曲、歪扭、勉强、也不堪人合理一问的所谓"预定说"神学论证（卡尔文也从没要你想，他只要你听；如今资本主义社会，卡尔文教会谁还稍微认真谈预定说呢？）；真正困难发生在人性这部分，要人普遍地、长时间地封锢生命基本欲望，这就需要某个高于众人的权威力量，至于这一权威力量是家父长（如某个山西大白银商人)、是开明专制者(如蒋经国李光耀),或是不听话就烧你吊你钉你用石头打死你的清教徒审判法庭,这无关宏旨——这里,和单纯的现实权势力量稍有不同的是,对抗欲望,便得诉求道德,事实上,这样的权威力量总是太标举道德,把道德升高到或简化成最严苛最冷血的东西,写成明文律法,伸入到每一处生活细节生活末梢(如不得蓄长发、不能吃口香糖),在这阶段,极诡异地给了"非道德的"、和道德讲求无法相容的资本主义一抹(最)古老的道德色泽,由此,下命令的权威力量自己也必须保有(或装扮出)这样的道德模样,自身也得恪守类似的禁欲要求。

这可能更简单也更自然地解释了资本主义初期阶段在世界各地的动辄失败并声名狼藉(通常是腐败贪婪、虚伪、纵欲云云),不是因为没新教伦理,而是不容易保有一个足够时间抗拒欲望压抑欲望的必要权威力量。欲望,总是随着权力的增加、权力掌握时间的延长而不断生长,苍老的权力一如苍老的人,会懒惰下来,会被各式享乐所吸引,戒之在得,尤其他们比一般人看得到摸得到好东西,他们的子女、继承人更是这样。所以韦伯的新教伦理说仍是很敏锐的,这的确必须是一种很特殊的、有着宗教性信念乃至于执念的权威力量(新教的发生,本来就是面向着已腐败不堪的彼时罗马教廷,其中最浓郁的腐味正是来自金钱)。

第一笔资本的形成得无中生有,但第二笔、第三笔往后就渐渐不必了,随着资本的正向累积,资金取得的方式愈来愈简单、快、而且多样,今天,一纸好的企划书或仅仅是一番天花乱坠的话语,远比人忍饥耐苦十年二十年得到更多钱;今天,各种非道德的以及不道德的手法也更有效、更大笔、更即时地拿到钱。韦伯没看到的,我们不看都不行,他犹藏于迷雾中的人类未来是我们真相历历分明的过去——

再说一次，严苛的禁欲要求不是资本主义运作的必要条件，还背反了资本主义的"本性"，资本主义的唯一核心是人最本能、最原始的欲望，资本主义的发生在于人终于打开了、（成功赋予动人理论地）使用了这一巨大驱力的欲望，经济学者的根本自由放任主张恰恰好和韦伯的禁欲说明相反；禁欲和资本主义只是一个历史"偶合"，一个资本主义微弱、遥远时日的特殊技术手段，用后即弃也非弃不可，否则很快会转为累赘（如消费不足需求不足，经济景气萧条）。韦伯从一时的社会面现象去捕捉连缀，而正规的经济学者则深入原理层面，并从人类漫长经济总体经验去掌握、去一一印证；绝大多数时间我喜欢、敬佩韦伯远胜过任何一位经济学者，但经济学者的确更清楚资本主义是个什么鬼东西。

所以丹尼尔·贝尔所指称的资本主义矛盾不是矛盾，恰恰好相反，这是资本主义——克服了各种限制它的力量才逐渐显露、恢复的本来面貌，也是它和种种人性欲望的正常关系；于是，这也就不是资本主义颓败的征象，而是它胜利的表情——多了半个世纪，不是我们较聪明，而是我们看到了。

人放纵欲望会不会把累积起来的财富吃垮、用垮呢？答案是不会，已经不会了，它已远远超出了人能吃能用的数量——以下，我们要指出另一道界限，财富堆高到超过一个数量，再无法用我们从古到今、或说到昨天的生活经验来理解来想象。比方几十亿几百亿，人要在有限的一生中用完它，其辛苦的程度、困难的程度绝不下于海格力斯的十二大难题；而十亿百亿财富，却又不是什么了不起的财富，我们随时列得出一大排名字出来是吧。

也就是，财富成为一种不会损耗、还不会损失的东西。

当钱多到超过某一个点

已故的台湾经营之神和当时台湾首富的王永庆，生前有次在记者会上回答逼问，说出了这一句我至今难忘的话："那是因为各位钱还赚得不够多。"这话听似傲慢，但诚实而且还相当准确。王永庆是老派人物，也一直不是个夸富的人——王永庆没讲赚到多少钱才算够也讲不出来，但他清晰地指出某条界限、某个临界点，不畏浮云遮望眼，只缘身在最高层，财富过了这个临界点，我相信（只能合理地推想，毕竟我个人的财富累积比较接近下方的另一临界点非常惭愧，如果那几个钱还有脸称之为财富的话），人站在上面如站上山巅，在这里，世界以全然不同的样貌、形式、规矩和大小尺寸摊在眼前，人看着的想着的（举凡其忧烦、恐惧、渴求、希望）会很不一样，人和财富的关系（其用途、其意义、其做得到和做不到的事……）也不一样。王永庆稍早了一步（就台湾而言），当时还殊少同类，因此讲来感觉寂寞、感觉不被了解。

我在《世间的名字》书里《富翁》那个篇章谈到过，钱如王永庆说的赚得够多，世界的律法限制会一条一条在你眼前消失，包括最森严最与生俱来乃至于有肤色、身体特征为证的种族、国族界限；我借用佛经乐土里人人沐于金色光泽的说法，称这些人为金色皮肤人种。

有关这个，那些了不起的传统经济学著作能帮我们的显然并不够，长期以来，财富的讨论是在此一临界点以下进行的（或更正确地说，此一临界点还没真正出现）。一方面可能是解说方式的选择，经济学者总好心地想把问题拉回一般人可经验、可解的世界里来，总是以那种"假设你生产一蒲式耳小麦、我生产一公斤铁"的寒碜方式举例讨论；根本地来说，这也是一直以来的世界实况，永远有某个人莫名其妙赚太多钱没错，他个别超越，但世界并未因此改变，经济学者大可把他或他们视为特例，既不影响理论也不怎么干扰现实，可谈也可不谈，或就丢给宗教、文学、社会学、心理学、医学乃至于各式幸进权谋之徒去玩。

所谓财富累积的临界点，指的不是某个个人，以某种独特的、掺杂诸多鬼使神差难能再现难以复制因素达成的财富异常累积；而是在"正常世界"里顺应着正常的规则进行，这甚至无关乎个人，而是某种职位、职能报酬，比方你是上市跨国大企业的 CEO、好莱坞 A 咖或只是打篮球的球星。

也就是说，神奇的事不发生在人这边（这些百亿千亿身家富豪的生命经历往往乏善可陈），这只是财富自身的演化，唯一可称之为神奇的只是这个临界点，从量变到质变的这个点，财富数量的累积超过它，便进入到一个全新的阶段，成为一个全然不同以往的奇怪东西，并牵动了整个系统、整体结构的配合变化。至此，财富不仅用不完、耗损不了，有了整体系统的保护防卫，财富还不容易失败，没有惩罚无法节制（雷曼兄弟恶搞这一场，闯的祸殃及全球无辜，但有谁受到惩罚呢？），它长期存在穿透时间，除了财富拥有者个人的精神和心思状态，整个世界愈来愈奈何不了它，这才是真正的历史大事所在——经济学者克鲁格曼早就指出来了，富人已构筑出另一个世界，活在另一个世界。这十年二十年下来，克鲁格曼当时颇骇人听闻的此一断言，可能已太常识太轻松而且有些过时了，真正持续发生的是，那另一个世界正逐步修改、替换我们原来这个世界，人从思维到行为配合着调整改变。

从数量到实质内容，我喜欢已故生物学者古尔德的具体说法，个体大小比一般人想的更有意义，个体大小往往就是其内容和本质，决定它是什么——古尔德以为最精彩的是他在动物园里无意听到的两个小小孩对话："为什么狗不能长得跟大象一样大呢？""因为——因为它如果跟大象一样大，那它就是大象了。"

古尔德说："你晓得，她说得真是再对不过了。"——当财富的狗长得跟大象一样大，那它就是大象了，是全新一种、完全不一样的东西了。

积攒在天上的财宝

有关财富，《瓦尔登湖》里梭罗引述的、相信的是《圣经》福音书的登山宝训。这是年轻的耶稣禁食了四十个昼夜（不可思议的身体承受能耐，一般而言，必定会心生幻觉），和魔鬼一起走上那座（当地）最高的山，拒绝了世间权势和财富的诱惑之后，所做出的激进无比的道德教谕，我们可理解为是他人生最初的也是最重大的一次决定，选的是三道歧路中的人稀小径——《论真财宝》这一章节，其原文为："不要为自己积攒财宝在地上，地上有虫子咬，能锈坏，也有贼挖窟窿来偷。只要积攒财宝在天上，天上没有虫子咬，不能锈坏，也没有贼挖窟窿来偷，因为你的财宝在哪里，你的心也在哪里。"

我高二上时的作文，也引用过这一章节，是取自梭罗的而不是教会的，但被上了年纪、小心翼翼的语文老师整段画去，还帮我逐句改写成完全不同的意思。我还记得评语："思想略嫌偏激，惟文笔尚称通顺。"——很不好意思，其实文笔尚称通顺的是亨利·戴维·梭罗以及圣马太，思想略嫌偏激的则是耶稣基督。

"偏激"，是台湾那个时代的惯用语，通常用为劝导，偶尔也是个小小罪名（劝导不成的下一步）。这个词如今几乎看不到听不到了，说明我们在对抗权势一事上取得了相当的成就。

　　有趣到不免让人错愕的是，这番伟大的教谕，鬼使神差的，居然也是一则伟大的预言。预言了什么呢？预言财富以及货币的历史演化，从易朽易遭偷盗的财富，到不再锈坏可长期持有的财富，再到如今已难以盗取、钱认得他主人是谁的财富——从金属货币到纸钞的信用化、凭证化、簿记化，就在纸张取代金属那一刻，这进一步的演化已然注定、已"写在纸上"任世间全部眼泪也流不去一行（人类创造出某种东西、使用某种东西，通常并不马上知道这东西的真正潜能、这东西实现的模样，这是个历史通则），最终，财富的持有方式只是一种记录，和指纹和瞳仁一样，钉着本人的。存放于哪里呢？真跟耶稣讲的一模一样不能再准了，存放在所谓的"云端"，没虫子，不锈坏，贼也无从挖窟窿来偷（偷走一本账册是什么意思呢？除了用为勒索、告发、罪证搜集，或个人怪癖收藏），是的，积攒在天上的财宝。

　　云端，世人的心果然日趋集中于此，每个跨国大企业的眼睛也紧紧盯住这里，这才是全球化的真正心脏部位，商家必争的利益主战场，如今已是，可预见的未来更是，事实上，只有某种接近末日规格而且无法再修护的全球经济崩毁才能让它不是——这点耶稣也说对了。

　　财富累积不知不觉越过了临界点，也就是说，财富一步一步脱离了人生现实，财富的计算数字已不同于我们日常生活会使用的数字——而一开始真的就只是数量变化而已。我们的人生现实一如哲人所说的处处有限，数量一超过就装不下用不完，更麻烦是不知道它会怎么流窜，会带来什么作用，这很像医学报告所说的，在漫长的生物演化里，我们所熟悉的（从身体自行反应到知识构成）是匮乏是不足，以至于，当身体少了什么，我们很知道会发生什么事，通常也还懂得如何承受如何补救；但身体里某一元素某一成分过量，这是新状态，我们通常并不知道它会跑到哪个部位、积存在哪里、以何种方式积存并引发何种新病变。

丹尼尔·贝尔以为的资本主义致命矛盾，这只在财富未达临界点的昔日世界才成立，那时财富总数有限，用于此就无法用于彼，人吃掉它挥霍掉它，投资赚钱的资本就不够了——然而今天，别说比尔·盖茨或李嘉诚，一个有着比方十亿新台币资产的人（这尽管还不至于满街都是，可也绝非稀有，泄气地说，十亿资产在如今的资本主义大游戏中还远远不够格，如基督山伯爵说的"三流富翁"），他个人的生活奢华些或节俭些其实不构成任何影响，只是他财富尾数的起伏变动而已，更多时候它还会自动补回来；除非人极度愚蠢或极富想象力，钱可以是永远花不掉的。临界点以下，人长期累积了、处心积虑一大堆无法填满、悬空在那里的嗷嗷欲望，他日若得志威震泰山东，看着好了，花钱当然是两眼熠熠发光的天大享受，花不完、而且还自己会补回来的钱则是个梦；但在临界点上方的新世界里，由于人的所有基本需求早已抵达边际效益的零点了，硬要再用钱（尤其是合理的、有意义地用钱），其实是极费思量还颇辛劳的事，这正是王永庆所说"钱还赚得不够多"的我们不容易体认、甚至怎么说都不愿相信的事实如此。

奢华抑或节俭，如今只是个人的生活、生命态度问题，无关乎资本主义的运作，若还要多说点什么，那必定是——真正和资本主义构成矛盾的，毋宁是节俭而不是奢华。

当然，经济学者一般不会用这么冒犯人素朴道德意识的说法，资本主义会要我们留意消费不足、有效需求不足的令人忧心现象，那会直接导致经济景气下滑乃至于进入萧条。用钱，让钱不断流入市场如活水，如今是人的一个道德义务。

　　接下来，我们来想钱怎么自己补回来，聚宝盆现象。

聚宝盆

多年前，我一位热爱喝酒唱KTV的老朋友有个"卑微的梦想"，他别无所求，只希望钱包里永远有一万块钱，用掉了，会自动补回来——倒没说是来自一个神奇的钱包，还是一个更神奇的老婆。

人类，几乎不管活在哪里的人们，都曾有所谓聚宝盆这一东西的想象，有时它也是植物、一株摘了就立刻长回来的神奇果树，或一个餐桌，自己会"冒出"满桌美食。台湾人爱到排名世界第一（台湾之光？）的吃到饱、食放题、all you can eat云云，就是后者的现代版本，在台湾，如果你开烧肉、火锅一类的餐饮店，不提供吃到饱，大概就只有快快关门大吉一途，这显然呼之欲出地透露着某一深沉的心理状态、某个情结，有点悲凉。

今天回头来看，人类真的很土很可怜，但人类其实早就发明出聚宝盆而不自知，那就是货币，效果还比那些个陶盆、果树、餐桌更好更广泛照顾到人的各种需求，超越临界点的财富则是它的终极实现。

于此，经济学者最先注意到的聚宝盆现象是"地租"，一种占有的、世袭的、不劳而获的、很难纳入到一般经济理论里予以公平解释的特殊利得，得不安地单独立项处理。其实当时利息（即钱生出钱来）也早已出现，尤其是意大利（半岛，还不是个国家）银行家成功把保管窖藏的金钱转出为可创造利得的活水资金，财富的积存从必须支付费用（如今天租用银行保险箱，非货币性持有的财宝则不会自动生出小财宝来），成为反而有钱可拿，这本来是人类历史性的一刻，应该有比方天雨粟鬼夜哭之类的异象伴随才是，看看今天金融业的规模、运用幅度和获利能力，想想日后那一堆已成经济学核心的货币理论，但很长一段时间经济学者一直努力把利息解释为一般性的合理收益，和人的劳动并列（乃至于只是劳动成本之外一个必要但小额的支付），并非不劳而获，而是人愿意抑制自身欲望、延迟消费云云的正当酬报。

这说得通也逐渐被接受，特别是在资本取得和形成较困难的起始年代，现实选择压过了、决定着理论选择（人类的理论更多时候是选择性的，人随坚固的现实明智地见风而转。学院世界有学院世界的"时尚"）；还有，当然是利息（即钱生钱）当时仍如涓滴之水，还不是如今的一条大河、一片汪洋。

其实地租是否也一样可解释为某人祖先抑制欲望、延迟消费的合理结果呢？土地原先可能是强占的、巧取豪夺的，但财富又何尝不是？这不也是同一件事吗（以货币或以土地的形式持有）？而且，经济学什么时候有这么强烈的道德意识，管到人家祖宗八代前的人格操守？

基本上，这只取决于人类对"继承"一事（亦即当世之人不劳而获取得某物，人不是平等开始的）的认知，也就是我们之于"公平"这一应然概念的不确定、变动性想法及其现实妥协，基本上和经济的市场规则无关，使用别人的土地和使用别人的资金是同样一件事，也一样"使用者付费"，现实世界正是每天这么进行的。

土地唯一令人不安的是其数量的恒定，几乎不会再增加，是相当彻底独占的、排他的、零和的（经济交易的根本要求是两利的，尽管这往往只能是一种理想），以至于土地的私有化更容易是一种世袭现象，并实际上对经济的顺利运作产生诸多极"不健康"的影响，这在人口、土地比例紧张的东亚一带尤其触目惊心，比方说香港，绝大比例土地就握在那四个人、四位大叔手中，几十万、百万人为之长期焦虑受苦。该不该就让土地"恢复"（各种形式、各种程度的）公共化公有化呢？这是一个不懈的、惟日渐微弱下去、对抗意识远高于实现意义的声音。

从全球而不从东亚局部的角度来看，土地问题明显不义但却不真的是最棘手的，关键一样来自于它的恒定不增加，这使土地的操控获利和公义解决这两端都没足够弹性，明智的举措和聪慧的诡计一样没太多空间，问题满"死"的——根本地来讲，就是人口和土地的比例问题，冷血点来说，这必须也可以缓解，缓解其实也正在发生包括东亚（比方人口成长的趋缓、归零乃至于负成长，比方持续的移民移居如热力学第二法则，真正的最终困难仍是马尔萨斯式的，短期的冲击则是旅游，已是全球时尚的蝗虫般旅游人数）。而且，熟悉金融商品的人都晓得，土地作为一种金融商品，是初级的、原始的、笨重的、打草惊蛇的，而且正当性始终不足；它创造性的空间有限，又带着过度明显过度迫切的掠夺迫害印记，国家、社会的其他权力其他阻拦力量也较容易介入，比方征收土地通常写成明文法律，有一套办法及其程序，是国家的正当权力之一，但征收人家货币不是，那是抢劫，或者是革命。

所以，当我们说财富已不易损耗、损毁，指的便不仅仅是"钱多得用不完"而已；也不仅仅是钱会生钱，二十四小时无休速度远远快于人的消耗而已；利息只是个开端、只是货币新大陆新世界的发现，今天，货币已不是乖乖在家生产（在此同时，我们果然已进入了全球性的超低利率时代，由日本领先一步，但这明显不是日本一国的特殊问题），货币全面入市，是最快速的赚钱工具，而且几乎不会真正失败。

一个活的、忙碌的、全球进出掠食的奇怪聚宝盆。

我的几位寒酸文学友人定期买大乐透威力彩，常因此接受全台各地的文学邀约（他们总神秘地认定这一期会开在某个远方小乡镇），相信只要中它一次（扣税前两三亿到二三十亿台币不等），就当场解决我人生至此的所有问题（好吧，几乎所有），还因此怨怪起自己的生辰八字、怨怪列祖列宗生前显然没做够多好事。十亿台币，相当于三千多万美金，这可能是某些人的基本年薪、一次工作所得，乃至于一日所得、一只股票或一次汇率的瞬间涨跌，这样是什么意思？是说我们得想象有一堆人每年得固定中一到几百上千次威力彩。

人一天八小时工作赚钱，花钱之事则可以提高到十六小时，但货币赚钱是二十四小时每分每秒，日以作夜——所以，有个酸溜溜的说法我们听得懂但仍是错的。说比尔·盖茨即便在街上看到一张百元美钞仍不该弯腰去捡，因为那几秒钟消耗的时间和体力他可赚千倍万倍的钱。错在哪里呢？错在不知财富的聚宝盆效应，财富的"自动"生产增殖。比尔·盖茨仍该弯腰去捡，也实质地会增加他一百美元资产，他不捡不是不合理，只是不屑。

当然企业仍会失败

财富的不易损耗损毁，如今，就连个人的愚蠢、败德、噩运和异想天开（很长一段时间，这是人们对财富破毁、财富得以解开重玩的希望所寄，尤其前两项，我们认定它人性上必然发生），都已有了各式防火墙、各种预警和防卫机制，老实说，你自毁地想走到那最后一步都不容易，远比自杀困难多了，也实际上少见多了，通往悬崖的路上有各种人各种力量和装置拦着你；这不是一个人的问题，这是一整个体系的运作，大家多少绑成一起，超出了个人的意志、思维和习惯。

要一样一样细数这些防卫机制可能太麻烦也太专业无趣（举凡法律、税制、企业构成、市场规则、各式金融配备和操作要求，以及一整群训练有素的专业人员云云），我们常识地这么来说吧——如大经济学者熊彼特（当然不只他一个）讲的，企业会失败，人会破产，亦即好不容易禁欲积攒来的财富一夕化为泡影。可是人类世界必须不断进展不断创新啊（是吗？），这么艰难危险的工作总得有人去做，于是，企业家被描述为某种勇者，还是个智者仁者，他敏锐地看到了我们看不到的未来可能，某种微光模样的人类宝贵东西，头也不回带着身家幸福冒险深入，如果他成功，其成果会慷慨由人类全体所共享云云。所以，我们能为这样的好人做点什么呢？除了尊敬和喝彩，那当然是想办法实质地帮他（等于也帮我们自己）降低风险、提高奖赏。这不是为他这个人，而是此一行为，也好鼓励更多人也能这样，所谓的以励来者。

这不是一则神话（尽管原来只是神话，最早期也确有几位神话人物如欧文），而是这一两百年来人类集体确确实实做着的事，持续地、一处一处地降低风险提高奖赏——今天，企业依然会失败、破产清算，但早已不是本来那个意思，比方倾家荡产、粉身碎骨、声名扫地、一无所有、得躲避债主却又不得不抛头行乞度日云云。《基督山伯爵》里破产的老莫雷尔先生以为只有饮弹自杀一途，他儿子马克西米利安也支持他，认为这是荣誉的磊落的；《环游世界八十天》的福格先生（以为输了赌注）悲叹自己财富和声名两空，此生休矣；《高老头》则就是死亡和一场没人来的丧礼。早从有限公司有限偿付的发明并立法承认保障就已不至于这样，在今天临界点以上的新财富世界里（如华尔街那些新世界选民）尤其不是如此，企业破产、清算、转手、购并，这是每天每时进行的事，只是一个正常作业正常程序，也是一种可选择的安排、一种经常性的策略（可比较一下两年前和现在的纳斯达克上市企业名单，你一定会很惊讶有多少公司"消失"了）；是的，更多时候这还是一种获利手段，你在其中找不到一滴泪水的。我们在现实世界里常见的此一景象绝非幻觉，某人的企业失败破产，可他并不变穷，马照跑舞照跳钱照花，生活方式完全如常（甚至吃了官司关入狱中都如常，需要讲出姓名吗？），就连社会声名也不见怎么折损。

企业失败，失去的是在此一新财富世界的再进阶升级，基本上只是"野心"这部分，成为一个"悲惨的富豪"。

香港四大叔中排首位的李嘉诚说过一句大意如此的名言，当代格言——"绝不要跟你投资的事业谈恋爱"。说起来，熊彼特这一干经济学者真是好心的外行人。

大到不能倒

"避险"这个词，如今不是一个如字面上的概念、一个提醒，这是以全球为规模的一整个庞大无匹机制（也是获利最大的行业之一），包含了一堆机构实体，一大群据说是最顶尖最聪明最不眠不休的专业人员，以及一整个复杂的知识、资讯网络和操作管道、技艺——避险是个极谦卑或太狡猾的词，让我们想到另一个称谓，那就是全球的军事武力都是以"防卫"为名，说真的，到底有没有过哪个国家诚实地称之为"侵略部"呢？

这一机制，人得笨到一种不可思议的地步才会不知道使用它（你稍有财富储蓄它立刻会找到你，很多时候还是渗透的、不知不觉利用的），可是真笨到这样的人又如何能躲开它不被纳入，这是有关愚蠢的一个当代悖论。

雷曼兄弟的全球金融海啸这肆虐一场，所留下来最深恸的历史教训，也必将成为往后标准作业指导原则的正是："大到不能倒"。放手让雷曼兄弟走到最后一步意义的破产（美国政府因此饱受批判），这灾难我们都目睹了，还亲身体验了好几年，刻骨铭心，能再来一次吗？——大到不能倒，这个雷曼神谕的另一面便是，那些还不够大的可以倒。这里清清楚楚指出某个临界点，临界点以下仍可让它自食恶果，仍适用旧世界的一切法律、社会规范、经济法则和道德要求；临界点以上，A Whole New World，阿拉丁神奇魔毯之旅，那就是一个新的世界了，所有人间既有律法都可打破可商量的全新世界，或如经济学者克鲁格曼以他专业所指出的，一个连最根本的供需法则都不适用、都不生作用的"完全不一样世界"。市场原是经济世界的唯一奖惩系统，这是经济学者几世纪来最坚持的，也几乎是当前事实，而市场无法惩罚，就 1-1 = 0，再没任何力量任何机制可惩罚了，人人任意而行；或更正确地说，市场原要惩罚甚至已惩罚，但我们得想方设法以集体的力量来阻止来追回，防卫、修护并源源挹注资金。

一种自由自在、不损毁也不能就让它损毁的财富，一个富人专属的"逃城"。全球金融海啸这段时日，稍稍留心的人想必都看到了，那几位最认真最明智的经济学者都劝告我们，先不追究原因责任，那是个泥淖（还大到不能反省检讨，我们如何能因此更换一个全球经济系统呢？），先集中一切救市，让景气脱困再说。

我手中有一张已绝版的清朝升官图，这是中国传了好几个朝代的最后修订本，据说出自纪晓岚之手——这个升官赌博游戏，据说是那些宦途不顺的人爱玩的，以六枚骰子掷出德、才、功、良、由、赃来决定升贬，从最底的出身到最高的王爵，官职就是整个大清官制包含正、从九品（等于十八级）以及更低未入品、更高皇帝身边特殊任命的荣宠职位。这显然是极熟悉清代官制及其游戏规则的某人（不见得真是纪晓岚）所修订，它的升贬途径细节就我所知相当吻合历史实况，就只有一点既不公平可能也不见得正确，那就是正一品以上的大员如大学士、军机大臣和五等封爵之人"遇赃不罚",稳赢不输,你顺利上到那里,几乎怎么掷骰子怎么拿钱。

我们晓得,实际的权势历史里没有这种免死免罪之身,也许一般微罪不举,但这些帝王卧榻之旁如伴虎的位高权重者,一出事可都是天崩地裂的大事情——我因此怀疑这个设计其实是嘲讽,人宦途不顺,难免生成犬儒之心。

出赃不罚,金刚不坏,在权势的世界只能是一个理想,古今中外千年以来无法实现,但我们今天帮他们做到了——在全新的、临界点以上的此一财富世界。

总是要问，一个人为什么可赚这么多钱？

　　雷曼兄弟那几名祸首而今安在哉？人下落何处？近况可好？身家财产数字各多少？真是不公平，我们肉搜某个电车痴汉或酒驾肇事逃逸者都还认真些热心些。也许也是我们隐隐知道，真正的问题根源是今天的金融体系、是货币、是财富世界的演化样态，换个人换家大公司，如此的风暴方兴未艾仍会定期不定期袭来——唯一可确定的是，丢掉房子、住进帐篷的不会是这些人，那是付不出他们以数学设计出来的 Interest Only 型或 Pay Option ARM 型房贷的人。

　　包围华尔街但一如所料不了了之的那些热血之人也指出此一临界点现象，他们的说法是百分之一的人和百分之九十九的人，不精确但甚具说服力。克鲁格曼一干学者把这姑且就算他百分之一的富人世界描述为"国中之国"。真这样其实还好，它封闭起来自成乐土，不时时干扰、侵害我们百分之九十九的人"正常世界"，我们或不知道或忍受它存在即可。事情的真相极可能是——这是个很诡异的当代景观，同一个当下现实，却同时存在着两个世界、两种规则、两组律法、两套生命态度和生活方式，以及最实际的，两种财富：一种不损不耗不毁的财富和一种朝不保夕一觉醒来蒸发不见的财富。

冰岛人，往昔，在他们精彩的神话《萨迦》里描述过一个末日，诸神黄昏，亡灵全部复活，开着死人指甲所做的战舰（人类最富想象力也最阴森恐怖的一艘战舰）而来；如今，他们揭示了另一个神话式的末日，全国一夕间破产，光天化日，关他们什么事的瞬间破产。

这百分之一的人的世界既混同于、密密交织于百分之九十九的人的世界，又以某种隐匿的、而且无责任的操控方式居于其上。他们拿走了人类世界所产出的绝大比例利得，这样惊人比例的持续占取是未曾有过的，在过往人类历史上就连最暴虐最不知死活的统治者都吞不下这么多（中国历史的长期税率执念是百分之十，当然这只是低估的理想数字，但也一直是牵制力量），也必定第一时间引发暴乱和革命，但如今这只是合理分配、合法所得而已。货币不再只生出利息和所谓的"资本利得"而已，货币如今是最神奇也最危险的魔法道具，创造出它的魔法王国。在这些大魔法师手上（比方昔日的格林斯潘，比方现役的巴菲特、索罗斯等族繁不及备载且不断增加），倾国倾城，可轻易毁掉一个人、一个家、一个经营多年的公司，乃至于一个纵深不足警觉不够的国家；当然也能把百万人终年辛苦的劳动成果，一个弹指变进自己的账户里来。

《春秋·左传》，子产理直气壮质问盟主晋国，如若不是不断灭人国家，请教贵国如何能从当年制式分封的七十里、百里平方之地长成现在这个大模样？有时，事情就得从结果来看，看结果，往往有揭穿华丽诡计、从魔法催眠里脱身的除魅效果。推理小说家很懂这个，常提醒我们丢开满天迷雾，最简单最实际地问，这个或这趟谋杀，最终真正获利的是谁。我们永远可以也必须如子产这么质问，心平气和地，追求真相地，包含着纯知识性的好奇——您究竟是投入了多少劳动（这简单可计算，若超时加班，可适用最高酬付）、究竟是创造出什么伟大价值的东西（这可平心静气检验讨论），可以在短短三年五年之内拿走百亿千亿的酬报？

百分之一的人的世界和百分之九十九的人的世界如此挤一起交错一起，百分之一的人的世界的种种讯息时时进入百分之九十九的人的世界（以最醒目、更常带着诱惑的方式），这正是托克维尔最担心的，他以为这最容易毁掉人，让人"腐蚀""卑鄙"——的确有极高的风险如此。

这确实不是一种生长良善东西的处境，往往就连既有的、我们信守不疑的好东西都不再容易保住。人心中诸多阴黯潜伏的那些东西反复被挑起，做个本分的人会变成保守、愚笨、过时，而且不知死活；人心惟危，人禁受不起这样频繁而且强烈反差的冷缩热胀，会片片剥落。

这也很容易是个坏人振振说话的社会，这极可能是最糟糕的部分——坏人时时教训好人，自私的人教训心怀公义的人，人大彻大悟学怎么自私、学怎么当坏人。

富贵列车

　　补充个即时新闻，二〇一五大专联考，报载，有个应该是聪明用功的年轻人，分数级别可进最高的台大医科，但他脑袋清楚地选择念金融——我们的记者，不假思索地就把他说或是个有理想、可作为小小典范的年轻人。

　　是这样吗？几年前我白纸黑字写了，半世纪不动第一志愿的台大医学院正缓缓下滑、逃逸，金融正是我赌的下一个第一志愿，"傻瓜才去当心脏外科医生"。这无关个人的独特判断选择，这是社会大的集体趋势所在。

　　选金融，我们可以说他聪明甚至精明，是个的确识时务、后生可畏的人，但这怎么会是"理想"呢？——除非这个词的意思也全改了。理想，再怎么委顿限缩，也该仍保有最起码的公义成分，以及更起码的硬颈抵拒现实成分是吧。

　　财富新世界，这上头仍沿袭着、占取了过往的一个糟糕历史思维和书写方式，那就是"成功者帮他找成功的理由、失败者帮他找失败的理由"，这是历史势利眼的一面——你卓然超出同代人赚到这么多钱，便可以或自然有人跳出来帮你创造一种回忆、一个或一串前因，比方五六岁时和童年玩伴看溪中游鱼，你当时想到的就跟所有小孩不一样；或更早，你母亲怀你时就有些不寻常的所谓异象，做了某个有太阳月亮掉下来或某种大鸟飞来的梦等等。

快四十年时间了，我只参加过一次高中同学会，那还是因为我们昔日老班长要选"立委"临时拉夫召集的——我们高二那个班，二年一班，是同届全校二十六个班唯一的文组，当然大部分人是商和法政（当时叫丁组），文科（乙组）寥寥六名。这基本上仍是当时精英层级的时代空气成分正常比例，我猜，我这五十几位异类同学多少仍有点主见甚或理想，也多少得抗拒各自的父母家人吧。惟多年之后，这五十几个人却宛如四面八方飞出，很难相信昔日是从同一个班、同一个点开始的。光从财富所得结果来看便天差地别，其中好几个真正赚到大钱的（当然皆是进入了金融相关行业），我想，绝对远远超过别班那些驯服进了台大医科、台大电机化工的，他们当时就看准、有计划有步骤地走向这个成果吗？那是胡扯，这一切当然始料未及，是变换不定、鬼使神差的生命潮水使然。这里有个最基本的"时间差"——中国的古老成语"屠龙之技"指出的，正是这个可笑也可惧的时间现象，人倾尽所有拜师学习杀龙技艺，艺成下山，却发现世界上再没有龙这种东西了。

回头来看，要说当年选金融、选电子是何其睿智的判断，真的大可不必；要说这是我日后认真工作甚至不眠不休得来的，也许是事实，但是，在别的行业别的领域，难道就没有一样、甚至更认真聪明拼命工作的人？——所以大大方方承认吧，这根本上就是捉摸不定的时间潮水变化，谁知道呢？

我自己称之为"富贵列车"，多年前一篇写我父亲小起小落一生的短文以此为名——每一种时代，总会开出一两班这样的列车，名额极有限，其实也难以预知，你幸运搭乘上它，最终才发现原来就是这班车，它直通不思议的财富王国。

　　一定要讲那百分之一的人多英明睿哲，我还宁可选择相信古老神秘的命运之术，或轮回报应之说，这至少比较有机会是对的。

声誉只是一根绳子

得停下来并解释一下，我真正关怀的其实只是声誉，想弄清楚的也只是声誉这东西如今的模样和处境而已——因为，声誉单独地探向应然世界，联系着也相当程度决定了我们对应然世界的必要思索暨其可能数量、幅度、范畴和内容。我相信我们不能只有一个实然世界、只剩当下，那其实是返祖回去百万年如长夜的生物性世界，那不会是人们真正想要的，包括那些只打电动游戏、只守着电视连续剧看的人，都并不满足于、都想逃逸出只此一个的实然世界，差别也许只在于用较舒服的或较辛劳困难的方式而已。

应然世界的不断失落、缩减和扭曲变形，当下总是不知不觉也不以为有什么关系，但很可能是人类未来的一个麻烦——当下，正是昔日人们的未来，很大一部分正是昔日人们对应然世界的坚持、争取暨其实现，就跟凯恩斯讲的一样，我们其实不自知的都是往昔某个思想者、某个智者的信徒。

想的是声誉，却一路误入财富的密林之中几乎走不出来。

140

但我不断发现这极可能是必要的，就是非得快步走过财富和权势不可。声誉飘在风里，且往往在路的末端才出现才真正完成（如柏拉图所说，好东西总是在路的末端才显现），其实是个很敏感也脆弱困难的东西，也往往（尤其一开始）污损于、屈服于我们当下对财富和权势的偏好和畏怯。

　　所以，声誉的反面暨其最大毁坏并不是恶名和骂名，一声佛法满街起谤，声誉从来就包含着恶名和骂名，更多时候还是恶名和骂名的比例较高，这是它和总是摇晃的、不确定的、且利害纠葛归趋各自不同人心相遇的必然结果，也是它抵抗当下权势和财富集体性力量的必要代价，我们最好视为它构成的必要成分，孔子如此简单的说明，好人喜欢你，恶人痛恨你（当然，现今世界想法有点变了，所谓恶名骂名一样都是出名，而且还是一种来得较快并且可安排的声名，有助于行销获利）。

　　声誉的反面暨其最大的毁坏和威胁是虚伪，一种篡夺的、带着强烈腐蚀性的假面声誉，也往往是一种逢迎的、讨好所有好人和恶人的假面声誉，这其实就是贴合于、依附于财富乃至于权势世界利益企图的声誉，借用买卖交易的某种天条，比方好人恶人一样买你书，都可能是顾客，你怎么能得罪你的顾客呢？

　　长期来说，声誉终极反面的、最沮丧的处境则是遗忘，桃李不言，果然也就没人来了，人走向那些很会说话表演、还奇怪四季常开不打烊的新品种桃李，这边安静地生长安静地死，一切就跟从没有过一样，博尔赫斯的较美丽说法是，像只是做了个梦。

　　能够的话，我们会希望声誉独立，清醒，有自身坚实的、首尾一贯的生长方式和生存据点，不受利诱（财富），不为势劫（权势），所谓的实至名归，声誉所标示的完全符合其内容物，不是图像仅供参考而已——声誉是光，确确实实包裹着某一个非比寻常价值的人或其作为成果；不大像由我们额外赋予它增添它，这一光亮是从这人的此一作为这一成品里射出来的，我们只是看到了并指给别人也看到了而已，像围棋大国手吴清源这一句我如此喜欢的话："当棋子在正确的位置，每一颗都熠熠发光。"

这不全然是妄想，这曾经相当程度是事实，至少人们颇为普遍相信并奋力如此（比方在那样一种处处并不方便的时代，人们如此慎重并惟恐遗落遗忘的惊人规格记史读史）；如今愈来愈接近只是个理想，只存在那些疑惑的、不安的、莫名忧烦的为数不多的人心之中——发生了什么事呢？一定有事发生了不是？

我自己对财富和权势单纯的毫无兴致，算算年纪也来不及有兴趣了。还好这话现在可以直说，现在说应该不会再有任何（道德）自夸的误解，倒像只曝现自己是个过时的、追不上世界变幻莫测脚步的人而已。

不是对财富和权势好奇，而是得努力弄清楚声誉的当前处境，在一个总是财富和权势交织纵横的如此世界。

历史上，我们也很容易注意到，那些真心蔑视财富和权势的人也多一并蔑视声誉，我以为这是对的、一贯的，这是对声誉的脆弱、不确定和其经常性虚伪的必要警觉，对声誉总妩媚地侍奉着财富和权势的油然厌恶。但脱开个人生命信念生命选择不论，我仍愿意为声誉这东西辩护，我们可能还是很需要它，尽管总去除不了那些讨厌的风险——再讲一遍这个老笑话："你怎么会被官府抓去？""我拿了人家一根绳子。""才一根绳子也报官？""绳子另一头系着他们家的牛。"

声誉是这根绳子，它本身也许毫无价值还带点做张做致，但它系着、系住很多有价值的人和东西。声誉因此也呈现着这样的悖论——

真正最该赋予他声誉的，也许是那些并不在意、喜欢声誉的人。所以，并不是给他们，真的只是为我们自己。

报称系统

知道声誉并非单纯的赠予，而是为我们自己，好让自己、也让更多人记住某个珍贵的人、作为和作品，这样一定程度就可减低声誉的虚伪成分——骗自己干什么呢？当然，骗骗自己偶尔是有好处的（比方为了偷懒、舒服、让自我感觉良好些云云），但长期来说是不划算的。

纳瓦霍人有个很世故睿智的说法，不是禁止人说谎，而是要你留心、拒绝长期来看的代价——你可以说基本上于人无害的谎，但千万记得同一个谎言别超过三次，以免这个谎言会绑住你困住你。

最后一个还上当的人总是自己，包含以此为业的行销人员、政治人物和骗子，这几乎是人生的通则。

以下，来进一步清理、确认声誉这东西，像安排一次打扫工作——不是找定义，只是必要的使用说明。

长久以来，朱天心一直最厌恶、最想不开一种人，她称之为"什么都要的人"——其实还挺多人这样，要一一说出名字可能太长了，也不免伤感，这里头不乏是二十年、三十年的老朋友，只不断凋落几乎不会再生补充的老友，就像孙中山落难英国伦敦时结交的年少友人南方熊楠说的：“交朋友是有季节的。”跨过了人生中年，就差不多是不断掉叶子的秋天了。

当然，能拥有财富和权势的不一定全是恶人，人也依然有机会有空间做个不错的、予人有益的有钱人有权人（理论上他们“有更大能力”做个好人，但实际上不容易，得穿过不少种针眼）；老朋友摇身成为财富权势中人，我们还会稍微偏心地为他高兴一下。但如果如此左言右行、物质享受自己精神性灵别人、处心积虑结交政商名流却一直说自己和劳苦大众站一起、还京剧人物背家谱般定期宣称自己是××之子（举凡穷人、贫农、矿工、流浪汉云云，总之是据说上帝最爱、所以一下造得太多的那些人）；那就真的有点可厌甚至可恶了。财富和权势，人可能拥有的三大好东西你已三取其二，还是更可欲的那两种，就放过那个如今愈来愈无用的声誉吧，朱天心的说法是，“别把寡妇的最后两个小钱都骗走”，留下来给那些认真做事情、但不会有财富和权势报偿的人。谢天谢地，这个世界再糟，总还留有那几个保卫我们不被天火击打毁灭的义人。

终极地来说，这样对声誉的特殊强调，隐隐期待着、呼唤着一个不同于眼前现实的世界，一个曾经让加西亚·马尔克斯为之热泪盈眶的世界——“你属于那个我热爱的世界”。

财富、权势和声誉，本来彼此招引互为表里，但很明显地，朱天心是努力把声誉分离出来单独成立，想让它卓然独立于财富和权势的热腾腾世界之外，清操厉冰雪——这是老时代的做法，并不是不知道人生现实如此，而是正因为太知道人生现实总是如此，有陷于单调和不公正的种种风险，人得设法做出补救。我们当然可以直接提倡某种更高尚的情操，事实上我们也一直这么做了，要人学会不求报偿，真正的报偿自在其中，那就是人确确实实的成就感、充实感，以及某种如辛苦劳动后睡得着好觉的很舒服疲惫感，这都是真的，正如耶稣的山中宝训所劝诫的，右手做了好事，连左手都不该知道云云（但右脸颊挨打，左脸颊必须知道且一并被打）。只是，这样未免太冷冽太苛厉了，也有让人陷于孤单、彻底断裂开来、弃绝当下世界的最终风险，就像耶稣赴死或打算回家前夕所说"分别为圣"那番其实很悲凉的话，要把我们和这个世界彻底分开，我们和这个世界彼此憎恶，已完全无法对话、感染、和解了，这是令人为之深深悲伤的收尾及其想法。比较人性可行也远较世故宽容的方式仍是，得设法形成某个"报称系统"，这才可长可久，不必也当然无法比照财富和权势的规格，但能让善的心志、善的珍稀能量有机会构成某种生生不息的最起码循环；有人看到，有人露出微笑，有人可以说话，这有时是极大的安慰，蛛丝般拉住了、延迟了人离开的时间。

孔子在意声誉，褒则褒贬则贬，好事恶事必须尽一切可能让世人也都知道。鸟兽不同群，他选择的是人的世界；耶稣向着神，他以为他的家在天上。

相互感染很重要，重要性很可能并不亚于成果本身（否则失败了就毫无价值，失败之所以仍有可贵的、甚至让人眷眷难忘的无上价值，正在于它比成功更稠密的感知启示力量）；或者说，它本来就是成果的一个目的、一个期待——正如一个书写者，他想着一个作品，也同时想着一个世界。

让声誉独立出来

我们也可以这么想，即使激烈如山中宝训，也仍然告诉我们"有人"会看见，而且保证看见、记住并将给予最公正的报偿，那就是上帝。这日后发展出基督教赖以维系不坠、招引代代信众的末日审判应许系统。而且实际上，耶稣的信众也不是彼此隔离不识的，像那种神经兮兮情报系统只有一对一垂直关系、断开水平联系的单子模样存在（山中宝训原来倾向如此）。这毋宁是个过度紧密、彼此间太透明的团体，谁做了什么说了什么大家马上都知道——如今的教会仍普遍是这样，他们怀抱着某些更神圣的心思，表情温柔地随时"侵入"彼此的家庭和个人隐私。

从另一面来看，这反倒是更急切地想得到、打造出一个报称系统。它真正不信任的不是屡屡流于虚假虚妄的声誉，而是让声誉变得虚假虚妄的这个紊乱、不确定乃至于不归财富即归权势的世界，要用上帝、一个更高更不会出错的评鉴者来替代人。所以，上帝的归上帝恺撒的归恺撒，山中宝训的思索正是发生于耶稣和世俗权势、财富的划清界限之后。

善冒不起这个险，你得给它一个可生存可生长的不同世界，柏拉图的共和国发想也是这么来的，为了不让正义等于强权，为了让善可以干净地成立，你得为它打造一个国家。

中国的记史工作正是一个类似这样的人为报称系统，有很类似的警觉和其特殊主张，大体上可认定至晚始于孔子，他写《春秋》，便是精巧地把原来纪实性的书史工作，加进了对错是非善恶的反省，改正了实然发生的事——理想上，史官该自成一系甚或一个代代相传的独立家族或学门，完全隔离于权势和财富之外不相交流，只以他的专业来工作，这至少从春秋当时、也就是记史工作的开端就已如此，如著名的齐国太史兄弟一家和晋国的董狐（在齐太史简，在晋董狐笔）。传说，稍后作《春秋·左传》的左丘明也是来自一个史官家族，这个家族一代目二代目三代目地负责鲁国国史的记录，此一传说是真是假我们可能永远无法确知，但如果是后人的附会编造，恰恰好说明这是一个史官的应然图像，一个理想。

记史工作有时间延迟的必要，在中国很快成为一个规则，由后朝来修前朝史。这是历史专业的自自然然要求，得等到现实的埃尘大致上落完；而这也是一个保护措施，让记史者站在一个汉娜·阿伦特所说"没兴趣""无利益""不参与"的干净清爽位置上，他所负责记述评断的权势和财富已成废墟，不再及于他威吓他诱惑他，这是一个人造高塔、人工上帝的观看位置；至于当代必要的史料记载存留（否则后代史官怎么做事？），如帝王起居注的录写，这无法避免非得时时曝现于权势和财富的锋芒之下不可，所以理想上（更只能是理想而已），史官的当下记录是不给看的，包括帝王本人（也就是最极致的权势和财富力量拥有人，《贞观政要》里有李世民想偷看却被臣下围剩 K 得满头包的有趣记载），在无法真正隔离的险恶状态下竭尽所能做出隔离。

也因此，尽管中国历朝历代如此看重历史，但史官不仅仍是个时时危险得很的工作（本质上扞格于权势和财富，先天不良），更只能是个偏于清冷的工作（这可能比危险更致命），位阶、待遇和他工作的重要性、沉重性有点不相称不均衡；而且，早期官僚系统没能那么快明确分工，人总是也治民也带兵、经济交通司法文化农田水利到疾病防治仿佛无所不能也什么职位都接任，史官似乎早早就分离出来，更像一种特殊身份，进不去这眼花缭乱的世间繁华之地，没有这样跨界的升迁之路，应该很寂寞——历史上，修史的权势地位最高阶者可能是北魏的一代名相崔浩，这是个非常了不起的人，功勋盖世，还写一手好字（如"灵庙碑阴"），还是个罕见的美男子，却因修史得罪拓跋氏胡族帝家被处斩，死得非常惨。这个悲剧可能只是个特例、偶然，也可能并非偶然，崔浩的身份地位太高也太热了，进入权势和财富里太深，还涉及难以讲理的胡汉族群矛盾，他无法隔离。

如亚里士多德大而化之说的，万物各有它适合的、舒服的位置，轻烟上天石头落地，回到那个位置，便是某种均衡稳定的状态。这个简明的道理（你也可以现代地、科学地换成著名的热力学第二法则，熵，能趋疲，告诉我们宇宙终将均衡沉睡）有时很有用，可帮我们提前察知一些东西，比方说，事物会往何处或哪一个方向倾斜；比方说，这样的不均衡状态之所以能存留一段时日，必定有某个很特殊的力量（暂时）撑住它，而这又是何种奇妙、不寻常的力量？——记史由王朝接手，但史官工作和他待遇、地位以及发展性的此一不均衡，得靠个人特殊的心志（如热爱某种东西胜过权势和财富，但这样的人才又往往不愿也大可不必进入王朝工作）才能堪堪维持，长期来说，很难吸引够多够好的人。中国历朝历代的国史修纂逐渐成为大型工程，我以为相当清晰地体现了此一走向：人的素质最多只能到中等偏良，面目则逐渐模糊，修史成为集体作业，没有严格意义或说我们想望的那种史家，没有那个如上帝"从头到尾都在场的人"（班固以降就差不多了），只能做例行的、因袭的、可拆开来可分工的事，史书愈来愈厚，朝无限清单而去，记叙句号的庄严赞词成了吉祥话云云。人的判断和抉择稀少了，也胆怯了，尖端处颤巍巍的那些最高风险也最闪闪发亮的东西不见了。

日后千年，修史一事不再有什么人身悲剧情事发生，危险程度大幅下降，说明的其实是人不再做那些危险的事。

史书是仓库，而不是探针——锐利的东西消失，人再无警觉痛觉，也就愈利于瞌睡和遗忘，是的，三更有梦书当枕，午睡时也是。

中等之资、待遇平平，你希冀他看出来最高最远最细致的东西，还得冒着各种危险写下来，我们自反而缩，这可能吗？

无法一次解决

撇开韦伯所说深刻的科层铁笼不论（那是人类所能有过最准确、最持久有效也最让人悲伤的寥寥预言之一。乔治·奥威尔的一九八四终结，无产阶级革命一直邈如、依稀恍惚如春梦，韦伯的此一生冷断言则今天比昨日准、明天更比今天准，黯黑甬道般遥遥不见尽头）。记史工作由王朝接手，这里面有太多照眼可见的矛盾：大与小的矛盾，集体与个人的矛盾，以及，声誉和权势、财富依然纠结难解的矛盾云云，理论上看如此，实际做下去更是如此。

修前朝史，脱离的仅仅是"那一个"权势和财富的威胁，但权势和财富仍在，完好无缺且近在咫尺，这就是你此时此刻的老板大人。你修理某个已死狮子（借海明威语）的前朝大官或帝王，不会是基于什么累世深仇（偶尔也有，但这不是够格的记史者所当为，也会让记史成果变得没价值），而是因为他的"某种"不堪行径糟糕作为；请注意，是某种而不是某个，那些必定不断重复出现如人不醒噩梦的愚行恶行——问题正在这里，在权势和财富主导的世界，尤其是财富，人的行为、思维和话语其实相当单调重复（也因此我们才要让声誉挣脱出来，好召唤一个多样可能的世界，记住并留住人曾有过的多样可能），不只因为它们的惩罚力量逼人趋同，更经常也更及于所有人的是它们的媚惑力量，人自动受限制、自动配合。

孔子很准确地指出此一关键联系，那就是人的欲望，人生物性的东西，欲望的多寡和人的刚强与否成反比，也就和人的可能作为、思维和话语的数量成反比。人的刚强非常重要，处境愈险恶愈必要，有太多东西只能仰赖一个人强韧不夺的心志才会出现才能存留。我曾经听台湾一位当红作家如此"诚实"地告诉我，可能是解释他某次不好看的行径："没办法，我一见到那些有钱人，膝盖就当场软下来。"我想到的是已故的萨义德："人世间没有一种权势大到你站在它面前时不能大声说出真话。"尽管不必刚强不回到如此随时粉身碎骨的地步（其实是有大到那样的权势），但也绝不可以软成这副德性。我于是当场收回我对这位作家的全部期待，这样的人，怎么可能、又怎么敢写出稍微困难稍微像样的东西呢？先是不敢讲，逐渐内化为不敢想不去想，最终是不会想了，人空掉了、没有了。

在权势和财富这样代代重复行为、重复思维和无聊话语的世界里，你骂一个前朝帝王，很难不也一并骂到当朝帝王；更糟的是，你赞誉一个前朝帝王，还很难不同时修理到当朝帝王——已有个千年沿用的罪名等在那里，称之为"借古讽今"，本刑可以非常重，斩杀一个人，甚至一大群人。

大和小也许是一个更根本的矛盾。这本来就存在于记史一事之中、存在于我们对历史作为是非善恶此一报称系统的特殊期待里，由官方集体修史作业，不过是更夸大它更曝现它而已——要在权势和财富的喧嚣世界里辨识、捕捉某个微光、低语模样的东西，人这边就得相应保持沉静专注、并自由、灵动的状态才行；这应该是精致的手工业，仿佛要用到人指尖的微妙触感，很难是这么大而粗陋的形式和阵仗。我们也许设想着一种太过巧妙的分工方式：有人负责建造大仓库（所以集体来做更有效率更完整），收集屯积材料，在这样的基础上、尖端处发展出生长出我们想望的探针也似的东西。这有意义有帮助有可能，只是远比想象的少，而且，建造完成的往往并不是自由取用如公共财的仓库，而是警备森严立入禁止的城堡（国史馆里总藏放着最多不见天日的东西），在通往正确声誉的道路上，又多出一个必须先拆除的大型障碍、多一排敌人。

中国的廿五史是个颇神奇的历史成果，但另一面是，如今有人依然热切期待下一部官方国史吗？

有些事，从材料的搜集、挑拣、摩挲就得开始了，就无法假手他人，长时间心怀此志、埋头做此类工作的人都知道我们在说什么，所以加西亚·马尔克斯讲，这是全世界最孤单的工作，没有谁真能协助你、没助理这一附设职位——的确，人得完整掌握才能准确判断判决（惟彻底的完整是不可能的，或说没有这样的东西，如纳博科夫说"我们离事实永远不够近"），而且拥有着对事物的完整理解，人才能开始思索意义，"获得一个意义"。但完整有两种，相互扦格妨碍的两端，一是某一事物焦点式的完整了解，包含着横向的延伸和垂直的穿透，一个人，一个作为，一个成果，一本书云云，我们尽可能弄清有关它的一切；另一是世界的完整搜罗，通常非得有所省略不可，尤其是垂直的部分，很多人，很多作为，很多成果，宛如无限清单的书，排一排点名过去，不遗漏，从深一层意义来说就是全部遗漏。

所以说，一次解决、毕其功于一役，这通常只是幻想，没有这样的好事；若有，也不会留到现在，不会几千年后还困扰我们不休——

年轻时日，我擦肩而过的老师胡兰成告诉过我们，相反地，重大的事其实比较像扫地，扫干净了还会脏，是每一天都得再做一次的工作。

　　杨照，这位台湾当前的大解说者，他最核心的两个专业正是史学和文学。我当面证实过无误，他曾不惧遭人误解（无心的）曲解（有意的）地说，文学史通常是最无聊最不值一读的东西——我完完全全同意，同意到一种地步。文学要求的垂直穿透性及其一人一事一物精准关怀，比诸其他种历史，文学史更处处碰到这样的大小矛盾，近乎悖论，近乎一种本来就不成立的书写形式，最终的结果总是，只有史，没有文学。

式微的宗教和历史，以及大时间

　　眼前，这两大报称系统，宗教和历史，自身已都委顿到一种地步，自救不暇，很难再让人想起它们这一原初的心志，人们曾经寄予如此郑重、珍贵、艰深、非你而谁的期待。

　　如果我没看错，历史的景况似乎更凄凉些，起码在台湾如此，这有可能也是普世的，早晚罢了——毕竟，宗教还能回到最狭窄意思的个人，一对一的，像台湾一堆财富中人、权势中人一度趋向宗教如潮，除了期盼神佛护持、援引某种随身携带如电脑如保全如助理如外佣的智慧和神力，好持续纵横于权势财富世界之中、之外，也是因为，当人生什么需求都满足得差不多了，最后要买的便只剩"一个天堂的位置"，一个建在天上的帝宝豪宅了。而历史，历史根本上是公共性的，很难如宗教转为服务业，今天，我们连还活着的老人都当他们不存在了，何况死人和朽骨？历史与我何干？

　　这里绝对绝对没幸灾乐祸的意思，相反地，宗教和历史的式微，意味着有某些东西也式微，如同系留它们的绳子断了、遗失了，人像被推回去某个远远的"原地"，千年时光仿佛徒劳。

这么说，在声誉的诸多可能虚假之中，有一种我以为是可贵的，那就是孟子口中称其为"久假而不归"的东西，白话翻译过来是，假久了，就像东西借了不还，也就不知不觉变成真的、变成你的，以至于最终人果然跟着变了，甚至再想不起原来那个虚张声势、空无一物的自己，所以下一句是，"乌知其非有也"，你不一直就是个这样的人吗？

这其实就是学习过程，稍稍恶心但必要的学习过程。学习包括着各式各样的模仿，也容许人无害的小小虚荣和做张做致；模仿他，意味着你想成为他那样的人。说到底，声誉的感染效应，往往就以这方式进行——我高中大学那会儿台湾忽然流行存在主义哲学，于是校园里，会看到有人拿着克尔凯郭尔或尼采的书走路，书并不那么自然地摆胸前而且让封面正正亮出来，"吓，原来你看这书啊？"既然都买了拿了，想起来还是会努力读它个几页，也好应付同学间好奇的询问。这和日后人们不再拿克尔凯郭尔和尼采在胸前最富意义的不同便在于，你仍然相信能读克尔凯郭尔和尼采是好的、高段的，仍相信世间有些你得仰头看它、带着某种虔敬畏惧之心的好东西，这样，这些好东西就有了机会，人自身也有了机会，生命景观不至于这么扁平、这么荒凉空无一物。

宗教和历史有个大因数，那就是大时间，一种远远超过人寿的大时间，这不是我们生活的基本事实，而是人很特别的一个意识和思维。这样的大时间得依存于宗教、历史，否则很容易变得荒唐可笑，变得不可信没意义。有关大时间意识的丧失，这我们稍后再来想。

打造一条友善的时间甬道

所以，我们进一步把声誉和声名给切分开来，如我们试着把声誉从现实世界分离出来——声名丢还给这个世界，让它得其所哉，我们也好摆脱这个世界阴魂不散的追踪和纠缠；大家都能较专心做自己的事。

声名，这里我取用的是昆德拉的定义，在他《帷幕》这部人不该错过的书中——所谓声名，便是认识你的人比你认识的人多。这个直接诉诸数量大小的定义像是个简单、方便计算的公式，比方，有三亿个人认得你而你只认识三百人，那你必定是个大大有名、甚至得有随扈陪伴才能出门的人；有三百零一个人认得你而你只认识三百人（按理、按实际不完全重叠），那你依然可以讲我是个名人，稍微的名人。

由此，声名也就是个依此原则的可操作现象了——要获得声名，几乎不必管其他，专注于数字变化，想办法让更多原本不认得你的人认得你即可。

这个定义于是也有个让人们只尽可能贴近当下、不必也不宜多考虑时间（大时间）的动人效应——这让我们感觉出昆德拉的"态度"，有贬损之意。

昆德拉以数字计算替代内容，我以为他是充分意识着世界的现状，即内容的消失和不讲求，说的就是无意义（"无意义"，正是他最新一部小说的旗帜型主题，《庆祝无意义》），把一己的笑声，收藏于状似科学式、数学式中立（中立到屡屡做张做致）的端庄语言里面——声名原是自然发生的，更多本来就只是财富和权势的慑人光芒、声音和影子（《礼记》提醒我们，行走时小心别踩到尊贵之人的影子），是空的、衍生性的东西，如果人不奋力加入、促生、更正和利用的话。

《卫报》的杰出记者、知识分子专栏作家蒂莫西·加顿艾什是内行人，他指出来："全世界的记者都有一种可悲的模式，即他们先把名人捧到荒唐的高度，接着又拆自己的台。"这就是当前世界的实际景况，如今，声名的发生和传递进一步收拢、统一于大众传媒，更是纯粹的光、影和声音了，而且真的只剩数字，数字既是依据也是求取的结果（如收视率），数字始数字终，纯数字的世界是没有人存在余地的，如柏拉图说的那样。

于此，每一个人都能不浪费地被使用两次，有两个高峰，拔起和毁灭，后头如大山崩落那次往往更夺目更富戏剧性和传送效果，传媒当然也就更爱这个。于是，人心的阴黯潮湿那部分被扩大并理解为"基本人性"，成为一种生活习惯，生长在这样的恶意基础之上，声名遂变得总有点脏兮兮的，即使它还在最初的光朗纯净时刻，人总是猥亵地提前去想它被拆穿瓦解的下一刻。

如此实况，其来久矣，也是大众传媒如石头如轻烟终究会"回去"的自身舒适位置，如果人放弃做必要的支撑（比方某种信念、某种自律性的规范），而台湾此一全面弃守的破窗临界点，现实中，大概就是《苹果日报》和《壹周刊》大举移植来台之日。

中国人爱说有三种不朽，意即（想象中）能够抵挡住时间冲刷遗忘、直抵世界末日的三样东西、三个作为：立德、立言、立功。仔细看，此三者皆不及权势和财富，是相当纯粹的声誉，只是，一样都是理应稍纵即逝的光、影和声音，为什么独独它们三个可逸出时间之外不朽不坏？——那是因为人把它们挑拣出来了、分别为圣。

我们很难说记忆是人身的自然现象、本能行为，其实遗忘才是；或这么说，记忆原像是潮水退走后的痕迹，事情发生了，依不同年纪不同样式、性质在我们脑子里不同的区块留下深浅不一的刻痕，但新的潮水不停歇涌来，之前每一次的刻痕都被反复冲刷、取代，复归消失，如德·昆西说人脑就像一个隐迹纸本子，每次写的东西会盖住上一次写的，这一次的又会被下一次的盖住。保持住某道特定的、你珍视的刻痕方式便是回想，不断地回想，人工召唤地、复制地那一次特定的潮水，时时勤拂拭，乃至于依样再刻深一点，当然是有意地、挑拣性地、抵御并离开当下潮水的。可能正因为这样，人回忆总隐隐有着痛楚，如同用某一把刀刻在柔软质地的人心，好的、糟糕的回忆都一样有。

所以，当我们对某个人讲："我永远不会忘记你"，这个赘沢*的允诺其实是很不容易的、抵抗自然的，它包含一种日常生活行为的不懈履行，不能漏失其中一次："我会一次又一次地回想你，赶在上一回的记忆被覆盖、消失之前。"

意图穿透到时间终点处的所谓不朽，便是这样承诺的极大化和必要交代，一个人交代给下一个人，让记忆穿越单一人寿，庄子讲的薪

---

* 日语词，意为奢侈。

尽火传（说得其实太轻松了），这更不是自然现象本能行为，这是人给自己的沉沉任务。

　　仔细想，这实在颇为奇妙、甚至有点异想天开不是？人（不只明言三不朽的中国人，这普世如此）居然认定并赋予种种生命重大希望于其上：某些本来一样短暂的光、影和声音，可以躲过最严格的自然法则、时间法则，做到和它们最不相容的事。这根本处因此不得不是悲伤的——应该是不得已吧。在总是由权势和财富统治的世界里，人并没有多少选择多少机会，我们必须等你们、努力撑到你们沉睡下去才行，是以，时间本来之于声誉是最不利的，但如斯现实里，时间反而成为唯一可能的盟友，唯一的可能路径。人因此得特别做很多事，如打造出一条特殊的友善时间甬道。

你只能活两次

在突围之中，声誉最经常对抗的，还不是权势和财富（泄气地说，这通常硬碰硬不来，能避开就避开），而是同为光、影和声音的声名，这是必要的分离，一切可能从分离开始——恶紫之夺朱，恶郑声之乱雅乐，恶那些虚张声势、胡言乱语、四处讨好权势和财富的假人假东西，恶一样会抢占或污损破坏这仅有友善时间甬道的东西。再说一次，不朽不坏从不是个自然结果，也不是谁一个人给得起的允诺，甚至不是真的，当然更不会时间一到，恰恰好那些糟糕的光、影和声音一起消失，只筛选过也似、结晶也似留下来美好的光、影和声音惊心动魄；不朽不坏是一个用词稍稍过火（也就是人的希望稍稍过火）的意志和想象，由此成为人给自己的一个非常艰难工作。长期来说，时间若有所承诺，只在于它可以把人带回到某种汉娜·阿伦特所说不参与、无兴趣、没利益的基本位置，鹊桥俯视人世微波，洗掉人特定的激情、偏见、张牙舞爪、宛如集体附魔催眠这部分（但新的激情偏见云云仍不断冒出来），以及让原来的权势和财富沉睡（但每个当下都有它的权势财富），这是时间仅有的、也不免残破不堪的公正；我们从另一面来说，这其实仍是人的现象而非自然，比方博尔赫斯写《阿莱夫》这样一部精美明迷的书（立言），和韩国大叔发明骑马舞瞬间全球几亿人跟着跳（应该既不算立德也非立功；我故意选用这个出书时必已遭世人遗忘的声名热潮为例，好凸显一些真相式的东西）毕竟大有不同，能读《阿莱夫》的人数在任何时刻、任何国度都不会多（所以财富报酬和跳舞的大叔完全不能比），惟刻痕深得诡异，某些人会不断回想它，并让它深深沉入自己记忆里，在那些跳骑马舞的人很快累了、厌了、散了、遗忘了之时，依然晶莹依然有所发现。时间的延长，于是有机会把这些微粒也似的个人缓缓聚起来、收集起来，如同时间大河在某个弯处、回旋暂留之处冲积成一小块人的沃土，类似这样。

惟这一切同样不会在遥遥未来凭空发生，这其实是人默默捡拾累积的结果而不是古物出土，像本雅明已够戏剧性的动人死后声誉，并不是我们这些后来的人惊艳的发现，而是有人一直审慎地、惟恐遗失地把他的书、他的话语，以及必要的历史蛛丝马迹奋力送进这一特殊时间甬道，是那几个早早认出本雅明美好价值之人的守护结果，令人感激、感动——人要援引这一可能却接近不可能的时间友善效应，此时此刻就得开始工作，更好是成为一个生活习惯，设法在权势和财富的种种刺眼光线里，遮挡出、找出这些总是微光模样的、仿佛被遗弃的东西，"拥有并保存"（翁贝托·埃科的嘱咐），设法在人们全然的、死亡般的遗忘到来之前拾起它，再虔敬地、心怀希望地交托给时间。所以本雅明说是"拾荒者"，包括在人们醋睡之时工作和弯腰捡拾的姿势都像个拾荒者；所以博尔赫斯说"我们有义务成为'另一些人'"，权势和财富之外的另一些人。

（附记一事：台湾一位原本我寄予过希望的书写者，明明白白地如此回应我，不，他要做"这些人"。诚实地、理直气壮地趋炎附势，是我们这个时代的基本光景。）

博尔赫斯不说"不朽"（他害怕不朽），他的讲法比较实在，说"挣扎向永恒"，他深知未来有太多不测的、难能尽如人意的事会发生——时间从来不是一条就此平顺流去的大河，事实上，才在不远处，我们每个人很快会遇见的，就有一道大断裂的绝对关卡等着我们，那就是死亡。所有挣扎向永恒的东西，不只声誉，也包括财富权势和其他，都不得不在此处松手、易手，交代给接着活下去的某些人，也自然的，有其中某一部分是过不去的，跟着我们自身灰飞烟灭。

张爱玲极聪明地讲她祖母将死去两次，You Only Live Twice。张爱玲当然是很聪明的——祖母自己死一次，等到张爱玲也死了，祖母又会跟着再死一次。

声誉，比较怕权势还是怕财富？

想声誉，就不得不去想权势和财富，因为这是人类世界的主导力量，构成声誉的基本处境，我们总是得检查、追问，如今声誉这东西身陷何种状况里——这里于是有一个问题：由财富统治的世界，和由权势统治的世界，哪一个是声誉比较困难的当下处境？

十年前我写过一篇谈以赛亚·伯林的文章，名为《在天命使者和君王策士之间》，谈到苏格拉底的审判和死亡，以及日后柏拉图重返雅典创办学园的截然不同做法，"与苏格拉底相反，柏拉图发起的讨论仅在小圈子里进行，不让市民参加。"

以下这段文字，不怎么长进依然是我的基本看法："（柏拉图）这个隔离在人类的思维历史上有其重大意义，它保卫的，不仅仅是讨论者的人身安全而已，最重要的，它有效地保卫了智慧本身，不受流俗意见的骚扰，这部分意义愈到近代愈重要——智慧本身不仅对掌权的君王构成威胁而已，正如苏格拉底审判的启示，它更经常地冒犯到一般公众社会，即便是雅典这一个以允许公民自由讨论争辩为傲的民主城邦（十年后的今天，我会把"即便"二字改为"尤其"，尤其是雅典这样所谓的民主城邦）。其实，我们很难分类地直接判定不同统治形式社会对智慧的宽容程度，掌权的君王有较大的惩罚力量和较容易看出来的冒犯不起之处，然而相对来说他通常是较有鉴赏力的；而民主架构下的社会乍看承认人思维和言论的自由，但它平均主义的本质，却根本地扞格于这个以智慧为职志并依此建构成的独立性等级小世界。总而言之，宽容在每一种社会总是有限度的，君主时代，对智慧的惩罚倾向于暴烈残酷但却是间歇性的，运气好坏端看你碰上的是谁坐君王那个宝座而定，是开明的凯瑟琳女皇或恐怖伊凡，一旦出事容易连命都没了，但对劲的好日子，智慧是受尊敬的，从君王到一般黎民是愿意耐心聆听的（不管听懂多少）；而在广义的民主社会中，对智慧的惩罚的确较少涉及人身，它只是不耐烦甚至根本性地不相信不理会，因此抵抗遂是经常的、常驻不去的，尤其在公众社会得到大众传媒这个巨大的武器之后，流俗意见得到消费市场机制的强力支撑，其音量和及远能力陡然升高并快速成长，如今还加上民粹性更厉害的网路，在比大声的铺天盖地噪音下，人或许没事（端看怎么定义"没事"），但智慧所需的宁静、耐心思索和聆听空间却愈来愈难以存留——"

　　这一番文字，应该不至于让人得出某种反民主的错误结论吧，但你知我知这样的风险总是存在的，所以得再稍稍说一下。

　　讨论遂难免有所质疑民主，这里，我先引述康斯坦觉得不得不指摘卢梭时这番心思起伏的话："当然，我不想和诋毁伟人的那些人沆瀣一气。如果我不小心在某个意见上和他们一致，我会不禁怀疑自己；我不想因为和他们意见相同而自责……我觉得我必须拒绝承认这些假朋友，尽可能和他们保持距离。"

我自己是百分之百相信民主的，或者说每一分钟每一秒钟都相信，说到底，除此之外，人还该怎么活着呢？——最根本处，我以为这正是生命最基本的样式，独立，自主，自我负责云云，当然，自在自如的生命总是难以避免地碰撞一团，这样最素朴如基本事实的生命样式，于是也是最难完好、不打折扣获致的样式。也因此，民主（某种具体形式的民主），是人类诸多所谓统治形式、社会建构形式的其中一种，但同时，它也是一个（隐隐的、应然的）目标，超乎所有其他形式之上。也因此，我也尝试着把人类其他的统治形式、社会建构形式纵向时间地联系起来，看成是人一系列的努力，为的是不断接近这个目标，其最大值、其最舒适最可能的实现。这么看，人类的确是进步的、有成绩的。

　　民主（或说如此自在自如的生命样式）永远无法真正完成，现实里，一如那些永远无法企及的革命目标，制造出一种我们还算熟悉有经验的陷阱（也进一步是一种诡计），那就是讨论它、检验它、质疑它这些必要的工作变得很困难，时时处处都是顾忌。尚未完成，很容易给人们一种犹脆弱、得先集中一切力量护卫再说的错觉、要恶意地栽个罪名也是简单的，那当然就是保守、倒退、反动、居心叵测云云这种钳口式的不堪手法。

　　以下，我们最常识地来说——民主，是让人可以把一己的思维、感觉、声音话语和行为最大可能地释放出来，这本来就不会是个更平静更安适有序的世界景观，而是我们认为值得。民主，对人有诸多被低估的、始料未及的要求，某种确实的意义来说它甚至是更严苛的，比方说诸神冲突问题，这就远比想象的难受难忍而且是人每天的现实，太多哲学家社会学家心理学家证实过这个（比方艾瑞克·弗洛姆），也太多文学家小说家描述过这个（比方陀思妥耶夫斯基《卡拉马佐夫兄弟》的大审判官寓言），人会想逃离这种自由，受不了那种悬空失重、事事不确定的状态，害怕做没正确答案的决定并负责；人往往想求助于一个单一大神，听从一个命令、一种安排。

而这里我们真正要说的是，这同时是回到某种（程度的）丛林状态——紧紧黏贴着民主思维的平等主张（所以是人的主张而不是事实）往往给我们一个轻忽的错觉，在丛林也似的世界，从不会每个个体、每种力量都恰恰好大致相等形成某种相安无事的静力平衡（这非得靠法律和各式规范来补救、来防卫不可，这也才是民主不真是返祖为原始丛林之处，即托克维尔早在两百多年前说的，有信仰、有法律、有传统和价值信念的民主），每一个不同时空、样态的丛林都必定有某些压倒性、侵入性的力量。单一力量绝对获胜、统治的丛林，很容易形成一种单一核心和单子般、乌合之众个体的诡异权力景观，当代政治学观察到这个（比方纳粹的法西斯现象）并已充分讨论，由于少掉了中间层级的必要层层隔离、缓冲和冷却节制，这种全新的、二十世纪如怪物冒出来的极权形式，有可能比历史上的君王专制政体云云更危险更暴虐不讲理，因为它通过多数、集体来检查压迫，无时无处不在且能巧妙豁免道德负担甚至总是以道德为名，也就是小密尔早人类世界现实一大步先察觉的深深忧虑：一千个人的暴政和一个人的暴政都一样是暴政，只除了前者更让人无可遁逃。

也因此，尽管这几十年来多看到很多如同证实，我自己仍然无法同意霍布斯的"利维坦"说法，这样的结论选择很悲伤，也夸大，其实并非历史事实，历史的真相是人始终在奋力抵拒、找寻其他种种可能；我宁可把霍布斯所说的当作一个尖利无匹的洞见，一个警告。我相信民主，但知道它会索取不小的代价，这毫无侥幸可言，比方很多我珍视的、人可能有的最好东西会变得非常非常困难，如昆德拉谈大导演费里尼时说的，如今我们是站在一个后文学、后电影、后艺术、后价值云云的时代（他还强调，他是在自由的法国某一夜晚而不是被监控被噤声的布拉格才清楚感觉这样；当然，"后价值"是我加上去的），我算是心平气和地把这看成是一个我们的历史处境、一个时代交付给我们的难题，理解它、承受它并在这样的限制条件里工作。我想起马克思和恩格斯年轻时日带点虚张声势的《共产党宣言》其中一段，马克思相信历史的进程无人能挡无可逆转，他也以为这是进步的，所以带着接近兴奋的欣然之心，而他也注意到了，某些中世纪宗法的、传统的典雅东西细致东西，包含人的信念教养，可能只能一并化为历史灰烬留在那里。如果我没读错的话，马克思（不像日后的马克思主义者）毋宁是惋惜的，它们过不来，倒不是这些东西罪恶、腐朽合当丢弃，仅仅只因为和当前的世界变得难以相容而已。

不一样的是，我不想下这么大的历史结论，也痛恨任何赢家全拿、单一力量完胜的历史场面和主张，再想望再美好的东西都禁不起这样，包含民主自由，这无论如何都会是暴政。台湾的自由主义大师钱永祥（台湾的大师和神泛滥到毫无价值，但钱永祥是当得起的），这些年不再多谈民主，转向价值的强调和护持，是的，民主不会彻底完成，但民主仍需好好讨论，它有太多该防范、该补救的空白之处、蛮横之处，好让它不反智不真的回返丛林；要等它彻底完成再来反省它检讨它，等于放弃反省和检讨。老实说，现在才开始，已经算迟了。

对民主的再一次承诺

来强调一下我自己的民主新底线、我的再进一步决心。

英国阿克顿爵士典雅但坚定的历史名言这么说："你讲的话我一句也不同意，但我愿意用我的生命来保证你讲话的权利。"——这揭示着一道"思想／言论"自由的极生动底线，也透露出我们对一个多样化世界的必要护卫暨其期待，即便这个多样化世界时时具体地冒犯到我们，让我们极不舒服。根本来说，多样化世界对个人来说往往不是真正的目标，这里有着人高度节制的不得已成分，来自于人足够丰硕的历史经验，简单说，个人寻求的是玉而不是石头，只是玉来自于、藏孕于石头之中，为了少量的玉，我们必须忍受一大堆难看的石头。

但证诸这几个世纪以来的更彻底实践结果，更证诸当前民主世界的种种实况，我更喜欢比尔·布莱森的改写，这位娶了个英籍美丽护士的有趣美国旅行作家说的是，"你讲的话我一句也听不下去，但我愿意用我的生命来保证你有当个十足混蛋的权利。"

我愿意再把底线如此下调，一个对民主更坚持的新承诺。

这绝非空言，我想我已实践多年了，尤其在我作为一个出版编辑时——如果以我个人的私密看法来说，超过百分之九十的书籍都是没必要写出来、没必要出版的。

怪哉怪哉

　　有另一本书，问世时间是一九六六年（一样出版于一九六〇年代那个有趣但没什么人真能信任的历史抒情时刻），叫《权力与特权》，作者是美国社会学学者格尔哈特·伦斯基。台湾彼时和大世界仍有一定的"时差"，出版和阅读有浓厚的"补课"味道，这本书在约二十年后才有中文版，收在彼时远流出版的"新桥译丛"这组知识书里（钱永祥正是这组丛书的编辑委员和译者之一）。

　　我印象最深刻的是全书首章开头，章节标题是"问题：谁得何物又为何？"，我找出这本已三十年的书，抄下它的开头——

　　"一九六〇年秋天肯尼迪当选总统后不久，美国人民再度被提醒起美国的怪事。他选择罗伯特·麦纳马拉当国防部长时，新闻报道说麦氏在金钱上的牺牲将很大。麦纳马拉在福特汽车公司任副总经理时，他的薪水及其他待遇一年已超过了美金四十万元。他最近升为总经理（刚被委任为国防部长之前），薪水不用说是更多的。但是当一个国家的国防部长一年只领到二万五千美元，大约相当于他任福特公司总经理时薪水的百分之五而已。"

所以伦斯基前引了《爱丽丝梦游仙境》书中一句，作为本章的定场诗："爱丽丝叫着：'怪哉！怪哉！'"

哪里奇怪呢？伦斯基解释："然而，如果仔细想一想，我们会不由得感慨这件事的奇妙之处，同样一个人以同样的技术能力升任到更重要的职位，照道理应该赚更多的钱，但是结果发现所得减少了百分之九十五。在他新职位上承担整个国家防御的重任，领到的薪水却比不上那些在私人公司成千的小小经理人员。如果说这只不过是一个特殊的例子，我们可能认为这是一种趣闻，不必加以思索。但事实并不然，我们只要随便看看美国人的生活，就可以找到数不清的这样的例子。"

伦斯基于是先下了这个结论，仿佛完全不懂（其实是不接受）最基本的经济学解释："人们所获得的报偿和他们提供的服务的价值以及工作上的牺牲，看不出有什么连带关系。"

所以伦斯基接下来的问题便是："我们怎么解释这种差别？"或是："谁获得什么，为什么？"——这个素朴的询问有着更进一步的好奇，那就是人们为什么不好奇、不觉得这是怪哉怪哉之事。

半世纪后的今天，果然我们更不觉奇怪了，如今我们谁都会随口回答伦斯基：市场机制，或供需法则。

如果说还有什么小小可惊之处，那必定是麦纳马拉任职福特公司时的年薪："他的薪水及其他待遇已超过了四十万美元。"——四十万美元？怎么可能会这么少？要知道，当时的福特公司如日中天，又在麦纳马拉手上大获全胜（也因此肯尼迪才挖他），今天，一个毫无未来性可言的 NBA 或美国职棒大联盟的二十岁平庸菜鸟，都不止拿这个钱，而且是已经通膨调整后的确实数字。

资本主义长多快、长多大啊。

我们可以这样想下去，回到我们关于权势、财富和声誉的全面思维，把这三者视为人的完整报偿，那我们可能会说，一个所谓"更重要职位"的美国国防部长，他更大的报偿可能来自于权势和声誉，所以尽管他在财富上有所牺牲，仍可以由权力和名声处来取得（甚至更大的）满足云云。

但再想下去，如果一个国防部长，实质上已不如一个大企业执行长有权力，更没有好名声受世人尊敬，薪水又远低于人家，这又得逼我们如何解释？——除了说这个人有点傻气、说他仍有某种不合时宜的信念这样令人提心吊胆的理由？

所以说，即使我们一派轻松用"市场机制"和"供需法则"来搪塞这个疑问，事情仍是怪哉怪哉；这个号称最全面、最干净、有了它就再不需要人世间其他任何奖惩系统的市场机制，也仍是怪哉怪哉。

伦斯基的疑问，倒让我远远想到《庄子》，《庄子》流传版本总置放于开卷首篇的《逍遥游》里一个奇怪名字的商品"洴澼絖"——这大约是一种秘传的药物配方，像护手霜一类的东西，保护人手不冻伤皲裂。故事大约是，此一药物配方原是浣纱业者所用的，但有人机敏地看出它更大的用途，出价百金买下来，转献给彼时打仗打疯了的国家，在军队冬日渡河作战时发挥了奇效，此人遂由此取得权势地位（但应该不至于一下子拔升到国防部长吧）。庄子用这个故事来讨论他"有用／无用"的著名思索，同一个东西，或经济收益获利百金，或成为打开权势世界大门的入场券云云，有趣的是，高飞如九天大鹏的庄先生怎么会举这样的世俗例子，忽然成了个权势财富世界的内行人、津津乐道者乃至于行销专家？

"洴澼絖"这个故事，两千年后的今天事情也该倒过来说才对——

更大利益的做法不是献给国家，而是作为商品上市，如果你也看到如
雨后春笋不断冒出来的大药妆店和店里挤满的人，始于日本，走向全
世界。

　　怪哉怪哉。

死狮与活狮

从感觉如此不均衡，到我们今天丝毫没感觉，这说明世界悄悄变了。

《诗经·小雅·桑扈》，两千多年前的这首诗，揭示了当时人们愿意相信（或寻求）的权势财富和人行为的正确关系，或其正确顺序，几乎把这看成是某种定理：人的行为发生在前，权势和财富的到来在后；也就是这首诗带着戏剧性强调的，所以是权势财富求人，而不是人去乞求权势财富，所谓的"彼交匪敖，万福来求"云云，你做了对的、好的、有益众生的事，自自然然会站上权势和财富的顶峰。权势和财富，合理来说，就是人的报酬，以及更进一步的，人的证明。

至少曾经理想上是这样。

伦斯基的此一小小惊异发现，其实早在两千多年前的中国已"预演"过了，那就是始于春秋末年、大爆发于西汉的大商人力量。一个只管为自己赚钱的商人所得居然高于、倍于一国国相乃至于君王（何况只是个部长），这怎么可以？——和二十世纪这回不同的只是，彼时财富力量才抬头，其他方面的进展及其配备还跟不上来，这崛起的财富力量遂被驯服下来，至少，它柔软地潜伏了下来。

很清楚，这就是个（过于简单一元的）大报称系统，理想和现实的差距在于，它实际上由谁认定？当然是有私心的权势者而非公正的神或原理。这个以权势为中心骨干竖起来的报称系统，我不认为是中国独有，我们很容易在其他文明、国度都看到类似的东西，为的是建构出统治秩序，并收纳最好的人才。人才散逸出统治大网之外，不仅可惜，还是危险的、威胁的，人会失意会变得不可测会左冲右突还会干脆造反算了，中国某朝某皇帝在问清楚某叛乱首领的生平之后如此诚实感喟："这样一个人才地方官员失职不举用，也难怪他会造反。"

用我们现代的话来说是，这样的人才就跑到别家公司或自己筹资创业了。而所谓"全世界最好的工作"既然都在这里，人也就兽群一样聚集向水草丰美的这里来，此一生动画面，系由另一位皇帝揭示出来，他在高处看着进京赴考求仕的鱼贯而入士人，单纯开心地说，天下英杰人物，都"入吾彀中矣"。

这样一个垄断式的理想大报称系统，当然太简单太狭窄，也自然在历史现实里显得虚伪。现实通常因果"翻转"过来，是权势（以及它羽翼下的财富）在前，人的"正确"行为在后，如柏拉图《共和国》大辩论碰到的第一个不舒服现实真相暨其难题便是：正义，就是强者、统治者的权益，由它来定义。

但我们得公正地说，《桑扈》描绘的这样一个报称系统及其秩序图像，并非为着美化如政府公关部门所做的。《桑扈》带着淑世纠正之心，也有讥刺成分（奋力讲正确的事自然构成讥刺），在承认这样的统治机制前提下，它试着再往上去，让权势之上有某些更崇高的东西，仍有原理性的、有是非善恶可言的规范力量，权势不自动就是正义的，权势统治仍得寻求其合理性，也有所服从。

《桑扈》之诗，于是只是我们很熟悉的东西，包含于几千年时间里人对权势强弱软硬不等的抵抗行为之中（所以霍布斯那种人为求自保、把自己完全交出去如奴隶般服从单一强大力量的利维坦之说，并非历史事实，人也不可能长期地、普遍地这样子，人复杂多了，也稍微勇敢一些）——我们几乎可以说，人其实有抵抗权势统治的"习惯"，尽管我们屡屡觉得并不够。

但为什么不扩而大之地就说，不管它是权势或财富，人有抵抗任何单一统治力量的习惯呢？基本上是会这样没错，但我们得注意到至少两件很特别的事——一是时间差。习惯的麻烦正在于它的黏着、改变调整不易，以至于总是落后于变动不居、无情前行的世界。现实地来说是，当世界由权势统治移往财富统治，几千年的习惯难以说改就改（习惯除了黏着性之外，也还有技艺的问题，实战之中淬炼几千年的抵抗技艺也得跟着修改调整发明），那些勇敢的人还持续追打这只垂垂老矣狮子、死狮子，甚至颇一厢情愿地把那只已更强壮肆虐的新狮子引为盟友云云（这点，台湾和大陆的现实状态明显不同，大陆原来那只狮子犹强大噬人。全球的不一致不同步，更增加此一时间差的深度和难度）。当然，乐观点来看，这也许就只是时间的延迟而已，人自会察知调整过来；二是比较麻烦比较实质内容的，财富的统治滑溜、阴柔、渗透还仿佛是人们心甘情愿，它通常是匿名的、非自然人的，比方以法人的公司形式、以机构（还具实体）机能（无实体）形式，没有真正核心致命的人物存在，也就难以瞄准、难能建立目标，乃至于所有针对人的抵抗战斗老技艺只能废弃无用。而最根本的是，财富成功地大大缩减了它自身的公共意义公共范畴，不像权势从古到今都是公共性的，权势自身同时是个"道德主体"，完整地曝现于举凡道德、伦理、传统和一切社会规范的检视之下，无从躲闪，而在此同时，财富则舒舒服服地躲在私人的、自外于几乎全部规范和价值信念、接近纯相对性的坚固碉堡里面。我们会发现可用为对抗它的武器变得很少很少——如此成功说服世界，是资本主义最不可思议的历史成果及其最坚实基础，它的首位先知正是亚当·斯密。

不能自由选择顾客的日本国铁

　　诸如此类的实例俯拾可得，我们选一个稍大的、稍稍怵目惊心的，那就是日本国铁（JR），多年前我最终知道的数字是，负债已超过两百兆日元，惨到极点。

　　日本的整个铁道系统方便、舒适而且覆盖面广而密几乎没死角，但有不熟悉日本的朋友去旅游，我总会交代一句："如果能有选择，绝对要选私铁而不要考虑国铁，最简单的辨识是，避开绿色。"——比方从关西机场进京都，我会建议搭紫色（或朱色）的南海电铁到大阪难波，再转红色的大阪地铁或步行（这三站沿着两排大银杏树的御堂筋大道，"雨中的御堂筋"，是大阪最好看的路，热腾腾的、果然如"天下厨房"的道顿堀位于其中点），到淀屋桥转蓝色的京阪鸭东线直达京都祇园四条站。听起来好像很麻烦，不是有绿色的JR哈鲁卡快车直抵京都站吗？是的，即使我故意不公平地选这一行程来比较，仍然，这趟得换车两次的私铁之路，居然还比较快、比较便宜、比较准时（JR较容易有状况），车子也舒适，还有车行路线选择的两边风景。

最终，JR 快车出来是匆忙、杂沓、生冷不见天日、有强烈逆旅感逃难感的京都总站宛如身陷迷宫；京阪鸭东线则进入京都稍后即沿鸭川北行，实际窗外风景而外，朱天心尤其喜欢极了这一路的小站连续站名，中书岛→伏见桃山→丹波桥→墨染→藤森→深草→稻荷大社→鸟羽街道，有颜色有香气有山水起伏还有人但如此沉静杳远，是京都藏起来的一幅卷轴大画，下车，你会发现自己就站在四条大桥畔，风通常很长很好，鸭川清浅地流着，艺妓出云阿国铜像摆着典雅但妩媚的身姿，这里正是前方祇园和东山神社之乡的入口，全京都最值得站定下来、呼口大气、整理整理心思的一个点。

高额负债，让日本国铁深陷我们都很熟悉的经营恶性循环之中，也因此一直是人们讨论公营私营的不会错过实例，负责扮演那个"所以不该这样"的生动沙包——其实也没那么糟糕，比起其他地区的任何铁道系统（如敝岛的台铁和高铁）；它仍奋力跟上日本的私铁，只是没那么好而已。

何时搭国铁呢？没其他私铁可选时；为什么没其他私铁呢？因为它们不来；为什么私铁不来呢？因为会赔钱——有不少这样的时候或说地方，尤其是你在人迹较稀的乡下或北海道宽广大地时。这正是日本国铁之所以先天不良、难以和私铁竞争的根本原因所在，拉一条路线到某个人口只几十上百的山居小村落，这不是任何私铁会做的事，基本上不做也不会挨骂，顶多只软性地两句道德呼吁，更接近低声下气的请求；但国有的铁道系统就不一样了，它非去不可，否则有一长串罪名每天轮着来，并在选举投票时定期总清算，歧视、势利、怠忽职守、不平等不公义、不顾老百姓死活等等等，都不是针对经营能力，而是道德指控。这几十上百人，对私铁而言叫顾客，可自由选择服务不服务的顾客；对国铁而言则叫"人民"，有各种庄严大价值大誓词守卫、有各种不可让渡权利在身的人民。

其大背景是，偌大日本由东往西由南而北，各私铁系统割据般取走它要的、认为符合经营效益的区块和路线，留下的空白由国铁负责衔接、补满——实际经过当然稍稍复杂些、拉锯进退些，但结果大致是这样。和全世界其他遵循资本主义之路的所谓进步国家一致，人的思维转向先一步完成，形成某种新的"思潮"，决定社会的集体选择，近三十、五十年来（视不同国家的发展进程而定），私营化是个已辩论举证完毕、如真理如神谕的进展方向，只有居心叵测、腐烂反动并打算继续贪污捞钱的人才会阻挡。我们在台湾稍后亲身经历的也是这样，公营的释放远比想象的快而顺利，其间必然伴随而来的官商图利勾结弊案都只是一个必要之恶的过程。

公共价值消散法则，这个用来证明私营优于公营、乃至于财富胜过权势的坚固通则，果然同样在公营走向私营的阶段起作用，谁会稍微认真替国有讲两句公道话、多争一些呢？——公共价值消散法则，没人拥有，往往也就没人保卫，如所有公共设施的品质和其毁损速度（台北大安森林公园体贴设置的免费取用防蚊液机，才几天时间而已，九处有六处已损坏已被偷走，三分之二）。在台湾，最生动、宛如神来的诠释来自老兵银行大盗李师科，他冲进去，大喝一句："钱是国家的，命是自己的。"醍醐灌顶般当下所有行员都心领神会如闻救赎，很配合地交出钱来（但老实说，能抢多少呢？）。这一冷酷、精准、无所不在但令人不免沮丧的法则，能够抵抗它的只有人自身的品质和教养，以及人超越一己之私的复杂价值信念、人自己听见的道德命令声音，因此总是有限的、有时而穷难以信靠的，而且恰恰好都是资本主义很成功——排除削弱掉的东西；换句话说，你只能跳出资本主义之外、财富世界之外、乃至于经济学的论述之外才能反对它，那是哪里？

和公营转私营进展方向一致，如麦纳马拉由汽车公司入朝为官，这些年台湾也掀起一波向企业求才、央请出任"内阁部长"的浪潮——成果让人爽然若失，没什么成功的案例。这里曝现着两处真相：一是部长这一职位（不仅仅是薪资待遇，而是其职位持续性、其意义、其成就感，以及那种做得动事情的最起码感觉等等），很显然已吸引不来够好的企业人才，我唯一从政的、也短暂当过阁员的朋友郑丽文亲身经历地告诉我，那几位还愿意一试的一线企业人物，老实说都还有着某种过时的傻劲，残存着某种古老的家国天下情怀，"捐个两年给台湾吧"，就像年轻时服兵役那样；另一个是乍看很奇怪宛如中邪却必定发生的现象，那就是这些在他企业本行看来颇聪明灵光的人，一入内阁忽然全变笨了。

一直以来，我们倾向于用体制的笨拙性、恐龙化来解释（这也是真的），但更深刻的毋宁是，国家不是企业，国家同时负荷着诸多彼此倾轧冲突的目标，国家如耶稣说的不可以放弃任一只羊，每一只羊都堂堂正正是公民、国民、人民。选择当然远比计算困难，难太多了，这些计算能力精良娴熟的人如同被废了武功。

"如果国家是企业——"，这只是某种畅销书的书名而已，国家"不可以"是企业，所以这也不是人类福音，而是我们得稍微用力抵抗的当下现实走向，免得太多人被放弃。

斯密先生 vs. 斯密先生

亚当·斯密并不攻击人的道德和价值信念这些东西，他只是自自然然地把它们排除出去；或者说，他感觉自己发现了某个"局部性"的原理，在这样一个封闭的准科学思索里，具体的人、脸以及黏着人的所谓道德和价值信念，都是（暂时）得隐没的东西，上达科学原理层面的世界是容不下人的。

所以汉娜·阿伦特坚毅地指出来，亚当·斯密，乃至于日后的马克思，他们用以建构理论的"人"，都不是已进入到人类世界的人，而是某种"劳动的动物"，是生物性、物种性的人。

事实上，亚当·斯密还写过《道德情操论》这本书，日后也有不少人拿这部书为他的"道德感"辩护，试着和解这两位斯密先生。

《道德情操论》我从头读过，还不止一次，重读不是因为它的深奥丰富，而是不放心，怀疑自己没真正深刻地、正确地读它，错过了其中隐藏的什么。现在，我可以这么直说，这其实不是一本非读不可的书，平凡、单调、没高出于一般常识性的东西，"老天怎么一点才华也没有"（借用侯孝贤看完某大导演电影的有趣感言）。这也几乎是"另一本书"，和《国富论》各自分别写成，甚至像由两个不相干的人写的，两本同一作者的书找不到什么意义的交集点，最简明的解释是书写者于此并未多想，日后谁都照眼看出的矛盾冲突，书写者本人反而全没意识到。

这里只看这些话——"一般所谓的文人，经常是家徒四壁的。""随着这种显著才能而来的大众的赞美，时常成为他们的一部分报酬；这种报酬的大小，与其才能的大小成正比。而在医业上，这变成其报酬的大部分；又在法律上，恐怕程度更大；在诗和哲学上，这几乎是报酬的全部。"也就是说，斯密先生知道，诗和哲学几乎没有财富报酬，这如何和他看不见的手结合起来？

哪一个比较能代表亚当·斯密本人呢？——这么说，《国富论》比较像是神来之笔，而《道德情操论》则是亚当·斯密的终身之作，这本书的书写跨越了几十年，经历了六七次的修订，也就是说，人的道德情操问题才是他一生思索的主题目。

因此，合理地来想，亚当·斯密并不以为《国富论》此一原理的作用范畴能有多广多远，它封闭于单一的经济事务这"一隅"，毋宁更接近于为国家的经济部门找出来一个机巧易行的策略（可让经济活动更有活力、效益从而国富民强云云），而不是替换眼前世界样式的新建构蓝图；不是要冲撞眼前世界，而是在这既有的统治基础上多给人一点空间，释放出人更大的力量，在英王统治的牢固但过度审慎的帝国，这样有限度的松动一定承受得住，而且是明智的、健康的、会有好结果的。

只是，历史不会理会本人的原始企图，历史有高于人意志的奇妙走向——说起来，《国富论》和达尔文的演化论，有极相似的历史戏

184

剧性，这两位英国绅士都没要撼动世界，更不召唤群众寄情于群众，他们只想揭示、并静静地好好地说清楚某一个基本原理，一个他们认为如此清澈、理应近乎常识但何以迟迟不为人察知的道理。

有关《国富论》的讨论实在太多了，这里我们只切入地问，亚当·斯密重新释放人的自利之心，让这个强大无匹（其力道、其涵盖范畴远超过斯密的想象）也从不会消失的生命本能力量，不受外在规范以及人内心道德声音的阻拦，人依最有利于自己的方式任意而行云云，这样和人类世界建构起来之前那几百万年究竟有什么不同？为什么可以有不同？如有不同，那究竟是多出了什么或少掉了什么？

同一只手

　　同样一只看不见的手，理应得到同样的结果——台湾昔日的生产力名言："同样的人，同样的条件，同样的作为，想得到完全不一样的成果，那就叫——笨。"

　　为什么不是无止无休的相互冲突侵害、陷于所谓"原始的混乱"，以至于如霍布斯所说人为求自保不得不放弃其他所有甚至甘为奴隶？为什么这一回的自利之心反而带来秩序，而且还是更高更美好更完整细腻的秩序，超出任何人的睿智设想，接近于上帝才拥有的所谓"看不见的手"？——只除了如今人更多，地球更挤，人和人之间躲避隔离不易，而且可用的手段和武器更精进，按理说，混乱冲突只会转而炽烈、惨不忍睹才是，这些为什么没有、不会发生？

　　有个已极不合时宜、浓浓政治不正确的老笑话，但听听无妨——传教士气愤地责问某食人族部落酋长："都什么时代了你们怎么还不进步？""有啊，现在我们改用刀叉来吃。"

　　所以关键不在于自利之心，在别处，有新的变数加入——自利之心这玩意儿长得全一样亘古不变，并没有新的旧的这种分别，亚当·斯密"看不见的手"和太古洪荒那几百万年的是同一只手，它甚至还早于人的出现，不是人的，而是生物的，事实（几百万年时间、无法更长更充分了）证明，那安排出来的不是《国富论》所描述、乃至于今天资本主义发达的世界，而是一个让人无话可说、万古如长夜的世界。

所以真正的改变在这里，这才是全新的——人类世界。其出现、其建构及其繁复厚实的内容，以及最重要的，对人自利之心的有效拦阻约束能力，郁郁乎文哉，这才让看不见的手得到不一样的成果，不很快走向全面的混乱和掠夺。这是一个完全不同以往、也一直被严重低估的必要基础。

让自利之心把人、资源、聪明才智引领到最需要最富效益的地方，并爆发出其潜能，善用每个个体和他所在生命现场的准确联系和知觉，这如亚当·斯密所说确实接近基本原理无须反对驳斥，但让此一现象能长时间成立、能持续运行无碍、不很快失控制造灾难，则有赖于这个自利之心要挣脱如桎梏、甚或要取消打倒扮演阴森森歹角的饱受误解传统人类世界，由这个既存的人类世界负责吸纳、减缓、冷却、压制这一近乎盲目前行、自身不配备任何煞车转向机制的力量。这有点像人类设法把核分裂暴烈释放的毁灭性能量控制下来转为有用电力一样；当然，也有点像人类对核电的深深忧虑，我们真的能一直地、永不出错地控制好它吗？

日后，自由主义经济学者总倾向于把理想世界描述成无政府、不存在任何规范的世界；但另一方面，又没有任一个经济学者真的主张我们得废除人类社会的全部法律，包括经济规范的相关法规（不都一样会干扰、污染这只看不见的手吗？），有这样的经济学者吗？

自利之心所驱动的，总的来说不是人的行动，而是人的活动，乃至于只是一种运动而已——人不必多想自身行为的理由，不必预想其后果其影响，事后也不必、更无从反省检查，这样实在太舒服了，仿佛卸除一切尤其是责任这最沉重不堪的东西，已接近宗教（我自始至终相信，舒服，而不是道理的严谨周详，才是资本主义说服全世界的真正理由）。依斯密所言，多想反而（一定）不好，这只会破坏这只看不见的手所安排的更好秩序、更好世界；甚至，依日后的进一步发挥阐述，这反而是人一个"不要命的自负"、反而会把人引入地狱（哈耶克有言，"通往地狱的路往往是善意铺成的"）。

　　亚当·斯密说话当时，人类世界对人自利之心的压制大约是太超过了，或说自利被权势者所垄断；人类也想太多了管太多了，乃至于以为人已穷尽历史看穿未来知道一切（的确是不要命的自负），遂让这一力量长期闲置而且奄奄一息，更难受的是其不自由。因此，适度（还不用考虑何谓适度，离适度还远呢）地解放开它是正当的，更是当时一个必要的历史阶段策略作为，包含于、同步于全面性的大解放风潮之中。

　　当时世界的事实真相是，这个人类世界依循各种召唤各式驱动持续前行（不只自利之心一项而已，它甚至只是跟随的、加盟的），历史来到某一特殊时点，解放是全面的、多样的、四面八方飞出的，既解放自利的人和思维，也解放了更多种不自利的人和思维。我们甚至该这么说，彼时人类是成功地击破了、打开了少数人的自利，即那些长时间乃至代代世袭独占利益、好像只有他们能自利、其他人都得恪守严苛道德律法规范的权势之人，以全部人的自利来取代少数人的自利，更以种种不自利不自私的作为和思维来曝现他们超越他们。

　　事实真相也是，十七、十八世纪前后的人类成就可不只是财富增加而已，更加显著的是，人类世界在那个历史时刻仿佛提升了一大阶，更多人文人道的、高贵的、创造性的东西及其想象力在那时候灿烂发生——当然，也跟着凶险，未知的、无经验也无从预见的种种凶险。

几百年后的今天，亚当·斯密不必去想也想象不到的当前世界模样，事情是否倒过来了呢？人的策略作为是否大有必要重新调整？——脆弱的不再是饱受压制的自利之心，而是这个人类世界？是否需要保卫的不再是已大获全胜的自利之心，而是这个作为必要基础的人类世界？

停下来读首诗:《我的一生》

　　来读首诗,迂回一下,或作为一种预备。博尔赫斯的《我的一生》,我先注意到的是这两句:"我无与伦比,却又与你相似。"我马上想到的是我较熟悉的、朱天心小说中的主人物,总是独特的、还带点骇人之感的、仿佛从芸芸众生里甩离出来的"我"(或"你"),却悄悄地、不知不觉地滑向一些人、一群人、一种人,归返于遍在的众生和命运。诗是这样——

　　　　这里,又一次,记忆压着我的嘴唇,
　　　　　我无与伦比,却又与你相似。
　　　　我就是那紧张的敏感:一个灵魂。
　　　　　我固执地接近欢乐,
　　　　　也固执地偏爱痛苦。
　　　　我已渡过重洋。
　　　　我踏上过许多块土地;见过一个女人

和两三个男人。

我爱过一个高傲的白人姑娘，

　　她有着西班牙的宁静。

我看到过一望无际的郊野，那里

　　落日未完成的永恒已经完成。

我看到过一些田野，那里，吉他

　　粗糙的肉体充满痛苦。

我调用过数不清的词汇。

我深信那就是一切，而我也将

　　再看不到再做不出任何新鲜的事情。

我相信我贫困和富足中的日夜

　　与上帝和所有人的日夜相等。

　　接下来，我们来稍微想一下：相似的、生物性的人，以及无与伦比的、从生物本能挣脱出来的人。

特别的人和不怎么特别的人

"人真的是很特别、却又不怎么特别的一种生物。"——这是古生物学者古尔德的一句话，在他谈到当年林奈进行生物分类、烦恼无比该如何把人纳入、放到某个恰当位置一事说的。关于人，的确很难把话说得更好、更准。

大部分时候或说范畴，人的确一点也不特别，有关人的身体构成以及其本能性行为，不折不扣就是大生物世界的一员。我们理解生物世界愈多，便愈不觉得人在其间有何独特突出之处，而且，绝大部分时候，我们的身体还不归我们"管"，它自动吸收、自动防御、自动输送分配合成、自动生长衰败病变瓦解。有科学家甚至不把人的身体描述成"一个"，而是原本各自独立的微小生命巧妙相处结合起来的（包含于其他大型生物的演化来历），像细胞内有各种明确独立线索的悬浮线粒体、像毛发细胞是否原是某种带鞭毛的微生物加盟云云；我们的身体是否原是个小小的演化场域乃至于一部分原是战场。科学家安慰我们，不必因此觉得有失尊严，仔细想过你一定会比较喜欢现在这样，要你每一秒（或更短时间）同时指挥全身数以兆计各种形态功能不同的细胞，安排红血球有条不紊运送，把白血球派去有外敌入侵或内部叛乱之地，要小肠绒毛赶工吸收，指导肝脏细胞完成高度专业、其实我们绝大多数人根本不会的化学工程云云，你会累死烦死一刻也活不下去，你会非常非常感激我们的身体如此"懂事"知道自动自发。

但人真的是很特别的，差不多在距今一万年前左右，温文的哲学家雅斯贝尔斯称之为"觉醒"，不同生活地区的人们从仿佛百万年的长夜里"同时"醒过来（演化大时间尺度意义的同时），一点一点建构起彼此或有参差但的确只属于人独有的小世界，也就是我们熟知的各个古文明，当然包含着或说源于、启动于人无与伦比的种种意识和思维，人无法归结于生物本能、宛如切线飞出的某一部分自由意志，以及最特殊也从此挥之不去的、人对自身死亡的窥知和其持续思索焦虑，以及因此跟来的时间计算分割意识，人仿佛也站到了自身之外的某处回头看自己想自己。

这个占绝大部分的、毫不特别的、稳定透明单调的人，和这个微弱的、很特别的、又毫无生物经验可依循的人，能否和解相处？不晓得，我们只知道人努力想做到这样，但看人类历史，人更多时候不断察觉的是两者的背反，人仿佛撕裂开来成为两个也似的。几乎各个文明都把这描述为一趟创世意义的旅程，出走的、背离乃至于犯罪的（偷了某物或违抗某一禁令）、游荡迷途的、充满重重致命考验和凶险的、但却也壮丽且带着微妙骄傲感尊严感的人的冒险旅程；通常，这或是单一一个人的旅程，或由某一个有坚定意志的人说服、率领众人出走，跟从的人则不时抱怨、后悔乃至于想掉头回去云云。博尔赫斯似乎更喜爱《神曲》里的而不是《奥德赛》的航行，那是回到伊萨卡多年后已老去的尤利西斯最后一趟旅程，他是否记得甚至寻求先知忒瑞西阿斯预言他的幸福死亡呢？总之，尤利西斯劝服这些老水手，"人不该像野兽一样浑浑噩噩过日子""人应该不断寻求美德和知识"，这次他终于离开了其实只像是内陆湖泊的平静地中海，穿越过直布罗陀大门（传说由海克力斯劈开），航向真正的荒波大洋，还直抵南半球，在那里看到了模样完全不同、惟数量更大光度更璀璨夺目到吓人的另一种星空，也就在那里，船遇见了巨大雪山并在大漩涡里沉没——

道心惟微（特别的人），人心惟危（生物的人），就连尺寸和力量大小比例也都大致是如此没错，人不敢心存侥幸。这个很特别的、已不同以往的人得不断对抗远比他大的东西，得对抗更大部分或成分的自己，仿佛一松手一怀疑一起舒服安全过日子的念头就复归消失、就被吞没回去。人绝大构成部分仍是生物如中国人说的禽兽（那年头不讲究修辞的政治正确性），人异于禽兽几希的成分微小到几乎不成立、难以寄托希望，甚至只像是人心里面一闪而逝的一点鬼火一点灵光。

这里我们要多说一点的是，两者的输赢消长，可能不仅仅取决于尺寸和力量绝对值的大小差别而已（否则历史就太无聊了），更在于人相信什么、希望怎样、如何抉选云云。人潮水般起落的思维，构成变动不居的历史判准，遂形成消长。

生物本能是普遍的、趋同的、单调的，人皆有之不必证明说服，人一松开就自动落回那里放心吧；然而，人超出生物存有这想来奇妙的部分，却是个别的、歧异的、发明的、善恶难明的，彼此矛盾冲突相互抵消是其常态。但它在一开始往往是有优势的，像一道一道光穿破黯黑而出，容易第一时间抓住人的眼睛形成悸动，惟长时间来说却也让人眼花缭乱难以分辨无所适从，时时生出"干我什么事"的厌烦感逃离感，容易疲惫化苍老化——这样我们也许就更知道了，何以在知识成果不断累进的现代，人独特的、非生物本能的这部分会有点诡异地不进反退，人类世界时时、处处出现某些再清晰不过的返祖现象，折返原始和野蛮，毫不可惜地、丢垃圾般一件一件丢掉人们耗时千年时光才学得才建造起来的非比寻常东西；这不是谁的错觉，而是一个结果。

如今，X-factor 我以为是民主政治，这是我们这个时代的历史判准，再次决定其输赢消长，有可能就是终极性的定谳——民主政治当然是站在人生物体这边，要不然它还能站在哪里呢？

这么说并不矛盾。民主试着把世界交回到所有人手上，这会在第一时间、可以几无时间接缝地带来宛如遍地花开、仿佛什么都有可能的解放效果，整个世界顿时活过来、动起来也似的（二次战后陷入残破窒息状态的西德经济，其复活翻转的关键据说是，西德的经济部长在那个下午只身走去全国性广播电台宣布，解除所有经济管制，就这样，西德也因此很快翻转成长为整个欧陆最强最富的经济体。后代的自由经济学者津津乐道并引为典范，也把此一历史大事说成如此简单、如此戏剧性），这样的历史记忆太确实有之、太印象深刻而且太动人了，也就让人不多想其他，容易遮盖住其他真相，尤其长期的、稍后才缓缓显露的同样确确实实的真相。民主当然不只是一次宣告，民主是一种社会机制政治机制，有它难以违逆的根本运作逻辑，民主的社会一样得不断做出决定、做成判决并管理。根柢地说，它寻求人的最大公约数，而最大公约数总只能是人生物性本能这部分；或说，民主不信任人个别的睿智，避免单一个人独断的种种危险（都是真的），但也就容易失去那些只有单一个人才可能看见、感知、并持续深向思索修改的东西。集体是不思索的，不可能有深度、有鉴赏力，更挣脱不了实存的薄薄当下；而一种非人的机制更不会有同情，还不会有必要的耐心，这些是一定得支付的代价，只是账单寄来稍迟而已。

自由，确实是人类世界长时间缺乏、不足的珍贵东西，太多我们热切想望的事（写一首诗、发表一个新原理、开发某一块土地、提出一个改革主张等等），其他种种条件已齐备成熟，只等自由如东风吹来，以至于自由总是被说得简单而绝对，仿佛有了自由，这一切就都自动成了。但所有稍微认真做点事情的人都了解，并不是这样，所有动人的成果，包含那些看似瞬间发生、完成的东西，当然全是长期的、积累的，人无法"自由"地懂得它看出它来，伽利略不是靠着自由才察知地球在动，托尔斯泰也不是因为获取了自由才写出《安娜·卡列尼娜》来（你我要不要也"自由"地试试看？），这不折不扣是能力，其核心更是处处有约束、有无可违抗规矩、并时时感知种种生命森严限制的专业能力，是一个人沉静浸泡于他的工作五年十年乃至于一辈子（要不要夸大地描述为"奴隶般、如同被绑着一样工作"呢？），才获取的非比寻常能力，如博尔赫斯所说"这是积我这一生经验才能说得出来的话"；甚至，这是来自于一个传统（我们这个业余化时代最轻蔑、也最视为自由大敌的东西之一），专业堆叠为层级的传统，亦即一长串的、代代相信并接续这样工作的人才可能获取的特殊能力，如博尔赫斯也说，我能写些什么呢？我能说的，就是古希腊人的困惑，古波斯人的困惑，古埃及人、古中国人的困惑……

我们可以带点文字游戏地讲，这些，终究需要一个所谓"自由的心灵"云云——这是千真万确的，但"并不是你们所说的那种自由"；也可以说，这需要更多种的自由，更富品质和深度的自由。它所挣脱的诸多限制，系来自于个人的认识和能力进展突破，不惑不迷不惧，如同人站上一定高度，目光自然不被遮挡，这不待社会集体的同意、应允，也不是人类的民主建构所能供应的，历史的经验事实是，这里面还包含着诸多屡屡并不见容于人类曾有过任何程度样态的民主社会、时时遭民主机制粗暴侵入侵犯的自由。

我说，人在不怎么特别的自己和另一个很特别的自己这两边判定抉选，民主政治会是终极的定谳。这意思是，我以为民主政治是无可阻止逆转的，也是我们所可能拥有最好的集体生存样式，没理由阻止它逆转它（如莱布尼茨这个极世故柔软的哲学家认真但意味深长所说的，这个已实现的世界就是人类所能有的最好一种世界），而且民主也最自然合理舒服，符合素朴的生命存有本身（其独立、其无所隶属……），像是一个终于水落石出的结果、一个实现。

所以，这也就是我们现在以及未来的基本处境了；某些部分可以断念当它是个代价——那些背反着生物本能的事情会变得很困难、愈来愈困难，有些太特别的东西更可能保不住，不管它如何打动你、你如何珍视它，新的拆除打扫工作正加速进行中，接下来我们得在这样的条件下工作。

我们所能说服这个世界的最佳理由可能只是，得适度地保卫这些积累的、层级的、不同于生物本能的、也就是当前世界一样一样拆毁的东西，其实一直是靠这些东西撑着，才让民主不真的等于民粹（"纯粹"的民主怎么会不就是民粹呢？），不让这整个世界真的回到原始和野蛮如那几百万年云云。但这很难有用到接近悖论，因为生物本能基本上是不思考不对话的，得伴随着适度的灾变（我们虔心希望是适度的、可承受的），人们才能以一种最简明的趋吉避凶本能来拖住它延迟它。

"国家这东西最终会消失"

　　博尔赫斯晚年，曾以某种死者的、遗言的说话方式如此直书："我相信国家这东西最终会消失。"——至少，对我们这一整代人而言，这并不是个太出奇的判定（或说希望），就像他在另一回访谈中讲的，他是在"个人和国家相对立"这样的信念熏陶下长大的，我们全都是。

　　有趣的是，这极可能既不在遥遥未来也不是什么凄绝壮丽的历史大事、大时刻，仅仅只是当下的日常事实而已——国家确确实实正在消失之中，以雷蒙德·钱德勒说的那样"每次都死去一点点"的告别方式，漫长的告别。我自己是没敢如此确定那种完整的、仿佛至此从人类世界消失的、连名称带其形式和内容的国家死亡会不会到来，也许，它会以某种更接近地理名称之类的方式留着（如意大利曾经只是个地理名称而不是一个国家），并以某种事务性、日常功能性的次级机构模样继续存在。但，就我们一直以来要对抗、要去之而后快、要像彻底拔掉仿佛自由最后障碍仿佛恶之核心的那个国家而言，几乎等同于快要不存在了；至多，它只是听命办事的小弟帮凶，而非老大哥。

日前，我在咖啡馆遇见一位年轻朋友，谦称是我的读者，台湾人，在上海某跨国金融集团工作，他和我说到美国的"国家资本主义"（很标准的中国大陆思维的惯用词），我吓了一跳，有点没礼貌地打断他——你确定华尔街和美国联邦政府是这种关系？不需要更新吗？是不是应该倒过来才对？这绝不是文字游戏、聪明话，华尔街是在美国境内没错，但它可以比一整个美国还大。

这有点好笑，人类历史常这样，像是那种故意捉弄人的恶玩笑，是不是这么说，"黑夜已经过去了，但黎明还没来，你们想多知道什么，回头再说吧。"——一种国家萎缩消亡的图像逐渐真实起来，但却完全不是我们以为的、我们这一整代人反复思索并描绘的那样，那些我们反对国家的堂堂理由，绝大部分依然存在，甚至还更坚固更难以撼动，也更隐藏难以确认对象而已。也许错在我们自己，我们总困于现象相信 A 和 B 是共生的、不独立存活的，但其实往往可以，或 C 和 D 是矛盾的，不可能共存的，但其实也往往可以。《一九八四》这部从时间上、从锁定对象上都已解除的末日之书，其中令人最印象深刻的是无所不在的、人毫无隐私可言、宛如楚门世界实境秀的监视器，但又三十年后的今天，且不争论老大哥是消灭了还是以另一种形式存在，全世界的监视器数量在这三十年增加速度最快，尤其在所谓的民主进步国家更如雨后春笋般遍地冒出来，更好笑的是，不是老大哥装的，而是人们努力争取、乃至于人们自己花钱的（还好大量生产，价格陡降）。别的社会我不知道，至少台湾，理论上并没这么风声鹤唳的危险，理论上也无需因为这一点点的风险和不便就放弃人不受监视的自由（有趣的是，这还是民主最根本、号称绝不可让渡自由的原则），但它的存在跟电线和自来水管一样，已是生活标准配备了，在建筑设计图阶段就得标定好。

（也许人民、依生物本能而行的人群式人民，才是老大哥的终极面貌，一只流体的、新型号的利维坦，新巨灵，像电影里那只非结构的、里外同质的液态金属终结者，好莱坞最棒的怪物。二十世纪尤其是纳粹之后，对这样的新极权倾向有所警觉的人多起来了，只是一直不知道在民主的大框架里该如何恰当地、有效地阻挡它处理它。）

朱天心在她的新书《三十三年梦》里引述了这段话，说者压住自己的失望悲伤让它变得很美丽的一番话："然而我确知曾经有那样一个晚上，世界在预言实现的边缘犹豫了一会儿，却朝向背反的方向去了。"

好像一次又一次、一个晚上又一个晚上都这样，人是很特别又不怎么特别的一种生物，不特别的那部分较大、力量较强，也舒服，构成了某种疲惫的历史引力，构成了"人性"。

接下来，我们要想的是列维-斯特劳斯说的"隔离"，他所说孕生事物多样性必不可少的隔离。列维-斯特劳斯显然也是在"个人和国家相对立"的此一时代空气中长大存活过来的，只除了他存活较久，活超过一百岁，以一个人类学者的眼睛看着这个世界一整个世纪时间。稍后，他冒着被怀疑为种族主义的可憎疑虑和危险，重新思索审视国家的、部落的、社群的古老界线，以为每一个文化都"必须具有某种抵抗性"。

无论如何，"隔离"这个词总是让人很紧张，尤其当它包含了我们以为恶远多于善的国家界线时。

如登与如崩

　　"多样化的世界不断在消失"，这话由列维-斯特劳斯说比由我们来说更接近"证词"，而不仅仅是个忧虑——这是他的工作，或用列维-斯特劳斯自己的话，这是他在这个世界的"位置"，他几十年每天相处的现实。作为一个人类学者，他的工作内容便是不断往返于发现和失落（发现它的同时，也正在失去它），视野不折不扣就是一整个地球，包含距离我们最远、根本不晓得它存在的各个异质社会和社群。看着太多我们看不到的、想都想不到的各种人、地、事物。他的多样化世界图像是远比我们精密详实到不可思议程度的一张；也看着这些东西不断地就在你注视下消失，永久地消失，这纸死亡清单也远比我们能罗列的要长太多了。

　　人类学是得极沉静、需要可怕耐心耐力、强迫自己像一棵树之于某一块土地那样相处关系的漫漫悠悠工作（最生动的呈现必定是马林诺夫斯基那本接近禁忌的奇书：《一本严格意义的日记》），而列维-斯特劳斯讲，人类学的另外一面却像是救火救援行动，永远在跟嘀嗒作响的时间赛跑，时间永远是最珍贵的东西又同时是最大的敌人。这里有个解除不了的时间矛盾，"面对着可用时间和浪费掉时间之间的不相称关系，我无法不觉得心如火燎。"

　　然而，其背后还有一个更大的、原理性的、我们也都很熟悉的时间矛盾，正是这个大矛盾包含了、促生了前一个矛盾——那就是建构时间和拆毁时间的永恒不相称关系。建构时间，中国人带点咬牙切齿意味地称之为"如登"，爬山一样，缓步的、累死人的但急不来，依山的高度、陡斜和凶险程度，惟无论如何都大量耗用时间；拆毁速度，则是人有束手无策之感的"如崩"，就像山塌下来或者雪崩那样，某一个狂暴力量冲击过来（大自然或人为），瞬间结束，人甚至来不及逃命。我们于是把前者的成果称之为"文明"，因为我们由此循线察觉出更长时间来历的知识和技艺养成及其他，也就是作为准备的、作为建构基础的时间甚至得更久更远。古巴比伦那一整面慑人心魂、人站它前面总感觉自己被缩得很小的浮雕城墙，是人献给女神伊斯塔的，打造它的人相信自己一直活在这样亘古的、绵密的、仿佛天地伊始便已存在的护佑之中，所以真正动手的时间只是时间冰山浮上来的那一小角而已，只是人其中一次郑重无匹的、仿佛倾尽当下所有所能的实践而已（人不做点牺牲、吃点苦头，如何能说自己是虔敬的呢？）；而毁掉它则只需要几管炸药和人瞬间的狂暴之心，这两样东西如今随时可从网路上取得或很快学会，我们通常叫它 Vandalism，汪达尔破毁或野蛮人破毁，背反艰辛漫长的文明建构，人回转原始和生物本能。

　　于此，人类学其实一直是高度警觉高度自制的，连玩笑都不能开、字词都不能放心使用（也因此马林诺夫斯基那本国王新衣也似的田野调查私人日记才这么令人惊骇，忍不住笑出来的惊骇）。只因为谁都晓得"人类学是在殖民主义的阴影下诞生和成长起来的"，罪恶的源头正是国家，昔日帝国主义式的强势国家，这个滔天罪行般的记忆在这门学科烙得太深太痛苦，遂让人类学逃离般走向几乎是另一极端的所谓文化相对主义，绝不允许在不同民族、社会之间划出高低不同的价值等级，无心的、隐藏的都不可以——这一相对主义严厉要求往往到不自然、不近人情也不合理性的地步，一直让人尤其是认真进一步想事做事的人感觉不安、不对劲。比方说某些部落社群杀婴或残酷对待女性的种种传统作为，究竟是完整构成其生存方式及其文化结构不可单独抽走的必要部分，或仅仅只是人的愚行和暴行、人的自我停滞、甚至长期合理化并纵容某一部分人利益的诡计装置云云，至少，结构不该是一成不变只此一途，它必定有微调和修改的空间才是。年轻时日的列维-斯特劳斯在他《忧郁的热带》书中就曾这么质疑过，一个在面对这类骇人听闻残酷之事谨慎不发一词、甚至连人的最基本反应都不敢泄露的人类学者，回到自身社会，往往满腹意见天天骂人，随便什么看不顺眼的小事都跳出来大肆批评一番（不是也该都视之为自身社会和文化结构不可更动的必要部分吗？）。这极可能是列维-斯特劳斯在他学术圈子里屡见的事实，我们要如何妥善地解释这样的矛盾？晚年的列维-斯特劳斯也说："在讲到'原始'社会时，我们把这个词放在双引号下面，所以，人们知道这个词是不恰当的，是由约定俗成的用法加给我们的。然而，在某种意义上，用这个词倒也还是确当的，尽管我们称之为'原始的'那些社团并非那么原始，但是他们希望自己真的是原始社团，因为他们的理想是让自己停留在诸神或祖先在有史之初创造出他们的那种境地之中。当然，这是一种错觉；这些社团丝毫不比其他社团更能逃出历史的变迁。"

稍后，人类学于此有所松动（比方司徒华等人相当审慎的、有调和意味的所谓软性文化阶段论，小心翼翼地把进步这个东西引进来），但严格的相对主义仍然是人类学天条，在田野调查出发前夕总要再回想一次并自我告诫一番。

在相对主义已切割这么深的隔离要求之下，何以列维－斯特劳斯要再次地、而且再而三地强调隔离？还需要怎么更隔离？他是否发现了什么不断穿透过相对主义的更危险东西？

相对主义当然是大有问题的，长时间下来，相对主义几无例外地一定制造出懒人来，在极少数宽容审慎自持的和善之人而外，不成比例一整排带着做张做致样子的懒怠之人；更糟糕的是还不见得和善，因为对自己更有利更舒服的方式是，不把相对主义理解为一种自我规范，让异质的他者成立，而是一种再无人可置一词的放纵权利，带着一种疲赖的攻击性，"只要我喜欢，有什么不可以"。这是基本事实——我们直接说，相对主义把最根本、最底线的是非善恶之辨，连同人的全部价值信念和道德意识，一律贬低为个人偏好，人什么也不坚持而且不该坚持，人放弃了判断和选择（而文化正是人在生存的漫长时间里不断做出的必要判断和选择），如此，实际上得到的绝不会是一个一个独立自主的、保有特殊性多样性的个体，而是没有内容没有纵深也没抵抗力的原子化个人，原来一层一层可阻挡、迟滞、过滤入侵之物并帮我们争取到可贵时间的中间层级被拆除殆尽（所有稍微认真谈民主的人都晓得，这些中间层级的存在之于社会的健康运作有多重要，比起那些庄严的个人自由云云誓词，这层层屏障如堡垒的中间层级实际地、沉默地保卫着人的现实自由空间），人单独而且无遮无援的整个暴露在大世界面前，如此，纵横无阻如脱缰并迅速统治一切的，只能是当下最强势的东西、最流俗的东西、最一致如集体公约数的东西，也就是那些不多于、不高出于人生物本能的东西。

让我们回到最原初的意思不故意误解（时时记得原意、不故意误解，是我们应该努力建立的良善习惯，大大有助于思考和讨论的顺利前进）。相对主义要求人不侵人、不作为，原来是强势一方跟自己说的话才对，是这些人类学者前进到一个个"从几十人到两三千人"的脆弱社群时，提醒自己只携带个人必要物品，千万记得把背后强势国族那些重物留在自身社会里云云；而列维-斯特劳斯再谈隔离，并强调抵抗，很清楚，人的身份变了，如今说者所站的位置以及设定的讲话对象变了，基本图像也整个变了，比较接近"所有人一道"。我们每个国家、每个社会以及生存之地或许当下具体状态不一，但已然有着很类似的、乃至于可理解为同一源头的困难处境，而且可见未来（应该不会太久的未来），只会更趋同仿佛人类演化、人走上这一趟文明建构之路的共同命运，谁都无法置身于外的命运。最简单现实来说，我们都一起面向着超国族社会、乃至于超越了人自身的全球化汹汹威胁，我们曾拥有的丰富性和多样性可能都在加速消失中云云。

晚年（很长的晚年，活着活着超过了一百岁），列维-斯特劳斯谈更多自身社会里的事物，法国的、欧陆的，也许是偏于自省的缘故，话大半不会太顺耳。文学上他比较谦卑，以一个人类学者的眼睛来读，很可思议喜欢的是巴尔扎克、康拉德和狄更斯这些有着多样人物和丰硕行为、物件的小说（某种确切意义而言，大叙事小说正是提前人类学出现的田野调查报告），而他相对有把握的绘画和音乐就不客气了，尤其是绘画（比方他批评莫奈以及印象派画家，"带领出一大批没有他们那般技术又没有他们那种天赋的模仿者，这一切造成极坏的后果"；如同波德莱尔也讲莫奈的："他是绘画艺术开始走向衰亡之路的第一个人"）；至于所谓的前卫派艺术、现代艺术，列维-斯特劳斯则直接说那是"堕落"（"如果极权主义要站哪一边，那它多半会站在所谓的前卫派绘画一边，以及支配着它的庞大商业和政治设施"）。列维-斯特劳斯也讲，当前世界我们很容易注意到的一个持续现象，便是人"美德"不断毁损；人"有一种放弃自身责任的倾向"。

恶言必反之。可想而知，这必定引来炽烈的反击和一堆酸冷的话语，我们更加熟悉的是，这是一个六十岁、七十岁、八十岁老人讲的话（如今，人至迟年过五十就不该讲任何话，该像回归古老生物那样没有老年存在的世界一样，自己默默走向死亡）。列维-斯特劳斯也选择跟这些反应"隔离"："我们面前的误会真是堆积如山，我根本不打算逐一地清理它们。它们不值得我花那么多时间。"

失去的技艺

列维-斯特劳斯这番话，是导演侯孝贤（愈来愈是个电影老工匠）喜欢并记住的："我对艺术技艺情有独钟，这是人类在几千年时间里创造出来无可替代的最伟大成就之一，它形成的基础是人对自身在宇宙之中地位的一种认定。艺术提出的问题，像其他许多问题一样，绝对不是单一层面的。"

这是列维-斯特劳斯一贯的看世界方式，他的这些批评话语始终环绕着此一核心及其深深忧郁：技艺，"失去的技艺"。

列维-斯特劳斯喜欢日本也因为这样。博尔赫斯喜欢其人的文雅沉静，以及仿佛把诗的美、诗的幸福之思遍在地呈现于人的一饮一啄每天日常言行和什物之中，列维-斯特劳斯则跑各地——去看在地的职人工匠并啧啧称奇，这极可能是日本最好的部分，也是日本为全世界保留下来的最为动人东西（"你在那里感觉到高度发达的文学艺术和技术文化直接通向上古时代。而那恰恰是人类学者所熟知的时代"）。列维-斯特劳斯因此很感慨法国大革命的如此沉重代价，那就是当时世界的一次夷平重来，人好不容易摸索建构起来的这最深刻深奥经验部分，只能玉与石头般随同该纠正的传统部分一并被截断，甚或一并视之为恶丢弃掉，你怎么可能只要这边不要另外那边呢？日本则鬼使神差接连两次躲过这样砍伐的现代革命大斧头，幕末维新那回，历史过错暨其责任概由德川幕府承担，万世一系，据说源自于高天原的明治天皇以干干净净的样子重返统治位置，这在近代世界历史上是少见的，也许完全没有；二次战后，盟国和麦克阿瑟将军最终保留下来万世一系的天皇制，用一部分的历史正义换得，你若问列维-斯特劳斯，他一定会说值得。当然，眼前还有第三次，以财富为其核心的全球化浪潮，这回抵不抵得住呢？历史不可多得的好运气还没用完吗？

列维-斯特劳斯这番话，我（责任自负）试着把它简化为"人在世界为自己找到的位置"，聚焦于"位置"，真正要隔离要保卫的极可能就是这个——列维-斯特劳斯正确地指出这经历着千年时光，我想多强调的则是单一个人在这里所投注所耗用的，几十年，相对短了些，但却是每个人仅有的。人仿佛钉牢在同一块土地上，日复一日地工作并与之相处，这和不断移动的人不同，他看着的世界于是不再是第一眼、不是概略的印象，而是第二次、三次、四次、N 次，他于是逐渐能看到细致的部分、隐藏的部分，以及不同上次所见有所改变的部分；也不再只是单纯的一个视觉印象，人不知不觉把心里不断堆叠加厚的视觉印象串接起来，便形成"看法"，包含种种理解，以及记忆和预言。所以列维-斯特劳斯说这绝不会是单一层面，不会只停在这里，而是人由此和世界发展出特殊但复杂而稠密的联系。

我马上想到的是福克纳，最像老工匠老农户的小说家，他曾说自己只是持续在"一方邮票大的土地上"书写，双重的隔离：小说这门行当的隔离再加上人现实空间的隔离。但从这里，他非始料所及地一步步创造出他日后命名的"约克纳帕塔法"世界，包含了他自己，他一路上溯的家族记忆，他恩怨情仇一言难尽的美国南方，以及更久远仿佛天地之初就开始的善恶纠缠不休的人类世界。他原来只是想写他倾慕的祖父，传说中的一个战斗英雄、一名好汉；最终，他不得不跟自己说并据实写下，这其实是一个专横、残忍、顽固、幽黯的老人，而且既不传奇也不独特，甚至半点都不英勇，那是粗暴和冲动，以及习惯不把人当人对待而已，也就是那种最典型的美国南方庄园奴隶主而已。

今天，这种人仍时时处处可见，比方在美国茶党的疯狂反智时刻——技艺就有如此的预见预言能力，或正确地说，所谓的预言其实就只是这样，是人由此逐渐掌握了一个个隐晦但恒定的通则，其中愈接近生物本能的行为愈透明愈一再重复只是"又来了"而已。

我们接着来说技艺的穿透力和其完整性。

稠密性与完整感

　　朱天心很喜欢《CSI 犯罪现场》的 LV 部分，LV 当然是拉斯维加斯系列而不是美学上土得不得了的大名牌路易·威登（人们何以趋之若鹜地追逐这么难看的东西，对我来说永远是个谜）。有很特别如节庆的一集，谋杀现场是一场花园婚礼，死者是很讨人厌、有太多人可能杀她的新郎母亲，导演游戏般重复使用了四名犯罪调查员进场的主观镜头，所以，好人尼克，我们跟着他看到的是握手、拥抱、祝福云云的一派和善欢乐画面，以及一张张人的笑脸；愤世到届临犬儒的莎拉，则只看到假花、缎带、人日光下不免剥落有裂纹有接缝的化妆和随时会掉下来的首饰等等一堆假东西；年轻如犹处于青春期的葛瑞格，一路上就是不断擦肩而过来不及看的辣妹，尤其是那几位新娘好友的疯疯癫癫伴娘；最后，来的是昆虫学家组长葛瑞森，CSI 最精彩的一个人，整个世界瞬间静下来，再没人声乐声（奇妙但确确实实的自动隔离），我们好像来到了某丛林小岛，并进入到某种微物的、凝视的世界，放大的叶片和花瓣生着近乎透明的茸毛还隐隐浮现出脉管，葛瑞森津津有味看着的当然是停在上面的瓢虫和蚜虫——是的，同一个现场，四种景观。

人看到东西，是生物演化成果；而人会看到什么，则远远不是生物性的，最终，这是一种能力，不折不扣是能力。

我们往往只把这解释为人的偏好，人的情感和向往云云，你珍视什么就会找到什么（如尼克和葛瑞格），我们的视觉不知不觉是选择性的，这是真的，但其实不够，情感偏好也许可以把你带向它发现它，但不具足够穿透力，通常仅能止于事物表层，也不足以找到隐蔽的、深埋的、乃至于应该有但还没有以及因为种种缘故并没有的东西（或者说，看出空白，极富意义、充满各种有趣线索和启示的空白）；要具备穿透力还得有知识。

但那种装上去的、如莎拉看到随时可取下来或掉下来首饰般的知识也是不行的，知识的取得只是第一步（我们这个时代变得非常容易的一件事），知识还需要时间相处（我们这个时代很奇怪变得有点困难的一件事），如瓦雷里所说"应该是可携带的"，在实践里不断地理解它、装填它、微调它云云，让自己和它多重地嵌合起来。这样的知识不会再遗忘（不仅仅只是游泳和骑脚踏车而已），根本已不存在遗忘这个词，最终它更像是生长起来的，不只在脑子里，而是整个身体。一般会说这才让知识不再是身外物、不只是一些空荡荡的词条，但我要计较地说，这样知识才具备足够的稠密度。

稠密，相当于一棵树和一幢人工建筑、一只鸟和一架飞机的差异。

近一两年来，我时时萦绕脑中、几乎快觉得是此生最遗憾的一件事，便是卡尔维诺来不及写好、讲出（但已明明成竹于胸）的第六个演讲，备忘录缺了的六分之一一角，极可能还是收尾的、有最后结论意味、最终叮咛意味的六分之一。据卡尔维诺夫人告诉我们，"卡尔维诺想把第六次演讲称作'稠',计划人到了剑桥便动手撰写。"——真希望能把他从长眠中叫起来或通过某种降灵术找他回来。有些时候,我们还是很愿意相信人死后有知,可以继续讲话以及知道自己做成了什么,少掉好几种寂寞。我相信汉娜·阿伦特讲本雅明"死后声誉"时,也一定有着类似念头。

真正足够稠密、和整个人确确实实嵌合起来的知识便是技艺(形成为技艺或说由技艺统合整理起来),人一生最主要做着的那件事,这是人能够穿透世界最深入的部分。薄薄一层纯视觉的世界其容量有限花样也有限,就连时间都不具意义或甚至等于不存在(所谓"永恒的当下",生物性的时间知觉或说无从知觉);我们所说的多样化世界必须是有厚度有纵深的,其中太多东西我们甚至说不清这究竟只是人发现或是人的发明(究竟是罗丹凿成了它或罗丹从某块大石头里释放它出来),每一门技艺都是一道独特的路径,拥有唯独它才拥有的合理但神奇的想象力,总的构成一个在在令人惊喜、畏惧、感觉如此不可思议不知从何而来的多样可能世界。

纵向深入是技艺本身的历史路径及其目标,由一代目二代目三代目这样穿越个人缓缓展开,永远不完成也不属于单一个人所有,人感觉是自己(有幸)参加它、投身于它,更多时候是一种不私有不私为用的"责任";对个人而言,因此更富意义或说更为实际的极可能是,人以此技艺为生命核心、为定点(即"位置")的横向联系整理,近取乎身,旁及远近他人和花草树木鸟兽虫鱼,俯察山川大地,并上看日月星辰云云,这则是时时在个人身上作用并完成的(却也不断犹豫微调修改),人和他所在的世界形成一个往复的、亲切的、响应的生动无比网络,时间不再只单调流逝,时间往往又安定又紧张,又从容有序却也屡屡感觉不够,博尔赫斯(以及很多人)常难以言喻地描述一种工作中的"幸福"，某种结结实实的东西，一般容易说成、理解成所谓的成就感但不大对，因为这并非只发生于成果出现的这末端一刻而已，这是更根本、更经常的而不是某个特殊奖品，存在于其"位置"而不是藏在其作品之中，更何况作品往往是失败的、不完好不尽意反而不免懊恼（如果书写者对自己诚实的话），所以卡尔维诺和博尔赫斯才都说，作为一个读者的时候远比作为一个书写者幸福。

借用马克斯·韦伯的说法，我会讲这是一种"完整感"，日复一日地，人和他周遭一切，跟世界建立起一种近乎一体的极亲切的联系，你甚至感觉得到这一联系正在发生、伸长、强韧、稠密，眼前一寸一寸明亮起来；我的小说家好友林俊颖讲得更好，他回想着自己《我不可告人的乡愁》这部了不起的小说的这一趟书写："今天我只想记下两首歌，两首相隔五十年，我想象自己在两者间走钢索，我译成自己的文字，这样我就好像长出吸盘，有所黏附有所依恃。这一日我多么爱这个世界，我忠诚地过完它，没有二心。"

（林俊颖性格低调偏冷，独居简出，尽管人很和善，不像我这样很糟糕时时讨厌这个世界讨厌人。还好我们都算为自己找到这样一个生命位置，有可以一直做着的事，要不然还真会像房龙在他《人类的故事》书中讲的："否则你甚至会开始憎恶这些人。"）

韦伯很早就注意到人知识的完整性、人对世界的完整感受正在失去，人类的知识总量当然是不断增加的，但却像碎裂开来，落在每个人身上往往是局部的、稀疏的、东一点西一点的，我们对我们谋生的工具、对每天使用的东西了解很少，甚至想都没想过也不知该如何想，我们因此也无法建立起一个稍稍成形的总体世界图像，有一种虚浮起来的感觉；韦伯指出，过去人们不是也不能够这样，他必须对自己拥有的东西和周遭人事地物有足够稠密完整的了解，尤其是他生存所系的工具和材料，否则根本存活不了，而惟有这样整体的掌握，才构成为"一个"对象，人才可能进一步思索（自自然然发生的思索）其所以然、其意义。

世界变成这样当然是进步，人的存活一事变得简单许多，人类世界一天比一天更接近"百姓日用而不知"这句话。但事情总是得一并来想才好，包括我们习称的代价，也就是我们如果可能并不愿意支付、失去的东西——人类世界清清楚楚的虚无化走向并不是什么好事，但由此看来绝非偶然，这是个历史代价，是人知识完整性丧失的效应之一。虚无的一个解释正是，人无法思索、寻获、确认、建立意义，"最初不曾具有的意义"。

不仅仅是知识总量和分工的问题而已

　　人知识完整性、人对自身存活世界完整感受的失落这事，可以说是"注定"的，至少有两个根本性的大麻烦，一是知识累积总量的问题，另一则是分工——只是，这可能都不足以完整解释我们当前的困境。

　　知识总量不知不觉超出了个人的负荷，从学得到记得，这不是什么秘密，我们或许都记得曾经好像有过这样一种时代、有过这样一种人，"他仿佛知道所有的事"（这句话曾是赞语，如今大概只用为嘲讽），上穷碧落下黄泉什么都会，比方一般会这么理解、描述达·芬奇这个人，事实上，我念大学时也就是不过才三十五年前，国学大师钱穆的一名虔敬学生也曾如此说他的老师，我因为当下太震惊了，所以一直记得："老师他地上的事全知道，天上的事知道一半。"这里，不必真去讨论是否达·芬奇、钱穆或谁当得起这个称谓（更多时候，我们以为某人知道一切只是因为我们知道得太少而已，无法察觉他不懂什么或懂错什么），我们用博尔赫斯这篇极好玩的文字来一次解决

215

它："一七三一年前后，一个德国研究人员用了很大的篇幅撰文讨论一个问题：亚当是不是他那时代最好的政治家，甚至是最好的历史学家、最好的地理学家和地貌学家。这种可笑的假设不仅要考虑天堂般国家的完善与否，也要面对没竞争者这事，还要考虑在世界起始的那些日子，某学科是很简单容易的。当时的世界史是宇宙唯一居民的历史，这种历史只有七天，当个那时的考古学家还真容易。"

至于分工，把一个完整的东西，尤其是完整一贯的实际作业拆解开来并不断分割成更细，好让其他人、更多人的力量可以加入、发挥，这也是"自然"发生，其源头是人的思索，人想认识世界，也就是卡尔维诺在他备忘录里一讲再讲的，人得不断把认识对象分割得更细，直至令人晕眩（他显然也认为这是当前世界的巨大威胁）。所以，分工不是福特汽车工厂的发明，一如人思维不断细分为更小单位不自笛卡尔开始；分工与人类世界的建构同步并互为因果，很可能还稍早一步发生，因的成分大于果。

知识的累积和认识对象的不断细分，终极地来说，的确都会让人知识的完整性、人对世界的完整感受成为不可能，但这怎么说好呢？这可能比较像世界末日式的或人的死亡，我的意思是，最后可能躲不过，宇宙一定有末日（不管是爆炸或沉睡），人一定会死，但并不是现在；在最终的那一天到来前，人还是有一些时间和空间，也还有事可做。这样终究会被一笔抹消的事究竟有没有意义呢？还值不值得人去做呢？这可能是个人才能为自己回答、无法让渡的问题，惟我们仍可去询问、去听听别人怎么说怎么想，比方列维-斯特劳斯这个活过一整个世纪的人类学者："我说的是，人必须活着，工作，思想，并且敢于正视自己不会永远活在世上，有一天，这个地球将不再存在，到那时人们所做的一切都不会留下来。"

这里，我们先不管最后的毁坏，我们实际地来看现实会是怎么一种光景。

知识总量的累积，逐渐让人"寻求能够覆盖现象总体的解释"愈来愈困难，但现实世界里，这个折磨并不发生在一般人身上，于此，一般人只能说是"间接受苦"，其困扰大概仅止于，很难方便找到可放心跟从、保用终身的答案，没有唯一的神，没有先知及其命令，我们能仰靠谁。

真正受折磨的只是为数不多、上达知识技艺最高端的人，日暮途穷，不得不面对最终的虚无，但卡尔维诺说得实在很好，很难想象还能怎样更好：和极致的"渊博"同义，这是一种晶莹通透的虚无，或说赋予了虚无一个无比透明精致的样式。在人的认识之光即将抵达其终点，已疲惫、再无力穿透、驻足下来并缓缓熄灭的这一时刻，反而往往是非比寻常的，绚丽，辽阔，而且宁静——小说世界里，因此才写得出《布瓦尔和佩库歇》这部不可思议的作品，以及稍后乔伊斯的《尤利西斯》和普鲁斯特的《追忆似水年华》，当然也不该遗漏博尔赫斯那篇人被自身知识及其记忆压垮的《莎士比亚的记忆》等等。卡尔维诺长达几十年意识着人的此一处境，也反复用小说来攻打来继续思索，《看不见的城市》《命运交织的城堡》《如果在冬夜，一个旅人》直到宛若最后这一天已到来的《帕洛马尔》；昆德拉也这么看费里尼，费里尼晚年的电影如《舞国》和《船续前行》，已无法只用他众所周知、惊叹的华丽想象力来充分说明，其光华还超出了这个，我以为，这里多了两种非比寻常的夕晖之光，一是他自己生命的夕晖，另一是电影这一创作形式、创作技艺的夕晖，两种光芒恣意地交织泼洒在一起。

列维-斯特劳斯也确认过那种"人知道一切"时代的消逝，或者说确认过从来没有人真的这样："十九世纪的一些知识分子仍然生活在始于伏尔泰时代的传统之中。一个维克多·雨果可以相信自己能够对他那个时代的所有问题做出判断，我不再认为这是可能的。这个世界变得太复杂了，在每一个问题上必须考虑的变化因素实在太多，一个人只能选择在某一类问题上做专门人才——例如阿隆就是这样，他选择的是集中精力研究当代社会，这是个合法的选择。但是，想要同时既做他做的事，又做我的事，这就是不可能的了。我们必须做出这样的选择。"

根本地来说，其实从来没有人真的知道一切，拥有过全部知识。所以，我们所说对知识的完整掌握、人对世界的完整感受也不是这样、更无须这样，这至少可上溯到苏格拉底所说的"无知"这一晶莹的虚无之词。事情真相是，知识的累进之路本来就由分工所铺成，所谓的完整不是无一遗漏，恰恰好相反，是来自于选择和强调，人把有限的知识纵向地贯穿起来组织建构起来，找出其内在的"一贯性"，由此得到一个稳定的位置，一个基地般也磁石般的认识核心，持续跟上世界的变化，持续对话，持续吸收并创造出新的知识，并尝试提出对世界的解释和预言云云。人再一次意识到知识的总量超出了某临界点，只是让人最终的理想，也就是柏拉图式的每个领域、每门技艺在末端处会合为一的古老希望落空，再次落空，每次领域、每门技艺愈来愈像孤岛还不断远离，连彼此对话都找不到语言了。比方物理学走到量子力学这一步，再没办法把方程式"还原"为一般性的语言来描述来说明；也就是说，物理学仍如昔日面对着一整个宇宙，只是这些新的知识成果再难以携回一般人的世界来，至此物理学已无法回头，大物理学者普朗克因此感到沮丧、沉重、抗拒，以及悲伤。

现实里，分工的进行状态大致也类似这样。分工的拆解，借用列维-斯特劳斯的话是，"知道什么时候什么点停下来是聪明之举"；也就是说，拆解有其"最适性"，拆解不是均匀地、一致地、直线地无休无止进行下去——因此，实际状况"原来"很复杂，每个领域每门行当参差不一，只因为比方筑一座城和写一首诗的分工最适性是不一样的；甚至同一领域同一行当也参差不齐，因为最适性总是寻求的、尝试的。像我较熟悉的书写领域尤其文学书写便难以分工，连助理、秘书或徒弟都用不上（不只是因为用不起），加西亚·马尔克斯因此讲这是"全世界最孤独的行业"，比学术研究工作还四顾无人。他的比喻还不是孤绝的一人孤岛，而是遭遇海难，书写者激烈地和没顶大浪只身搏斗，没有谁真能救你。

可不可以硬拆呢？当然可以也实际发生、正发生，比方通俗文学、类型文学的书写，尤其好莱坞大肆入侵此一领域之后，书写愈来愈像分工组合作业（其实通俗文学即使从头由一个人完成，实质上往往都是分工组合而成的，因此这只是顺利找到"实现"方式而已）。这其实不自今日始，古早最有名的例子是大仲马，这家伙的"思维"非常"现代"，只可惜生不逢时如旷野先知，与其说他是小说家，还不如讲他是公司负责人兼工厂流水线领班，他聘用纠集众人之力，因此极富效率地"生产"了几百部作品，大概也赚到了些钱，只是除了《基督山伯爵》，几乎已悉数被人们遗忘，如昆德拉语这些书的确也"只配被人遗忘"。

如今回头来看，大仲马的书写拆解像是个预言。分工有其最适性，而最适性却是可变动的，端看人相信什么、想得到什么。张力的两端一直是，你究竟要奋力写成一本最接近完美的书，还是希望获取最大的经济效益？是要完成一本接近一百分的作品，还是生产出一百本六十分所以总数是六千分、数字效益高达六十倍的作品们？

所以马克思此一预见是准确的、了不起的。他指出分工的后果会有全面废除技术的倾向。在财富统治的近代世界，完整一贯的技术被拆解成"动作"，每个专业的操作者只需要一点点技术就够了，因此，过去由无经验者、由初入门学徒担当的差事，如今都冻结为人终身的职业。

所以，我们说分工"原来"是复杂的、个别的，这个原来加了引号——修正一下，各个领域各门技艺并非真的完全没共同语言，货币便是最简易的共同语言，流水般不怎么被阻拦地流入每个领域每门技艺内。财富的作用力量每强大一分，各个领域各门技艺的个别性、差异性、复杂性便消失一分，这是当前世界的状态和常识。

我并不认为是哪个领域哪门技艺单独面对着这个极可能是人类历史有过的最强大统一拆解力量，我们当下的某种震撼容易集中于几个个别领域（比方文学），只因为我们长期以来认定这该是"质"的、不应追求效益和数量的特殊行当而已。财富力量的拆解是全面的，因此，基本图像不该是个体的人和财富力量的一对一对抗，以至于好像这仅止于是某个特殊领域里的某种道德抉择，人该强固义利之辨，不该拿的钱绝不拿，灵魂无价云云。较恰当的基本图像是，所有领域、每一门技艺自身的层级都逐渐融解掉，"化入"到单一的财富世界结构里，分门别类的人成为一致性的、单面向的所谓"经济人"，试试看，你如何画出或只是想象出一颗原子和一整个世界的对峙图来？

诉诸个人的道德抉择真的是不得已的，也是力量不够的，螳臂当车。留两只这样张牙舞爪的螳螂，其意义大概仅止于"样品"，也许人类世界还不算已做成最后决定。

来说一下台湾当前两位大导演的不同分工故事，才刚发生——导演李安，台南市想争取它这位杰出的子弟回家拍片，所谓城市行销，

all you can eat 地乐意提供这个古都全部历史档案资料任君挑选，但李安以为这是有困难的，他熟悉的工作程序是偏好莱坞分工形式的，得有人负责先整理、阅读这些庞杂原始素材，大致到凝结出题目乃至于剧本初稿阶段，导演才进来并决定要不要；导演侯孝贤，以藩镇割据夕照大唐为背景的《刺客聂隐娘》，则一头栽进到浩瀚的大唐史海里头，像老石匠老木匠从石头木头的寻找、一一摩挲开始，时光悠悠流逝正像梭罗在《瓦尔登湖》里讲的那个"制造一根完美手杖"的印度寓言故事，"十年磨一剑"这句古老的话及其古老的作业方式，因此重新被想起和讨论，有赞美之意，当然也有着担心和嘲讽。

业余化倾向的世界

　　"失去的技艺"，用现实的话来说是，我们正处在一个不断业余化的世界——每一个领域都面对着此一相似威胁，也许关起门还好，只是愈来愈出不了大门一步。过往，我们相信这样一种基本模式几乎当它是天经地义，专业的小世界像是一个个小研究室，其成果想办法运送回一般性的众人世界来（当然七折八扣无法是全部），由此，我们合理地认定，人的素质是不断提升的，很多现在还不能、不会的东西只是假以时日，人类世界的前行轨迹终究仍会蜿蜿蜒蜒上扬，人对自身未来有一种根本的安定感信赖感。如今，这道运送之路已处处开始显现窒碍不通的迹象，旅踪稀少有一种麻烦，鲁迅讲，世间本来并没有路，人走着走着便有了路；倒过来，世间本来已走出路来了，人不再走，此路就复归消失。

　　正因为如此，我一直对那些运送知识成果回来的人有一种敬意和欠他点什么的感觉，我的人生名单里第一个名字便是平民史家房龙（小说家阿城说他也是）。他们往往必须舍弃一种深入世界的自由，柏拉图著名的洞窟理论描述过这个，说像是挣断了铁链离开了阴暗洞窟，极可能正是柏拉图自己的亲身感受，眼前的迷雾退去，如抽丝剥茧缓缓看清更多事物真相、世界真相，这的确很迷人，而且实在，几乎是幸福的，但他们得回洞窟来才行。像雷蒙·阿隆，有人对他的如此感慨我以为是很公正的：阿隆要是少管一些现实之事，他可以是下一个孟德斯鸠。然而，阿隆和过往的运送者如伏尔泰当时已大有不同，如今这道人稀之路更多各式风险甚至凶险，而且少掉了"尊敬"乃至于仅仅只是"尊重"——细腻地讲理，揭示令人不舒服的真相，动辄对人陷入生物性的激情浇冷水云云是"不受欢迎"的（这已是尽可能文雅的用词。一般群众最方便的反应便是恶意地高喊"听不懂"）。"阿隆不是我们这边的人""宁可跟萨特一起错，也不和阿隆一起对"，这些法国六八学运当时的年轻人名言真是生动极了（比诸今日已是经典级别了，果然事情是顺流而下的）；而在此同时，在专业小世界的人也对此常有微词，确实，总是无可避免必须有所简化、疏漏、牺牲准确性和深度，要挑毛病挑漏洞不难，而且一个个都是有据的，事实上，这连本雅明都逃不掉，而且就发生在《发达资本主义时代的抒情诗人》，他最美丽稠密的一本书，我们今天读到的版本正是法兰克福学派的退稿，理由是太多感性资料、太少理论建构云云，本雅明说他不得不很痛苦地、以"土气"但符合规格的论述方式重写一遍（但时间留下来的是遭退稿的那一原来版本）。

华人世界当前的运送者如杨照如梁文道，情况也类似这样，像梁文道，他热爱香港，也喜欢台湾（他成长岁月住在台湾，也在台湾念完中学），更关心大陆（崛起中，无论如何你总希望它走上较对之路）。我曾要他摊开地图好好找一下，如中学几何学找三角形的中心、重心、内心什么的，看来他最合适的居住地必定是台湾海峡中央某处，乘槎浮于海。

业余化，把专业夷平，谈论再专业再困难的问题都不必准备没有门槛，这像什么？像投票，票票等值，等于说，没有内容，只计算总数（技术上已非常容易，即民调，甚至电脑会自己计算处理，如粉丝数、按赞次数），这最根柢处有个极尊荣的、几乎无人可反对的价值核心，那就是普遍平等原则，我们这一时代已长成最巨大的东西之一，托克维尔早在两百多年前就看出来了，他说"无可阻挡"，指的是它当下已展现的沛然力量（在欧陆，然后在美国），极可能也预见了它的如此未来历史轨迹，以托克维尔精密审慎的性格和看事情方式，大概还有些许的不放心（托克维尔曾讲过："爱平等胜过爱自由，是法国的大不幸"）。无可阻挡，改用今天列维-斯特劳斯的话来说便是，注定了从一种状态进入另一种状态，但无法"聪明地"知道在什么时候什么点停下来。

然而，业余化的世界不真的会走到一个全然夷平的世界，那倒还好，如某种无政府状态（说真的，这是我个人的终极梦想，包括博尔赫斯所相信或所期望的"国家这东西一定会消失"，但我灰心地以为，人类世界已再不存在这种可能，理由不胜枚举，而压垮大梦骆驼的最后稻草是已成铁一般事实的全球人口总数，要在这一尺寸的地球养活这么多人，世界非得高度组织起来才行。生物学者告诉过我们颇精确的数字，以物种的自然生态平衡来计算，所能允许的人类总数是六百万，想成现存一千人里不到一人可活着比较有实感）。全然夷平的世界，先说，其终点不会是零，而是一，这是另一个现实的历史通则：只剩一个，由它占领全体，吸纳一个个专业的、分据的小世界，只因为再不存在一个有意义、稍具抗衡规模的另外力量来阻挡它。因此，如果我们觉得有必要想象一个顺流而下的终极世界图像（或以为理解、推论、比较、反省云云），那会是这样一个颇诡异的景观：大漠孤烟直，一个平坦不毛或说到哪里全都一样如同一块的大地，以及一个鬼一样耸立的极巨大层级系统（但不是《一九八四》奥威尔光秃秃描绘的那种，其实质内容细节会比较接近另一本——《美丽新世界》）。

如果有最后赢家（这么想想当然不为危言耸听，而是存留一个警觉而已），那大概只能是财富，以财富为核心编组起来的单一层级系统，只有它是全球性的、无疆界的，而且是人类的公约数。

尝试着把国家视为中间层级

    钱永祥必定是最知道国家这鬼东西为何物的人（要不要加上之一呢？），包含它已发生和可能发生的全部危险、罪恶及其能力限制。有回，谁好奇地问他为什么还肯如此持续关心政治，还能对国家这东西犹存寄望？我记得老钱的回答大约是（事关记忆，话语责任当然由我承负）——除了政治，如今还有什么足够的、乃至于整体性的召唤动员力量？老钱显然也意识到另一个更强大、更需要抵抗的东西。

    确实，有太多事无法由个人完成，甚至，即使是最个体性的一人志业之事（比方文学书写或个人价值信念的思辨坚持），最终仍得是集体的，只有进展到集体、为集体所共有，才堪称之为"实现"。在个人身上，我们只能说是"存留"或"等待"，如司马迁把他一人写完的《史记》藏诸名山，如本雅明死后多年才来的声誉，问题是，如今我们是否还能像过去那样寄情未来呢？未来当然不会凭空发生，未来函数般受着现在的限定，你必须把你想望的未来藏孕于当下，现在就为它做好一些最起码的事，以及存留足以抵挡灭绝所需的最低理解支援可能（即使孑然如本雅明生前，仍一直保有这样一批忠诚的友人和世界某种微妙的、难以言喻的"善意"。生物学者告诉我们此一通则，当某一物种降到一定数量以下，灭绝的单行道机制便启动了），否则不会有什么后世风雨可等，汉娜·阿伦特嗤之以鼻但已变得奢侈的"死后声誉"也无由发生，只会像博尔赫斯讲的，是某个人的一个梦。

此时此刻，有关国家的存或废，于是我换个方式想——我们是否应该开始把国家这东西看成为某种"中间层级"？这样也符合当前的基本事实，国家不再是最高、最后的主权单位这已好一段历史时日了，也就构不成恶的终极来源，如今它介于我们所说全球单一财富机制和不断夷平的世界之间，这是国家的新位置，现在，以及举目可见的未来。我们说，存留和终极的、单一的巨大核心思维不一致、行动不一致的中间层级是必要而且健康的；甚至我们说，这才构成民主"正确"而且足够坚韧的样式。几个世纪下来的历史实战经验已充分确认此事，是常识了：只投票日当一天主人那是幻觉；把个人权利写成庄严誓词乃至于写入法律，也还是框架的、稠密度不足的而且保证不了，现实里不足以一天二十四小时守贼般防堵时时渗透入侵的力量，民主得明智地在普遍平等大原则的冲刷下，设法存留一个个、一层层的中间层级，这才是一堵一堵实质的墙，隔离出来并保卫着人最终的"自主空间"（小密尔、以赛亚·伯林）、人的"私人房间"（本雅明）。

我刚从卡尔维诺那儿又学来一句话——未来有名无实。

刚刚才发生一件事，是容易弄混但很有意思的现实实例——欧盟判决了荷兰和卢森堡的某企业特殊优惠税法为不合法，追讨星巴克咖啡和菲亚特克莱斯勒汽车一大笔税金。星巴克这家该死的全球咖啡连锁，去年（二〇一四）在此一地区净利高达十几亿欧元，却只缴交六十万欧元的税，算一下吧，你会得到一个远低于百分之零点一的奇妙税率，是的，有这样的实质税率，合法的。

我们晓得，如今国家已愈来愈难单独决定其税率高低，趋势则是定向的下修，明白地讲，国家愈来愈难从企业、从富人那里拿到钱，国家节节败退——过去，其焦点集中于关税的下降，这还算是纠正性的，包含于人们对国家长期的对抗作为里，理由是宛如经济学天条的所谓贸易自由公平竞争，国家不得用关税壁垒来设置贸易障碍、保护本国企业。但这些年来，则单纯只是企业的强大和全球流动，是国家和地区相对的力所不及和其不断失败。

我们用实际的、熟悉的事例来说。比方近年来我们一有增税的想法（更多时候其实只是某一暂时性特殊优惠条例的到期和中止），第一时间必定响起一个并不容易驳斥的声音，那就是企业会出走，这只是把企业往其他地方赶，其结果是税收的不增反减（当然也是夸大的、恫吓的游说之词，供给面的诡计）。很长一段时间，我们晓得某些特殊的企业如航运，悬挂的多是非洲利比里亚的国旗，现在则满街是开曼群岛和伯利兹注册登记的公司，包括一堆从出不了国门一步的小出版社（作为一个编辑，于是我有十多年时间算开曼外商的雇员）。所以奥巴马全球追税，应该没什么像样成果，但话说回来，也只有美国、中国大陆这种市场尺寸还能试着这么做。

微妙的是，欧盟这东西该如何理解、定位？算国家还是某一种超国家的"组织"？——我们"请循其本"回到桥上，注意它的基本位置和相对对抗什么。很明晰，和过往 IMF 之类的国际性组织不同，这里欧盟对抗的不是国家而是跨国商人、财富力量；其公平性思维也不是企业封闭性的、功利效果的，而是倾向于一般性的、人皆有知有感的公平。这里，我自己以为欧盟的深一层意义是国家，在荷、卢这些小国任由全球性财富力量予取予求放弃自身基本职掌时刻，接手想国家原来就该想的事，做它该做的事。

国家不会是人对抗财富力量的可靠盟友，更多时候它屈从甚至共谋，这我们心知肚明。但我们说过，国家不同于企业，国家面向着每一个人而不仅仅是顾客，普遍的道德思维是国家所以成立的必要构成成分——我们一刻也不必引为盟友，我们只要求它，这是正当的，多少也是有效的。

之后几天，欧盟再次推翻原单一国家的法庭裁决，判定脸书这家更该死、世纪人性瘟疫般的更大公司监控非用户一事为非法——这本来更是国家该为我们守护的事。

我用一个编辑和读者的位置来看

人类学者的自自然然优势，使列维-斯特劳斯清晰看到我们看不到的人类多样性，比方婚姻法则和家庭、亲属结构，比方人处理冲突的办法，比方人怎么安排每一天，比方人对自己以及未知世界如何猜测和解释，等等。

我想到，我自己也拥有个可堪与此抗衡的身份，我不就是个出版社编辑也是个读者吗？——正如人类学界对列维-斯特劳斯的著名微词：他田野做得太少，书又读得太多，原来如此。

书籍的确有不及人类学者亲身亲履的部分，尤其稠密的感性经历这部分，尽管眼见不一定就可信，但那种压在眼前的难以替代实感仍是惊心动魄的。然而，书也处处有着更强的地方，它必然更全面更根本，像是人类学者措意较少的我们自身社会深层部分，像是更古远已非实存的一个个人的社会云云；书籍克服了人类学者徒呼负负的时间问题，而空间上书籍又包含了人类学，人类学的成果也仍借由书籍呈现和传递。

面对业余化走向的世界，我们来说一个有关书籍的乐观现象——乐观些的人常会这么主张，事情的进展总是过热，但事情不会停留在冲过头的极端之处，它如钟摆般会"自己"荡回来。我的出版工作和阅读经历可证实这是真的，像是，每事隔一段大致时日，书籍小世界总会掀一波重读经典、重返人类珍贵思维成果的风潮（风潮是稍稍夸张的用词），像人心累积了源于不安的某些能量，人觉得这样的荒失怠惰下去终究不是个办法，人赎罪般想振作一下等等，于是，那些个处心积虑的编辑便把收在抽屉深处的书单掏出来，市面上会推出个几组沉重的大书，也出现一些相关活动和相关冒出来的人，以及那一段时日读得龇牙咧嘴的辛苦读者云云。文艺复兴？

但另一个伴随如双星的现象也是真的，我比较了多年，也一直告诉身边的编辑友人——每回重返经典的洋洋书单，值得注意一下，总是比上回的短了些，和时间的自然累积逆向，或说人遗忘的速度快过获取。比方一套经典文学的编印，三十年前我们认为得有三百种才装得下，十年前那次，可能已取舍成一百种，今天再做，大概只允许自己考虑二十本甚至十本。

不仅书单变短，书本身也跟着变薄变轻灵——同一个作者只容一本，而且通常是较薄较让人愉悦的那本，比方福克纳是《我弥留之际》，而海明威则是《老人与海》（当然这两部中篇都精妙绝伦没错，至于菲茨杰拉德的《了不起的盖茨比》则理应没资格却又总是出现在这纸短书单里）；甚至，书奇妙地缩小了自己，像是雨果的《悲惨世界》，我手中就有这么一本掌中型袖珍文库版，厚度仅一百页，但封面上郑重保证这是完整全译，如所言属实，我想这本书应该随书附赠显微镜才是。

歌德曾以螺旋形的盘桓前行轨迹来说事物的历史进展方式，试图包含直线和反作用力的转弯、停滞和倒退云云，这当然仍是简约的、近似的说明图示。事物的进展受力不止一种，如一片羽毛悬浮，它同时受到浮力、风力和引力云云的拉扯影响，而最终引力会获胜，这是更强大或说恒定不去的力量。

我以一个编辑身份，以两步路就能走到看到的诚品或金石堂书店的书架摆设图像在时间里的调整变化，来看列维-斯特劳斯他们得辛苦跑到世界角落看到的东西。

编辑其实一直置身于列维-斯特劳斯所说的"隔离"的世界，即使并不强调这个词。如果编辑面对的（或被说服）是个全然夷平的世界，他所能选择、出版的书将变得很少很少，少到这个工作、这个身份位置将不再成立。昔日鹿桥写他的《人子》一书，说他这本书是"写给九岁到九十九岁的人看的，九岁以前就由他母亲念给他听"，人当然可有这样俏皮的期望（但其实最好不要，那只会让引力更快发生作用），但真正符合如此资格的书写不了几本，如果由我来说，我会说只容一本，而且很薄，几句话就能说完——当然，所谓的畅销书仍是一个书种，但它们只是同一本书的不断重复，最单纯意义底下的不断复制。

世袭化的民主政治

一位名曰金泰成的韩国教授朋友，二〇一三年韩国大选后差点移居台湾。他翻译台湾的文学作品，也一直过誉地喜欢台湾，而这回还得加上朴槿惠的当选——他不解也愤恨难平，朴正熙的女儿欸，怎么可以绕一圈又让朴正熙女儿当大统领？

他在意的是朴正熙，我在意的则只是大统领，想的是稍长时间、稍微普遍层面的事，当然也同样带一点点不解不平——民主政治的世袭化现象，这似乎有愈来愈清晰、愈成形的倾向，难以用一时一地的偶然来抹消它，可以吗？

曾经有种世袭现象我们有其他的解释，或说我们以为情有可原，那就是国家挣扎走入现代化民主国家的阶段，事涉抗争、革命以及"牺牲"（死亡或入狱云云），需要代夫出征（代理人）或父死子继（较接近克里斯玛转移）。

我们且将目光集中此地——东亚，算是亚洲最现代化、民主运作较成熟、人也最自由独立（经济条件上、意识思维上云云）的地带，也通常被视为亚洲民主化的"样本"，但今天在最高权力位置的，不只韩国朴槿惠，还有日本安倍，新加坡则建国至今一直不改家父长统治，开明专制加上原君王制的直接父子相传，其 2.0 版统治仍坚固不见尽头。也就是说，当前东亚一些国家最高领导人其实几乎无一例外，但如果我们把目光下移一点，记得庄子所提醒我们愈往低处去总是看得更清楚。在国会议员和地方首长知事这些层级，世袭化现象往往如生根于特定土地的作物一般，任日升日落四季流转更迭。这样，我们的世袭化图像便不是个顶端处的点状现象，而是一个金字塔模样的东西，愈往底部愈宽广、坚牢、稠密而且行之有年由来久矣；这比较像是个结构，而不是一个现象。甚至，也许我们该这么看，朴槿惠、安倍何妨也加上李显龙，——通过正规民主选举仍成功掌权的顶端现象，是这个结构（逐渐）"浮"了上来，这逆向于我们的常识判断，一般总简单相信民主选举会是其决定性的遏阻机制。

说个也许不大伦不大类的例子——日本男星木村拓哉拍过一出名为 *Change* 的连续剧，台湾播过，且"大选"一到就隐喻地重播一次。剧如其名，讲一位满头鬈发、嗜好不寐观星的长野乡下小学年轻老师，鬼使神差当上日本首相，以一介外行人、闯入者或天使改变了日本政治云云，是驯服日本人对其铁笼状权力结构（已不只针对万年官僚系统了，而是内阁制的民选议员和其上首相、大臣全体）的不耐及其慰藉。但最有趣的是，木村究竟因何而且如何选上国会议员？答案是他执政党核心老牌议员的父亲忽然坠机身亡，他"被迫"继承家业上阵（也就是说，一整个福冈地区非他不可如无人），他来自一个政治世袭家庭，是另一个教父柯里昂家族的小儿子麦克。这样安排，是编剧不知不觉的合理化考量，源自于一种根深蒂固的社会认知，也就透露出如此有趣极了的讯息：人能翻天覆地做成一连串神奇的事，但选上国会议员这一步，拿到进场门票还是得照老规矩来，"Change"的不含这个；你（一介外行人）或可改变一整个世界，惟前提是先有一个国会大佬级的爸爸。

美国也马上大选了，还是提醒一下，这是人类世界第一个正式正道的民主共和国，民主选举已不间歇进行两百多年了。我相信我这本书写完、出版（顺利的话）时一切已水落石出，但我以为记下此事是有意义的，这透露出大选结果不显现、而且如事过境迁将被遮盖住的另一真相。

相当长一段时日，美国两大党最可能的出线人选，居然一个是前总统夫人，另一个是前总统儿子以及另一前总统的弟弟，再提醒一下，这可是有三亿人口的大国家，并非没其他活着的人。所以当时我想，还是就让希拉里当选吧，为人类全体，也为美国，不只因为希拉里远较聪明能干（布什家族是有非比寻常的不聪慧基因没错，但愚蠢和单纯的智能不足还是有所不同，愚蠢是笨再加上坏，难以忍受，以及承受），还包括不那么世袭化，此外，换个女总统也算有历史标示意义。美国若在二十世纪末二十一世纪初出现所谓"布什王朝"，还父子两代三总统，愚蠢的就不是布什家族了，这将是日后美国最难堪、任全美国所有泪水也洗不去一行的历史。

不能讲还好，极可能更糟，稍后，共和党（已接近是财富世界的代理人了）的人选，小小布什下滑，旋风般卷起的居然是房地产大亨川普，川普此人该如何比拟说明呢（赵藤雄？林荣三？还是戴胜益？）——我相信最终这还是会（暂时）止歇，真正投票选总统那一刻人还是会庄重正经些，但这仍是当前的民主选举真相，只是还不至于是最后真相而已。

我试着猜测，比方小密尔或以赛亚·伯林这些已不在的人会怎么想？他们对民主的看法已够复杂审慎了，某些部分的推想甚至是悲观的，但会到这样吗？

（补充：校稿阶段，此事有更不堪的发展，川普居然成为诺贝尔和平奖的候选人，这个不断乱给的大奖又有了新的下限，但这回该死该跳海的不是川普了，而是斯德哥尔摩那些蠢蛋。）

（再补充：大选结果，再次证明这是个愚蠢到极点的国家，无话可说。）

民主选举像是"洗权"了

　　当然，受宪法保障，朴槿惠选总统当总统是正当的、毫无疑问的。

　　只是，事情的另一面是——和人类原有的世袭历史不同在于，这个权力的"再"授予，是通过正式民主选举这一转折的，依民主政治的基本思维，这可是经由全体公民以公开、普遍、匿名、等值的方式郑重同意的，较之传统世袭多了这一道最困难取得、几乎一次清除掉它全部道德弱点的认证手续。

　　大白话来说，人们知不知道朴槿惠是朴正熙女儿？从头到尾知道，所以，民主选举的结果便是——选前，她是朴正熙女儿；选后，她就只是朴槿惠。

　　感觉很熟悉对不对？这很像洗钱，只是洗的是政治权势而已。

加进两种现实可能

民主政治下的世袭现象，长期以来绝不是没人注意到，毋宁较像是不舒服加上点不以为意，它留在底层，那些我们可放心解释为现代性民智未开、各自封闭、利害关系以某种初级形式纠结缠绕一起的地区。顺此，我们很容易视其为所谓的"落日现象"，只是历史的残余物，来自于人们的惯性和惰性，这可交给时间，时间自会以代价最小、最不惊动的方式分解掉它清理走它。

这么想有其简单道理，这种"博感情"、人世世代代积累成的情感系带模式，的确很难套用于更大地区乃至于全国性层级（也意味着较重要）的民主选举上。

人对世袭权势的不安和试图抵拒其实来得甚早，像是中国春秋（两千多年前），便有"世卿非礼"的说法——大夫只是世袭身份，卿才是政治职位，也就是实际掌权任事的，这部分不该世袭；"非礼"也不是道德指控而已，礼是典章制度，所以非礼也有不合法的意思。这看得出来，彼时人们已努力想分离这两者，在当下的稳定秩序和人的基本公平思维之间寻求一个点。当然，实际状况仍是世袭，或轮流（依权势的自然起伏或通过争夺），像鲁国，正卿就是季孙家老大，次卿是叔孙家老大，这与其说是制度保障，不如说是实力，一种超越了制度、制度都难以规范的现实权力结构。

现实做不到，但这样的抗拒意识仍是根在的。

台湾地区，我们实际上都看到了，在选举进行途中，世袭始终是负面的、疑惧的，也是对手绝不会错过的攻击目标，人们大约也程度不等地察觉，这不正是民主最原初要对抗要打倒的吗？不正是民主制度发明发生的理由？以至于有诸如此类负担的候选人总得小心翼翼处理，并得巧妙地、适度地划清界限（可又不能划得太清，让人感觉虚伪，甚至无情，为攫取权力不惜背叛出卖亲人云云）——所以，它究竟是如何穿过民主、穿过极不利于它的选举来到现代的？

成熟民主甚至后民主时期如逆势上扬也如返祖的此一世袭化现象令人好奇，但这是个专家的题目，得由专家来回答——我比较想不清楚的只是，如今该摆在哪个专业里？只是严谨的政治学思维好像远远不够。

这里，我们只试着加进来两种可能，都是偏现实变化的部分，好供作谁全面思索的材料（如儿童把刚采摘到的鲜花一整蓬捧给你）——

一是所谓"业余化倾向"的问题。我们来看这一桩几乎可膺选为"台湾之光"的事实，那就是台湾奇妙超前全世界一大步，一整批一整批从企业界、学术界、传播界、影视界以及无以名之只能称为美女俊男界引进人来，担当"国会议员"和"政务官"（"中央部"、次长和"地方局"、处长），对了，还有"副总统"这个人形立牌人物；要整整十年后，日本国会大选才有几乎是抄袭的所谓"刺客"候选人。从台湾地区到日本，这些政治外行人很少有用，也通常用后即弃。

再稍后，奥巴马的忽然崛起和当选也有这意味，他以世人久违了的克里斯玛奇魅力量闯进白宫（当时他在全世界大部分地区的风靡程度甚至高于美国本土，如果有个直选的世界国总统，他一样会当选），然而，就华府层层叠叠如无光铁笼的权力结构及其运作而言，奥巴马仍算大半个素人，他上台最正确的一件事可能是用希拉里为国务卿，这个浸泡于华府核心权力世界太久以至于不讨人喜欢的极精明女子（还有站她身后那个更如狐狸的克林顿），没有她，奥巴马一开始还真是寸步难行。

政治仍是一种专业，所谓政治权力结构，也不仅仅是一堆最肮脏的人的既得利益脆弱聚合而已（作为一个"人民"，我们或可耍帅或带策略意义地这么说，但千万记得别被自己的暂时谎言骗了，低估了问题的程度也错过了真正"敌人"），这是一个组织起世界、组织起公众事务和工作进展的必要东西。专业需要日复一日的时间养成，太多细微稠密处无法简单地标准作业化、工作手册化，而是仰赖判断、鉴别、选择和决定，这是经常性但最困难最难跟外行人讲清楚的部分。长期以来，人们"正确"地分别出一个政治世家和一个专业工匠世家（比方日本从平安朝至今一千年以上不废的神社木匠家族）的必须有所不同，不在于各自专业这部分，而是政治事关众人全体，有太多太多利益藏于其中，人性问题非常危险（够大利益的专业家族如相扑、歌舞伎一样是可怕的、充满"政治"的，只是较少泛滥到我们的公众世界来），我们必须打断它的延续，这当然是取舍，舍弃一部分专业成果，来换取安全和公正。也因此，政治学里一直相当认真讨论所谓的"行政权"（或类似概念的东西），民主制注定是业余化走向的政治制度，而这一业余化进展该聪明地停在什么时候什么地点，找寻一条并非事先存在的隔离界限，才能让政治不失去它专业的、有效的最起码判断作为能力。

现实里发生的是，极端业余化对政治专业的持续攻击，剥洋葱般顺利剥落的仍是外围，不容易真的动到盘根错节如老树妖的核心，也是因为终究得有人负责去做那些所谓的"肮脏活儿"，因此，民主政治下的世袭返祖现象尽管看起来诡异但并非矛盾；或我们更通则地来说，一个极端总是召唤出另一个极端，形成共谋乃至于共生，消失掉的是中间，以及因此才构成的必要纵深。

更现实来说，这些年台湾地区两党清楚意识到人们对政治人物的换血要求，也不断做出回应，但一次一次的新名单里，最终一定看到比方柯建铭和王金平这两个名字不是吗？——而且是在这两人已几乎通不过正式投票选举考验的情况下，仍非得保障性地送他们进"国会"不可。

另一个现实变化部分，是我们稍前已留意过的，财富的累积也一样呈世袭化走向。权势和财富，这两个磁铁般也相吸也相斥（端看当时摆放的相关位置）的世间最巨大东西——这只是各自的、不相干的同向演化而已呢？还是必然彼此呼应、彼此作用强化，遂有个隐隐成形的、欲出的不一样世界？

民主政治得多花这笔钱

政治学和经济学当然是两个各自成立、各自深向探索的专业学科，但开玩笑来说，我们这个地球并没大成这样（事实上是相对缩小中），可顺利摆放进两个如此巨大而且张牙舞爪的东西，还能有意义地将它们隔开来，我们造不成两个这样尺寸的兽笼子，它们迟早会撞在一起咬成一团，争抢以及共用一个地球。

无论如何，这几个世纪以来以民主为思维核心的政治理论探索，今天回头来看真的有点让人惊奇，那就是财富这东西在其间的存在感如此薄弱、模糊，几乎是蔑视了，这不是每处环节都起着沉重作用、每一个关键判断主张和设计都该郑重考虑并好好计算的东西吗？倒是经济学这边，在它的幼年期阶段曾经也叫政治经济学，当时新世界方兴未艾，经济事务还没组织起自身的独立网络，它（暂时）依传统置放于政治的大框架里面，把自己视为总体政治作为的一个项目、一个部门工作，有最终仍得卖予帝王家的味道。当时这批大英帝国的知识分子的此一心理倾向是很明确的。

我们总不知不觉认定民主政治是比较朴素、不花钱的政治样式，但这得由现实而不是用理论来说，理论有它猝不及防也无法要求它预见的种种死角，总是执行下去才一个一个冒出来。现实的确确实实结果是，朴素也许是真的，但不花钱则未必，往往只是其目的、方式和途径不同而已。

这么说，今天我们也许不会花钱去搜集去建造像西安碑林这样奢美但"无用"的东西，但我们花更多钱建造了一堆样子很朴素但一样没用（更没用，劳伦斯·布洛克所说"那些建了只为将来拆毁它的东西"）的机场，一度还险险发展为很公平每个县市盖一个，密度之高必定是全球第一，是另一种"台湾之光"。并没有更节制更理性这回事，差别仅仅在于：这是帝王、还是民主选举游戏的"玩具"；来自于帝王个人的嗜好夸示，抑或来自于政治人物和财团建商的热切要求而已（而且投票认证的老百姓显然很吃这一套）。事实上，建"机场林"比建碑林更处处可见财富力量无所不在的身影和其操作不是吗？

至少，民主政治注定得多花一笔钱，或正确地说，多出一处对财富力量的依赖才能顺利进行，那就是民主选举本身——打断权力世袭，让权力恢复为公有，让社会阶层上下流动，这是人类历史一项了不起的成就，唯一始料未及的是，我们没想到这件事最终会这么花钱。

花钱到什么地步？数字大到引发质变的地步，也就是，让民主政治绕一圈重新向世袭靠拢。

一九六八 · 我童年的"民主选举"回忆

事情有急转直下的味道，就在我们这一代人的眼前发生。

先来说一下我自己亲眼看到并清清楚楚记得的，我今年"才"五十七足岁，不过半个世纪多一点点的时间——我父亲曾在宜兰当过整整十年县"议员"，参加过四次选举，一九五八到一九六八，当时台湾仍是万年"国会"不改选，代议士的最高层级是名额极有限的省"议员"（全宜兰县只两席，几乎是保障的、垄断的），因此，各地县市长和县"议员"选举已是全台湾最主体、最热血偾张的民主大事。选举经费从何而来？当时不存在民间公司企业，只有小商店，若有所谓的金脉，无非是地方上的公营银行、信用合作社、农田水利会和森林开发处（宜兰是太平山林场的木材集散地）云云，都牢牢握在"执政党"手中，我父亲自始至终是无党籍的（当时党禁未开，还早），只能用自己手中的钱，亦即一些祖产。这构成民主选举的最初级门槛，从来就不真的是人人选得起，那只是理论上可能，是个理想。

后来我父亲营造工程生意失败离开宜兰，当然不能赖给选举花费，只说明他这十年议员生涯还算"干净"，或我二哥较了解内容的家人说法："笨"——但这多少形成了我童年对民主选举的第一个报称性狐疑：如何可能有人肯卖房子卖田地，只为了竭诚无私替众人服务？

另一处童稚狐疑则是：人如此自我吹嘘，说自己又有超凡能力，又勤苦任事，什么都会都懂，而且道德操守一无瑕疵云云，这样集圣哲于一身的人，居然卑微地请求众人赐他一个机会，好让他可以为大家牺牲奉献，这又如何可能？——我十岁以前就晓得自己永远做不到，成为一个圣哲以及成为一个一辈子纯牺牲奉献的人，更做不到这样又自夸又虚怀若谷。我这一生从没任一秒钟起过参选从政的念头。

但当时选举其实还不太花钱，也没太多社会配备社会条件可花钱——竞选场子只有擂台式、地方歌唱大会式的公办政见会（现在应该还残存着，只是像样的候选人不去了，还是已不声不响废掉了？）；竞选传单一律是巴掌稍大、劣质单色印刷的一张小方纸，其形制和彼时电影院介绍剧情的"本事"一样，小孩很快发明出一种特殊折纸法，刚好可折成候选人大头照在上的长形小纸牌在地上打（把对手的牌打翻过去就算赢），免费童玩；竞选活动正式展开那十天借一两部铁牛车小卡车游街，必要行头是麦克风和一大堆鞭炮，声势震天烟雾弥漫日头为之一黯，再有钱些则雇一团西乐队前导（乐曲仍不脱《游子吟》那两首，跟送丧行列一样，那是这一平日士农工商的乌合乐队仅会的），多年后我读加西亚·马尔克斯的《迷宫中的将军》，有这两句："你误以为这又是一场革命，但其实只是一场斗鸡。"

日后台湾地方选举必备的买票作业当时还没发生，最起码宜兰是如此，执政党力量牢不可破，不必用这么麻烦又这么花钱的方式来，真有需要，直接从选票动手脚即可。

我知道的疑似作票情事发生在一九六八年我父亲最后一次参选

时，宜兰光复小学开票前夕忽然停电，两三小时后这个票箱开出一个很奇怪的结果，某一候选人（名张学亚，奇怪我居然还记得，也见过他几回，清清楚楚记得此人长相）囊括了九成选票，单一票箱拿了三千多票。

唯一知道的疑似买票情事也发生于一九六八年那回，看来一九六八可真是宜兰县民主选举划时代的"进步"一年——该候选人是宜兰市大酒家的年轻女老板（谢姓，名字我也记得），无党籍，初次参选就以第三高票当选，地方上言之凿凿花了八十三万台币，当时这在宜兰是吓坏人的天文数字，我想那是传闻过程中人人多加一点的结果，人们拿到的也并不是钱，而是家里炒菜用的味素（味精），古老的实物货币。但往后些年地方上怀念不已的，却是她竞选团队（当时叫"运动员"，选举运动）的那一群莺莺燕燕姊妹，谁都首次见到她们光天化日成群出现在宜兰市街头，拉票如拉客，其实专业娴熟得很。整个宜兰市兴奋得不得了，都感觉颤抖起来了，不只是成年男性而已。

这个色彩缤纷的队伍，多年后，我才在王祯和的《玫瑰玫瑰我爱你》这部小说中又看到。

愈来愈需要财富的权力结构

想较正确也较有效率了解权势对财富的依赖，我以为，还是直接察看国家权力结构的尺寸大小增长，这才是根本的、恒定的、非一时一地特例性的——比方有相当一段时间，我对中国历朝历代的官制纵向变化非常有兴趣，这揭示了、也严重牵动着太多事、太多事实真相。官制，是一个定向的不停膨胀又不断分割的东西，从汉朝（可大致视之为中国第一个稳定王朝）的只二、三阶层级到清代的至少十八阶（正从各九品，还有一堆"未入"的小官小吏），这只是其垂直部分，水平的分割、拓展、创建也许幅度更大，权力不断伸手探入到它原来管不了的角落，像清代就不只有传统六部而已，还有多出个理藩院尚书，权势可能更大或说更靠近核心帝王，这是典型的"满官"职位（如宗人府、内务府等），掌理已成规模、而且清王朝特别有感觉的四夷属国属地及其民人。

就像我们也都经历的，这几乎是一个通则：权力机构的新单位新职位一旦设置了，就很难再撤回。多年来，台湾一直有政府瘦身、简化权力层级的觉知和实际行动，但很少有成果可言，尤其总的来算，人员也没少，经常性预算也没少，甚至单位数目也没少（只是换个衙门名称吧）。所以有诸如此类并非全然诬赖的笑话——要瘦身吗？太好了，那就先成立一个专职机构来规划执行吧。

我们可以设想一个这样的基本图像——在某一块邮票大小的地方，挤满了全国或者全天下最"昂贵"的一大批人，历来很具体称之为肉食者锦衣玉食者云云，在那样一个普遍清俭、勤苦的年代。这一大群人不耕不织不渔不猎（有时也猎，但最好不要，因为那更昂贵了），而且不只个人之用，他们还得推动一大堆工作。所以，就像某种科幻电影里的外星怪物，它得四面八方不断吸收巨大能量才能生存并顺利活动；也再清楚不过了，它和所在土地严重脱离自给自足的比例关系，它于是愈来愈得依赖一种人，不是劳苦却一直被颂扬、被说成民之本也的农人，而是来回穿梭、把它和远方财货生产联系起来的商人，不管这所谓的商人是辖属于官家或他自己。

权力结构的不断膨胀，限制了它日后的所在地选择，也就是帝都的设置地点。比方综合性考量，长安也许本来是最完整最平衡的，它有古称膏壤的渭河平原为基地（难怪至今面食仍这么优质好吃），又号称据崤函之险，防卫起来舒适容易。但至少宋以后就不适用了，帝都选择当然有其种种历史机运（比方帝王发迹地点），但很重要的现实原因便是渭河平原已明显"不够大"了（相对于不断变大的权力结构），财货的转运输送也相对地困难而且危险，道阻且长，这是险要地势的两面，适用于官兵和盗匪，你怎么可能只要这边不要那边呢？宋选了"无险可守／运输便利"的汴京，贴近更富生产力的长江流域，知不知道这有危险呢？不至于那样天真不觉，但外敌入侵是遥遥未来的事，也可能不发生，而吃穿用度是每天醒来都发生的事，汴京的帝都风华，是中国历朝历代最柔软实际、最物质性的，不像我们说长安或那种威吓性的、压倒人也似的荣光东西。

其实至晚到唐代中叶此一"权力结构／所在土地"的失衡已很沉重了，唐代有一个被日后历史严重低估的人名叫刘晏，便是负责处理这一迫切难题的人——唐代宰相不是正式职位，俗称的宰相不止一个（这也是我们理解唐代权力核心构造的重要线索之一），像密谋诛杀宦官失败的甘露之变，一夕之间便死掉了四五个宰相。刘晏最大的成就便是打通并组织起整个王朝的运输网络，长江流域的丰沛财货得以源源注入长安京城，史书上说"民不加赋而国用自足"，也就是不借由加税而是有效率地转运调度并降低浪费。从刘晏之后，唐代真正的那个宰相就有了很容易辨识的印记，那就是看哪一个身兼"转运使"。

可以再稍微提一下大运河，南北走向的人工水道。从其他任何角度来看，这都是不该存在的东西、带来一堆灾难的极野蛮东西——大运河太不"自然"了，硬生生的南北切割，破坏了这一整块土地的整体自然生态，长期牺牲着一大堆人的生计，比方截断长江黄河间一整排东流入海的河道（淮河水系大乱，淮河从此找不到出海口，四处淤积流窜），比方苏北这一大片土地的盐化、沙漠化云云。大运河得克服南北地势的不自然高低起伏并保持行船的水位，这是一桩很昂贵、很艰难还很残酷的工作，得和沿岸所有人民"抢水"并独占，几度严重到正式立法严禁人们"盗水"，否则以问死甚至连诛论，如此不计一切蛮干，目标只有一个：让巨大的中央权力机器取得生存养料并顺利运转下去。

根本上，权势对财富的依赖只增不减，如一条历史单行道，由此我们不难推想，哪天依赖超过了临界点，两者的关系便可能一夕逆转过来——被依赖者倒过头来成为控制者，如一只紧紧扼住脖子的手，这是很常识性的、也很难不走到的结果。

用钱把权力买过来

　　"为了要在英国建立自由，无疑地他们付出了代价，正是在血海中间，才能淹死专制政权的偶像。然而，英国人并不以为出了太高的代价，换来了善良的法律。"

　　这段话是法国人伏尔泰讲的，说话时间为一七三〇年左右，当时，整个世界仍由传统的权力结构（君王、教士、贵族……）所控制。伏尔泰因为"德·罗昂事件"流亡英国，在那里看到了某种令他很兴奋的历史变化正在发生，早他母国法兰西一个大步。

　　事后历史证实，英国人的确没付太大代价，且远远比伏尔泰以为的少太多了——又整整半个世纪以后（一七八九），法兰西才爆发大革命，历史的象征画面是伏尔泰被关进去两次的著名巴士底狱被攻破，法兰西王国尤其首都巴黎果然成为血海一片，此时伏尔泰已死了十年，没见到代价如此巨大的一幕。

　　当时，的确如伏尔泰所言："英国是世界上抵抗君王达到节制君王权力的唯一国家。"——"节制"这个用词始料未及的准确，也始料未及的特殊。伏尔泰一定希望这是其他国家可师法的进展模式，但法兰西走上的是砸毁而非节制君王的另一条路。稍后一段历史，人们要从专制走上民主，总是偏向于法兰西的大革命暴烈清算形式，而不是英国这种延迟的、步步精细拆解的形式。

当然，英国的此一特殊历史走向不会只有单一的简单明白原因（伏尔泰也极好奇，曾尝试列举了一排，比方岛国海贼后裔人民的特殊坚强性格？比方英国人对自由如此突出的热爱之心？等等），但财富的相对力量在这段历史里始终是很醒目的，尤其每一个关键拮抗谈判时刻。伏尔泰甚至隐隐把这当成是此一历史变化的开端及其基础："经过了十字军的疯狂行动，君王破产了，就把自由出卖给领地上的农奴，而这农奴，由于工作，由于经商，发了些财；城市获得了解放，自治区享有了特权，在无政府状态中重新诞生了人权。"

顺此，伏尔泰得以注意到一系列的英国特殊现象。像是英国贵族和商人商务、和金钱的亲密关系（"唐相德爵士、国务大臣，有一个弟弟就以在城市里当商人为傲；牛津爵士统治英国时，他弟弟就是在阿勒颇当代理商人，不愿从那里回来，且终老于该地。／这种风俗，在英国早已开始甚至过时了，而在坚持贵族世系等级的顽固德国人看来却显得怪诞可怕；他们只知道这样想：'一个英国贵族子弟只是一个有钱有势的市民，但在德国都是亲王'"）；像是"下院的力量一天强似一天"，在对抗教皇、国王、贵族重臣和主教的势力，"下院渐渐成为拦阻这些急流的巨坝"，等等。

所以伏尔泰在《谈商业》里下了这样结语："商业已使英国的公民富裕起来了，而且还帮助他们获得了自由，而这种自由又转过来扩张了商业，国家的威望就从这些方面壮大了。"

应该可以更正确地这么说，在权势对财富的依赖不断加深的人类历史普遍走向中，英国的特殊性之一，便是它财富的领先快速成长，快一步到达了财富和权势关系翻转的临界点，日后，英国的民主化历史的确一直重复发生这样的事——君王缺钱要求征税，便得变卖祖产也似的释出一部分权力，就跟他手底下的贵族老爷卖其采邑土地和城堡一样。以至于我们可以稍微夸张地说，没有大革命的英国，其民主自由的权力是"用钱一次一次买过来的"。

有兴致多知道过程细节的人可去翻阅史书。我们要说下去的是，这其实不是什么英国人奇妙禀赋的、特殊聪明富想象力的作为，这只是基本人性使然，所以更长期来说，有历史后续、有启示力——人只剩脚镣手铐，再没什么可保卫的了，那当然非常可能如马克思说的起来革命（不革命还能做什么？），而且坚决勇猛得不得了如人间凶器；但如果人拥有的除了脚镣手铐还有很多其他的呢？那人会想的、可以想的也就多了。一般而言，需要的东西能够用买的，就犯不着冒生命危险去抢，这尽管不会到一百个人中有一百个人都这样，也相当接近了成为可信的通则。日后，马克思设想的普世性革命没真正发生，有种作势已起却又熄灭下去、虎头蛇尾之感，人逐渐远离那种"一无所有／做世界主人"的所谓革命情境，拆弹的正是财富这只逐渐出没于全世界的看不见的手。历史之路也由法国式的一次爆发切换向英国式的步步拆解。

只是，财富的购买行动不会就此停下来，它只是买得更聪明、彻底、精准，知道如何一一分离出它要的和一般人要的，只最大效益集中买自己要的。财富看似健康（如伏尔泰、亚当·斯密）、作为一般人盟友的日子很短暂，甚有道理的，至晚至晚到财富和权势关系翻过来那一刻为止。

权势世界的新窄门

有关权势对财富的依赖，最意想不到，但也几乎是决定性的历史一步，便是民主选举——尽管人们一开始或没能清楚意识到，但真相总是会一天天显露的，或者说，人们总是慢慢会摸索出来的。

怎么会不是呢？道理如此简单、坚硬、无趣——权力每隔一段时日重开重来，想穿过窄门成为权力封闭世界里的一员，选举相当程度以及最终是唯一的一条路；赢家或许远远还谈不上全拿，但不赢则什么也不是，连根本资格都没有，这是权力通道的新瓶颈，人怎可能不愈玩愈大、倾尽所有竭尽所能呢？而且我们得进一步看，过去人们可是连命都愿意押上去的（一堆人的命，包括现在的和未来的，如当年太原李渊被次子李世民劝服起兵，长叹一声，会由家而国的是你，会让这整个家族自此万劫不复的也是你），民主选举进步了文明了，按理已没命可拼，所谓生命财产，既然去掉了生命，那当然就更得拼金钱拼财富了。而这无可避免地也意味着，那些只有生命可拼的人失去资格黯然出局了，剩下有财富可拼的人，是的，有竞逐权力资格的人

254

绕一圈又变少了，且一天天减少中。

我们说过，选举一开始系进行于所谓的"熟人社会"，这是人与人关系一个极复杂但固定的网络，由百年千年累积的恩怨情仇以及所有一切绵密编织起来，在这里，"每个人都知道别人的所有事情"，因此输赢结果往往透明稳定甚至早早决定，选举往往只像一道手续、一场仪式，彼时有限的财富力量并不突出也无从突出，或者说，财富常年已编入到此一大网络之中，地方上的富人就是所谓的头人之一，意即在地名人或意见领袖，财富还不是当下单独的力量，而是分解成、转化成长期的影响力云云。此外，这里还有个历史时间差，选举其实早于民主制的发生，在君王统治的夕晖时日，像欧陆法国的第三级议会或英国下院，当时通过选举遴选的更像是人民代表，而不是如今我们所说的议员，有更接近集体而非个人的身份，也还不像是一种生涯而是一次任务（孙中山"负责把县民决议携带到中央"如信差如鸽子如传真机电邮视讯的国大代表设置，便是此一古老的"遗物"），而且，在传统的权势世界这更像是闯入者甚至对抗者，时时有彼此破局翻脸的危险，这也和财富的根本保守性格有扞格，富人总是较聪明地躲在第二线。

所以，人们，尤其是那些在高端上谈民主的人，相当程度低估了民主选举和财富的关系，是可理解的——经历着这样时代、牢牢铭印这样一种世界基本图像的人（才离开我们今天不过几十年而已），还真无法想象会有个选里长都得花几百几千万、选领导人（台湾这种 size）几十亿起跳的古怪新世界；就像站在我们这个"选举很花钱""搞政治需要很多钱"的时代，再不容易记得选举曾经只是这样。

不再用自己的钱选举

对选举这个人人已熟悉到厌烦反胃程度的东西（不只婚姻，选举往往亦如围城，有票可投的社会想冲出去，没票可投的社会想冲进来），这里，我们只再看两个点、两个眼前的事实——一是，用自己钱选举如我父亲当时，那样一个时代应该已过去了；二是，财富世界尖端一级的人并不参与选举，会跑出来的仅止于几个二级的、不入流的、有点不甘寂寞又脑子长得怪怪的有钱人，像川普这种的。

不再用自己的钱选举，竞选经费的膨胀速度更快于个人财富的累积这不是全部理由。邀请别人的资金进来、让人在赢得的政治权力里有"股份"，如此，拿到的便不只是金钱而已，金钱同时也是信物，代表以这些金钱为核心的单位机构、组织系统和其展开的网络也可望跟着进来；通过金钱的往来穿梭，进一步把一个一个既有的网络更密实、更扩张地编织起来，这才是聪明的、积极的、"永续的"——这事我们用财富世界的创业投资逻辑 ABC 来看，一切马上显得如此简单明白。

采行内阁制的日本（除了官房长官一职，首相和大臣皆得是国会议员，都得先通过选举），永田町永远有那几个几乎是终身职的（再交给儿子或亲族亲信，民主世袭）、以他姓氏为派系之名、总有十几个几十个议员依他号令一致行动、人泡在酒色财气太久整张脸已变形的老妖怪级议员。一般直朴的说法是，他们之所以长期保有这个非宪法赋予的特殊力量，其关键就是募款能力，以此"资助／控制"其麾下议员；也就是说，靠的不是你有我也有的人民选票，而是掌握金脉、深入这一个个绵密而且永续性的财经网络。是啊，搞政治是很花钱的。

还在用自己的钱选举，如今的意思就悲惨起来了，这意味着，你完全得不到任何交错纵横网络的支援，没人愿意投资你，你的企划案不成立，你只达摆小摊开小店的层级，你毫无机会只是来闹的。

如此，我们也就差不多看懂了第二个事实——从此一网络的更实在角度。真正尖端一级的富人好整以暇身在此一网络的高处深处，大蜘蛛一只也似的，李嘉诚讲，不要跟你投资的事业谈恋爱，所以可进可退可放可收。政治权势职位总有它长短松紧不等的任期，不损失的财富职位没有这困扰，或说只一种，那就是来自上帝而不是人间律法的生死大限，而这也仍有可讨价还价的一定延长余地，其最有效的谈判筹码仍是财富，通过各种昂贵的尖端医疗照护，要一个富人死去也并没那么容易，人的现实寿命长短和财富多寡大致是正比关系不是吗？但"没任期"有比单纯时间限制更实质的内容，比方，财富职位不受定期检验，不必在特定的棘手问题摊牌并弄脏自己，也没有一堆成文不成文的道德约束，不必时时装出勤苦、朴素、清廉、正直、同情、忠贞爱家等种种辛苦僵硬的表情，更不用每年据实申报一次财产公告天下如脱衣服；也就是自由，人所能拥有最接近无限的自由，但我们不好再说自由无价，而是昂贵，去到各个不欢迎外人的国家，进入到各个封闭之地，做各种非比寻常的好事恶事云云，其实一一都是有标价的。

财富职位最后一处的千年遗憾，也就是社会地位终究不够高、不真的受人尊敬云云这个缺口，如今看来也完好补上了——我算是亲眼见识，那个百亿富豪宴请的晚餐，日后我写成《世间的名字》书里的《富翁》一文，只是有些话我忍着没讲，算是"《春秋》为贤者隐"之类的。那一晚，在座有清高嶙峋的学者，有桀骜不驯的作家，有动辄掀桌的社会运动人士，有愤青型、红卫兵型的反对党新世代，熟识不熟识，我很"习惯"大家平日的生毛带角模样。当然，适度的礼貌是好的，公平来说一如往常不卑不亢的也大有人在，但仍然，那是如爱丽丝掉入树洞的一晚，一堆人对百亿身家主人的"尊敬"、尤其对他任何议论的如响附和仍让我叹为观止，这传出去大家还要不要做人啊？事实上，才前一天炮打自己党中央天王大佬要求世代交替还上了政治版新闻头条的反对党年轻人，我说的全是真的，他自我介绍时是立正站好加九十度鞠躬，就像品学兼优的小学模范生那样。我想象如果换成是领导人或行政院长这一餐又会是何种光景（不至于到这样吧？）；我也想起钱钟书的那几篇小说，还一直想着已故萨义德的铿锵名言："人世间没有一种权势大到你站在它面前时不能大声说出真话。"是啊，都说的是真话，只是有些话说得比真话更真心话而已。

要补充说明的是，那其实只是一个谈论两岸关系及其可能的晚宴，没涉及任何金钱事宜，因此，财富力量是隐而未宣的，没人拿到任何钱，只是人心里面的各自期盼盘算状态而已。

有一个其实并不好笑的老笑话："我有一百万，你尊敬我吗？""钱你的，我又没有，干吗要尊敬你。""我分你五十万，你尊敬我吗？""你五十我五十，大家一样多，我干吗尊敬你。""那一百万全给你，你尊敬我吗？""钱都归我了，是你该尊敬我了吧。"——总之一句话，老子就是铁了心不尊敬你。那一天晚上，我还真怀念这样一种时代，甚至这样的犬儒之人。

"熟人社会"连同其传统网络是萎缩并注定消逝的东西，民主选举亟需填补的新社会网络建构，最有效率便是通过金钱（光是总统大选的全国电视广告一项，在美国得花多少？）。我们难以想象还有什么东西比金钱更像流水，可最快地、且人人不抗拒地顺利流往任何地点，把陌生的、遥远的、隔离的一块一块穿透串组起来。说金钱如水，其实是对钱的不尊敬、不够熟知，金钱的流动不止向下，更多时候它抗拒地心引力往上跑，这是一个大自然界不存在、也不可思议的神奇东西。

我亲族里有个已不来往的富人，我曾听过他如此自豪地宣称："我留给我这两个小孩最宝贵的东西，不是这些财产，而是我结交的所有朋友、我的全部关系网络。"

办案的人，不管是电视电影里或现实里，都知道"以钱追人"，顺着金钱的流向走，任何人任何事都勾串得起来，最快找到完整的事实真相。

当然，像回事的民主国家都忧心金钱对政治（尤其集中于选举）的交易支配关系，所以有所谓政治献金和竞选经费总额的上限规定，降低权势对财富的依赖——但这作用很有限，因为网络关系是绵密的长期的，既远远早于竞选活动，又远远延续于竞选结果之后，不是一次银货两讫、你交钱我交货拍得到照片的买卖，所以无需也找不出司法认可的所谓对价关系。财富权势在每一次选举的"交换"，已是例行性的（无需重新说明解释，只要直接讲个金额），只是这一网络关系的再一次确认、修补和强化。

事实如此简单如同其理——怎么可能有人给你几千万、几亿元，却什么要求什么期盼也没有？我们以为自己生活在哪里？天堂，地狱，还是净界？

不是金钱总额，而是这个反复编织已如当代天网的网络，所以克鲁格曼才说，今天的有钱人不仅仅是更有钱而已。

当世成佛

于宗教，如今我们几乎人人都是人类学者，以极彻底的相对主义彼此相待，连法律都是（比方美国联邦法宽容沙漠印第安部落使用某些仙人掌科麻醉物，这是他们传统宗教崇拜的必要东西）——当然，永远还是有些烦人的叫嚣声音，比方台湾的某些基督教会，如灵粮堂。

因此，我对藏传佛教完全没意见，以下我要说的只是藏传佛教在台湾的一个浅薄时尚现象——生活在整个地球最高、最接近天的地方，空气稀薄到几乎不足以供应"正常"生命活动，土壤冻结，万物生长极度缓慢，一种沉睡也似的宁静乃至于死寂，连尸体都不腐烂不分解，一座座拔起的雪山像崇高美丽神秘危险的神云云。活在这样一个奇特的世界，人对生命（自己、他者以及为数不多的动物植物其他物种）、对生活的看法自有理由是任何我们不可思议的样子，即便是学来的佛家信仰，怎么可能还依然是低平、湿热（佛家要求清凉，但藏人要清凉干什么？）、生态喧哗狞猛的印度半岛的原来内容？

台湾很流行过一阵子藏传佛教，大致徘徊于社会较上层，也就是我们称之为"人生胜利组"的成功人士，细心点的人会注意到某些高档华厦屋顶上张扬的不太协调的五色旗帜。最富裕、最物质内容的人转而寻求几乎身无长物的人们的宗教崇拜方式，这是不是某种"省悟"、某种生命大回归呢？很容易也很方便这么想，但不见得。

奥秘我以为集中于藏传佛教的一个极特殊宗教见解及其主张：当世成佛——果然距离天堂比较近，在这里，只用一生时间就（保证）能走到，立等可取。原来在印度恒河世尊那里，这是人类所曾描述过最长的一道路、最深远的时间意识，得历经如恒河沙数的劫，无限多个无限——

直接这么讲吧，当你的人生差不多什么都有了，所剩下那一两个始终到不了手的、乃至于会担忧会惧怕的东西，就显得巨大无比而且迫切，如忽然逼到眼前妨碍呼吸。所以，所有古来富有天下的帝王都很快（理智程度不一的）想到生死大限，求助于宗教僧侣或方士，这是他们人生最后一处缺口，最后一道难题，我们寻常人等想不起、担忧不起的事，是他们每天的生活基本事实——至少从这一点看，人类世界确实是进步了，令人欣慰，过往整个人类世界只供应得起寥寥几名帝王如此想，如今这个"只剩死亡无法解决"的名额已扩展到至少百分之五、百分之十的人了。

于是，生死大限的处理可分两部分惟殊途同归，一是努力延迟死亡的到来。这原是最科学的，只是科学的审慎允诺永远无法令人真正满足，因此很快又得是神人的，我所认得、听闻的数量有限富人都有他专属的"神医"，如管家如保母如挂满全身的医疗仪器，务求第一时间马上发现死神找上门来的细微脚迹，或更提前的，堵住每一道地的可能路径；二是购买天堂的位置。人间的豪宅已经买得差不多了，而且，如果注定他日非得搬家移民，怎么能不预作安排准备呢？——

当前社会四十岁以上人（其实距离死亡还很远）的基本话题及其进行程序，不论从何开始，经验显示大约半小时之后通常地心引力作用也似的又落回健康加鬼神。这一程序随着人财富数字和年龄数字的加大而加速，也就是说，钱愈多，人愈老，好像这世界就所剩愈少，再没什么值得稍微认真对待的东西。

原来不见得这么单调划一——像孔子，他曾说自己"不知老之将至"，不是年纪没到，而是专注于其他某事，人不断有新的学习、新的发现，时间的作用之于他是累积而不是剥落，是一个绵密不间断的生长历程。

天堂的预售屋既然全长一个样子（所谓至善、至福、极乐的世界，理论上不容许有不同等差，绝不可存在你有我没有这等事，这是完美的基本铁则。差别仅仅因为人的描述方式及其能耐），选哪一个就很简单了——当然是立即交屋那一个。印度佛家原来时间无限远的交屋方式，用当前财富世界的交易规矩来说，这几乎构成诈欺，法律上，任何合约都必须清楚注明时间期限，是成立的要件。

我们倒不必排除种种有趣的意外可能，像是某些好事包括伟大的科学原理发见可以由误会或错误开始，生命里最珍贵乃至于救命的东西始料未及由某个瞎交的朋友携来云云。藏传佛教，富人也可能由此跋涉过高冷难行的青藏之路，进一步走向更远方沉静说法的世尊——但一般说来，这不是藏传佛教在台湾这一波流行的普遍现象，佛经被打开、被吟诵、被抄写，但其实很少真正被阅读，理由太简单了，当世成佛，心急如焚，人没有这样的时间余裕和心思空间。佛的说法话语于是像什么？像某种咒语，或更确切地说，是某种魔法某种神通的起动式（像日本青少年魔法动漫所说的 CAD 装置），用来发动、召唤某个神秘的力量；只取其声音，完全无需意识到其内容。

佛陀求法说法，当然不是无聊地、凭空幻想地创造出大时间来，这是他思维展开的结果，也是他这样想事情所需要的基础和空间（这才装得下去），其中隐含着他对世界的确确实实看法，以及他对人、对生命非常审慎非常精致的种种察知——我们用较现代的话大致来说是，这位很温柔的、毋宁心肠太软的昔日王子，是个对人世间各种苦难太过敏感的人，生老病死，他几乎是震惊的、悲恸的。世尊寻求、穷究让人避免受苦的一切可能，但这太难也太漫长了，在人世间遍在的、持续的苦厄和可望的救赎之间，有太多人无力改变难以撼动的东西（所以佛家并不假设有无尽善意公义的神，也不怎么太尊敬祂们；佛家也最不强调公共性的是非善恶，有点强调不起的味道，只当这一切包括不平等不公义、包括印度半岛的种姓制是人的基本处境；佛家也因此是不容易"转化"为革命力量的宗教），人最能改变的只是人自己，自己的情感状态、自己的生活方式、自己的生命态度等等。大时间若有什么诡计成分，大约是人最根本的一处支撑（还是需要的，要不然真的太辛苦了），一个让人沉静下来的允诺、接近无限远的如此允诺，还不至于构成不当诱引让人心生种种侥幸，而一定有着让人离开当下、不全然绑紧于当下的自由之感关怀之感（人跟大时间里所有一样受苦的生命联系起来，成为所谓的"众生"），让人目光清澈起来。

　　佛是人不是神，计较点来说，口宣佛号原不是对神的祈求（尽管充分宗教化之后变成如此），而是人和人之间的相互瞻望、记忆和模仿学习，也因此，还有人夸大地说，佛家根本是无神论者。佛家原是人深刻的自省自清，所以博尔赫斯等人说佛家有一种奇异的、动人的文雅，思维的成分很重，用一般的话来说，其哲学成分远超过宗教。作为一种宗教，于是很吸引寻求思维超过寻求神迹、寻求答案超过寻求利益的人，成为一种"有学问"的宗教，如中国早早探头到不可知论世界、但仍对"生命／死亡"最终紧张关系欠一个处理的读书人；佛家也是世界最底层的人的一种安慰，这才是世尊当年抛妻弃子离家寻道的原意，那些身在乱世的人，那些对外在世界没力量、无法有主张的人，那些单纯受苦的人。

但，很难是拥有财富之人的宗教，除非是"另一种佛教"，一个以神通替代思维、快速提供天堂位置的佛教。

布达拉宫距离台湾有一段路程，高山症也让人心生畏怯，但相对来说仍是近的、容易的、很便宜的。伸个手转动布达拉宫的法轮，这是时间的"得来速"窗口，人世间最有效率的时间浓缩作业，花半天就经历完恒河沙数的劫、接近无限多次的轮回——是哪个精明如鬼的、广告才子型的家伙设计出这个东西来呢？这当然是神奇的，更重要的是，这太划算、太吸引人了。

大时间

　　这里，我想换另一道路来想时间之于声誉的必要（几乎是一种依存关系）——先不说声誉，而是公义，意即把"死后声誉"易为"死后公义"，这样有直指核心的意味。

　　求解答，最好当然是去问专家，求助于在这个问题里面浸泡最久、耗去最多时间心力的人。公义问题的专家，我想是宗教中人，如基督教会高举的："上帝是公义"。

　　应该可以这么明说，人类世界得把公义问题想最彻底的是宗教者，其规格程度还超过了史家；或者说，人若要穷究的、一只羊也不遗失不丢弃地完成（接近）无瑕无憾的公义，最终总得是宗教的，由历史时间进一步拉长为宗教时间，也就是说"很远"再进入到"无限远"。

　　所有宗教几乎都存在类似的大时间意识，或清楚，或模糊，或直接明言要到世界末日（即无限远时间的最后一个点），或至少是人死后犹存在犹洋洋不改前行的时间云云。我们或许会说，宗教原本就是处理死亡的，但这只说明死后时间意识的发生而已，人更进一步追究、分割、并"使用"死后时间，甚至再延长它到无限远，我以为这来自于公义问题的思索。公义是人生命基本疑问的其中一个，包含在人完整的生命大谜之中，还是其中较容易让人激动、温差较大的一个，人愈能妥善地、完满地处理好它，活起来会更好更容易、怡然，也更能建构起所谓的生命意义生活意义，较值得一活。

拉长时间，并总是伴随着程度不等的果报或审判概念，这是公义问题使然，要一个奖惩机制、一个报称系统。

当然，这样的讯息首先是有点悲伤的，尽管已是常识了，但每想起来依然不免让人悲伤——讯息如此一致，那就是，古往今来所有稍微认真想过公义问题的人都告诉我们，公义不可能在当下就完成，还不可能在人有生之年内完成，乃至于需要数不清个一辈子（如佛家的轮回），甚至于时间的无限远处才是它完满成功之日。无限远，同时包含着"不可能"和"必然"这两个原本并不相容的东西，如古希腊人不说两道平行线永不相交，而是说相交于无穷远处；借助文字语言的诡计装置，让它们相容于同一个允诺里，那就是不可能实现又必然完整实现的公义。

仅仅把公义不可能在当下、在人生里真正完成，想成是某种人对眼前世界的不满及其批判，这是低估了困难，也就容易弄错方向，而且没办法真正做对事情。也就是说，我们当然得奋力让眼前世界更准确更公义，但在此同时，我们也得充分意识到，人的认知能力、辨识能力尤其鉴赏能力，总是难以察觉以及不可能察觉地陷溺于当下，这根本处是无望克服的，也必须是人保持对自身"无知"（苏格拉底）的深刻觉知。当世公义，当世声誉，当世成佛，所有事情都能在短短几十年人生做完，是很过瘾很快意没错，但也必定是局限的粗糙的，说到底，几十年能做成的事有哪些？能是哪些？很多珍贵慎重的东西在如此窄迫急躁的心思状态下只能被删除，反而是毫无机会的。

好消息是，我们对此还不至于一无知觉一无关怀，某些人、某种作为、某个成果或作品、某些书，我们（至少一小部分够专业够认真的人）会感觉出它的非比寻常，看见它的晶莹微光，心知肚明它有某种极动人的可能，溢出当下，恍如隔世。多年的出版编辑生涯，我的工作成绩乏善可陈，比起我的老朋友初安民更是失职丢人，若还有什么回想起来还会微微激动的事，便是曾经辨识出某个作者、某本书，让它躲过当下财富世界市场奖惩罗网的阻拦，把它送回到时间里——当然不可能撑多久，尤其在当前台湾如此"有效率"的书店作业下，但一个版本总延续一定时间，从书市流通再到人的记忆，就看日后是否还有人继续接手而已。我一直很喜欢埃科《玫瑰的名字》写见习僧埃森在大图书馆废墟捡拾书册碎片的那一段，大火早已熄灭，所有相关人等都已死去多年，真相依然不为人知，眼前世界也没更好更公义，只是持续如此，埃森装了好几袋子的书册碎片，为此"还丢掉一些可用的东西"，我以为我完全看得懂，而且还有一点点类似经验，宛如置身现场。

死后公义和死后声誉当然不是两个不同东西——正确的声誉当然是公义的，公义的成立需要多长的时间，声誉的圆满也就需要多长的时间。

另一种"不要命的自负"

　　稍前，我们提到过大经济学者哈耶克的"不要命的自负"这一词，这其实是他非常重要的一本书的名字（大陆译名为《致命的自负》），书写于他近八十高龄的晚年，有摊牌的味道，副标题是"社会主义的种种错误"，所以，设定的驳斥对象是另一边的左翼思维，尤其是彼时苏维埃式的经济思维统治思维，也就是另一位大经济学者米塞斯所说的："社会主义是个既豪壮、浮夸又天真单纯的主意……事实上，可以说它是人类精神上最具勃勃野心的发明之一……它既庄严华丽，又蛮横大胆，当然会激起世人前所未有的称羡。因此，如果想要这个世界免于沉沦到野蛮的地步，我们就应该起而驳斥社会主义，而不能只是随便地弃之如敝屣就算了。"

　　所以说，"不要命的自负"指的是什么？是人不知死活地自认已洞悉一切掌握一切包括未来的全部奥秘，人已知道怎么最恰当地安排世界和所有人（"虽然这是一个错误的想法，它却是一个高贵的错误"）；人用自己这只特定的手，来取代近乎自然原理的那只看不见的手。

书是精彩的、极有见地的，历史也很快就把大辩论的赢家桂冠颁给了它——书写成于一九八〇年左右，当时社会主义的经济思维连同其统治形式已届临图穷匕见，接着是冷战中止，柏林围墙倒下；然后，整个世界"再没有谁稍微认真地反对资本主义了"，也再没几个人如哈耶克所担心的自负了。

然而，驳斥一个错误往往就只是避免这个特定错误而已，并不等于自动正确，逻辑如此，真实世界的进行更如此，对某一特定错误愈干净、愈彻底地攻击，总是愈把我们带往另一个极端处，这是我们并不容易警觉但非时时提醒自己不可的（但倒不意味着我们得放松对错误的揭发追究）。

所以，我们可以这么试着描述吗？——从特定的手到看不见的手，两者主要的差别是否只是人数？从一（几）个人到所有人？这里于是有个诡计，或至少一种疏忽，那就是，当我们把某种想法和作为归属于"所有人"时，往往好像就升等成某个自然原理，触到某种"本质"，得到一种超时间性的无可怀疑的说明力量云云。这在比方说研究某种粒子时可能直接成立（物理学的归纳法），但生命没有这样超时空的一致性恒定性，尤其是人，尤其是人又建构了自身的世界之后，所谓人的物种集体便已失去了它绝大部分的意义，其涵盖面、其限制性、其说明力都变得很有限。而且这里，我们所指称的"所有人"其实并非人类全体，差得可远了，基本上指的只是某一薄薄切片时间、某一历史阶段的（暂时）所有人而已。这种"所有人"是不断更替的，不用一世纪差不多就全数换完，事情也许还来得更快，尤其是活在不断加速变化的现代世界，不必靠死亡，而是从前种种譬如昨日死，人三年五年就可以完全是另一个样子，从想法到做法。现代世界有个非常强大重要但我以为仍被远远低估的东西叫作"时尚",它驱动人、决定人(又很快抛下人)的,并不只发生于所谓的流行次文化层面而已。

还有另一个也许更加关键的疏忽——从一个人"退回"到所有人,原是为着得到某种柔软的、容受各种歧异可能的、可深思熟虑的"空间"。但深思熟虑及其必要充分讨论没如人预期的发生,而且愈来愈不像会发生。现实中,"所有人"往往是里外同质的"一个东西",一头不思不想的巨兽,它的决定往往远快过一个单一个人,事实上,我们还不断在改进此一作业速度及其配备,从直接投票表决到意见调查再到脸书按赞(某种黑道式、帮派式的相挺,台湾也从大陆学来一个词:哥们),从问题发生到答复完成间不容发,甚至(绝没任何夸大的甚至)答复先问题发生,它已先等在那里。

补个不合时宜的老资料:在英国这个一大堆现代思维的起源地、实验场,曾经有一段时日人们如此相信也确确实实如此执行,国会,可以几星期几个月只谈同一个问题,争辩到所有人满意或累垮了为止;法院,法官可全无顾忌全没压力地听审,直到他认为都听完了、所有相关意见已得到充分表述可做决定了为止——但很快世界变了人变了,或者说,这本来就不可能真正成立真能执行(想想那些堆积如山的待审法案和司法案件),只是人一度高估了世界、更严重高估了自己而已。

这也正是我对小密尔最为服气的地方之一,他的目光穿透过重重的时间帘幕,太厉害了——在那个民主仍意味着所有人对抗一个人、一些人的年代,他已充分看清并仔细地说明,"所有人"可能也会是另一种暴政(他称之为多数专制,"要一千人听命于一个人是专制,而要一个人听命于一千人也同样是专制"),甚至还会是某种更糟糕、

271

更彻底、更入侵到人灵魂的专制形式，这是民主绝不可加以掩饰的可能风险。民主把权力从一个人、几个人手里夺回，交还给所有人，这只是民主建构时日的历史障碍扫除，在民主的"正常"日子里，当然不是用来保护总是被夸大为所有人的大多数人这边（干吗保护一个已是最强大的东西？这还真是勇气十足），而是为着容受、存留一个人、几个人、少数人，也就是博尔赫斯希望我们成为的"那另一些人"。小密尔一定自始至终怀抱着这一认识不懈，这才能让他不惑于一时的历史现象以及人的阶段策略，怎么可能会是另外的原因呢？

要诋毁小密尔反民主当然是天大笑话（但其实不难，类似笑话如今在脸书世界里天天发生，已是一个常态），他对民主这些不顺耳的忧心话语，来自于他对民主极认真的热爱，民主破毁不起——像是密尔顿曾豪气地说："把所有学说都释放出来吧……在自由公开的遭遇中，谁说真理会敌不过邪恶？"不，真理是真的会敌不过邪恶的，小密尔进一步指出，真理更经常的状态是失败的，甚至还会被彻底歼灭，这是现实一再发生的事，接下来小密尔的这番话，我引述不只一回，是我珍视无比并努力信其为真的："但是这一真理终将战胜迫害的格言，却是人们津津乐道、直等它变为老生常谈的美丽谎言之一，然而已为一切经验所推翻。历史上充满了真理被迫害镇压的事例，如果不是永远被压制，也可能被退后若干世纪……迫害通常总是成功的，除非异教徒结成一个坚强的党，不能有效施加迫害。没有一个有理性的人，会怀疑基督教曾可能为罗马帝国所消灭……真理在这方面所占的真正优势是：如果一种言论是真实的，尽管它会一次、两次，或很多次被消灭，在若干时间过程中仍会再被人发现，一直等到它的再现落在一个具有有利环境的时期，使它能够逃避迫害，逐渐占有优势，力能抵挡其后一切压制它的企图。"

是的，绝对需要更长时间，一次又一次重来的时间，总超出人一辈子所有、宛如历史轮回的时间。

　　如此，回头来看哈耶克和米塞斯的此一主张（相当坚强的亚当·斯密继承者），我们便不得不也说这真的一样是"既豪壮、浮夸又天真单纯的主意"、是"人类精神上最具勃勃野心的发明之一"——市场机制当然就是个大奖惩报称系统，依经济学主流，这还是一个（最接近）完美的系统，乃至于不再需要其他任何奖惩，以免干扰它污染它。这是即时性的，也是人原始本能的；同时，用以检视、衡量计算并奖惩的，就是财货就是货币一项而已（意即只承认成果和货币的兑换关系，不能兑换为货币的部分因此等于是不存在的）；而且，是集体的、多数人的。如此，放心相信人类世界用来决定人世间何物何事何种行为该存该废，依据的就只是人的原始本能、人当下的选择、人的集体公约数认知（平庸的、淡漠的、小密尔所说"既定意见的沉睡"），以及唯货币是从，这样的信心从何而来？这怎么会不是人另一种不要命的自负？另一种用心高贵的错误呢？

　　如果一个出版编辑只相信这个，听命由它把自己安排、驱赶到所谓的最适最有利地点，那依二〇一五年台湾当下，我们大概只出版着色书（但二〇一六、二〇一七又是些什么？）。契诃夫的五品文官巴赫罗木金最终服膺的也是这一奖惩系统，所以他删除掉自己的珍罕天分，让他惊喜莫名但仔细想想兑换不了财货的绘画写诗天分，像做了个梦；这只花他半天时间，而且如此合理明智不难受。

不庄严、不华丽、不足称羡

很长一段时日，人类一直想找到某个一次解决的终极东西，某种统一场论，万能的神也似的把一切辛苦、困难、无法确定安心的事全交托给祂——社会主义是有此倾向，但不断追打嘲笑它这一点的资本主义又何尝不是，所以汉娜·阿伦特指出，亚当·斯密和卡尔·马克思所说的人都是生物性的人，回归生物性让人"齐一"，这样才能顺利建构如此统一性、终极性的理论。

人仍然得老老实实地奋力辨识、选择、决定，一次又一次的，想出好东西并说出来，给做对事的人鼓掌或至少微笑，每隔一阵子买本写得很好很认真的书云云。如果我们杞忧的依然是，这是人的自负，会形成某种独断、某种霸权，我会说，这绝不成其为人转而不思不想不分辨的理由；而且现在我还会说，诸如此类的致命危险应该已从人类历史里完全殒没了消失了——其实我真正想说的是，省省吧，在胡扯什么？人想偷懒想自私，这不是什么大不了的事，何必找这种理由。

放弃选择不会是答案，事实上，放弃选择的结果并不是不选择，也无法避免错误发生（只是避免了责任而已）。如今，我们真正该稍微忧心的是另一种错误及其危险，这才是我们当下的真正处境——人放弃辨识，其结果当然只是把选择凭空交出去而已，有不战而降的味道，由一般的、既定的、流俗的主流意见接手，这才真正是加入了、强化了霸权（尽管有你没你一个微不足道），人成为"集体专制"（小密尔用语）的一部分、一个原子。

经济封闭思维里，亚当·斯密命名为"看不见的手"的这个东西，释放到政治、社会乃至于一般的生活领域里，霍布斯则称之为利维坦，或译为巨灵或巨兽——这其实是同一个东西。

你看费里尼的《阿玛柯德》且津津乐道逢人就讲，这一丝一毫也撼动不了好莱坞如全球天网的霸权，还想取代它你做梦啊；你就算成功地偷渡出版赫尔岑的《往事与随想》（自由主义大师以赛亚·伯林推崇为"整个十九世纪最伟大的自由主义之书"），仍然不会在台湾书市卖超过三百本——站在今日世界，人拒绝财富和权势的支配，奋力做出辨识和选择，这可能（让他们感觉）蛮横大胆，但绝不会如米塞斯说的那种"庄严华丽"，也再激不起"世人前所未有的称羡"。这只是人给自己的一个很不容易的工作，只身的、安静的、隔离的、有结果通常也是有去无回的，但如博尔赫斯所说，这是一个义务。

百货公司里的天堂

　　接下来，我们来说财富世界的一个美丽图像，也就是财富成果所能做到、呈现的某种最好看的样子。卓别林的《摩登时代》默片里，创造了一处极乐天堂，财富的物质的天堂，但想法是很悲伤的——流浪汉卓别林和那个贫穷但如此美丽狂野的小偷女孩，夜间溜进一家打烊的百货公司里如进入天堂。说"他们梦想的这里全都有"（好像个烂广告词）可能不大对，只因为人的梦想仍依据于、取决于他的知识、经历和需求，如波德莱尔所言"幻境是很个人性的"，这两个压在世间最底层、没真正见过什么像样东西的流浪汉和菜市场小偷，能梦想的其实很有限，所以，这里"溢"出了他两人的全部梦想，有太多第一次见到、不知道名称更不知道何用的奇妙东西，遂演变为一场卓别林式的灾难狂欢，黑白影像里，我们仿佛都看得到缤纷四射的色彩光影。

　　但是当然，这只能一夜。夜间的百货公司天堂，恰恰好和我们每天用来睡觉做梦的时间一样长。

对台湾我们这一代稍老的、更老的人而言，大世界的确比我们梦想的进展快多了，别说实际生活，我们就连梦想都追不上世界的变化。这说起来好笑但微微辛酸，我有一个多年后才阔绰起来的同龄老友，连换三部车子都是白色 BMW，以至于展示新车骄其年少贫贱朋友时，大家还以为他只是洗了车打了蜡非常扫兴——不是因为他对 BMW 如此忠诚，只是因为他当时根本不晓得有更夸富拉风、更合适用来载女生的车子（另一个名车笑话是詹宏志回忆的，他一位娶了富家女的老实人同事，讲不出岳父给的那辆捷豹或当时依港译为积架的新车，把它的标志说成"有一只奄奄一息的狗"）。一如台湾很长日子里，尤其道上兄弟和警察，人只知道、只戴那一两款堪称该瑞士名厂最土产品的劳力士金表，以及宛如天花患者的满天星碎钻金表。

　　如今，这类笑话闹得少了，我们谁没看过超跑也都在电视电影里看过超跑满街跑，事实上，更多人是知道一切（举凡马力、年份、价格、汽缸引擎轮胎电路系统云云，还熟知该车出厂以来的所有逸闻故事），就只差真的拥有一辆。梦的传递速度仍比实物快，如今，我们的梦想不再依据实际生活经验而是大众传播，集体的梦取代了个人的梦，以至于梦有了全球化的形式规格包括谈恋爱，连恋爱都是有全套 SOP 的。这是人全新的、不会再退回去的处境，包含了其全部的华美和困难辛苦，比方托克维尔所担忧的，如今穷人富人挤成一堆（不管他们实际的居住生活地点距离多远），人成天浸泡在自己得不到的眼花缭乱东西里，这对人性的确是相当相当沉重的考验，生命的基调很容易是沮丧的、失意的、怨毒的。

　　另一面则是，卓别林这样爱丽丝仙境也似的天堂不会再发生了——百货公司有保全和几无死角的全馆监视系统，不再只依赖两名昏昏欲睡的夜班警卫，狂欢持续不了三分钟。

关于百货公司（我总觉得这是某个难以说清但呼之欲出的人类历史象征物），我自己也有一处如此财富的、物质的"天堂"，东西更丰富，人也更平等，不在往高处去的楼层，而是下到比较接近地狱的B1、B2、B3。

牛虻

《阿弥陀经》里，世尊对他的大弟子如此描述极乐之国极乐之地——

其国众生，无有众苦，但受诸乐，故名极乐。

七重栏楯，七重罗网，七重行树，皆是四宝周匝围绕。

有七宝池、八功德水充满其中，池底纯以金沙布地。

四边阶道，金银、琉璃、玻璃合成，上有楼阁，亦以金银、琉璃、玻璃、砗磲、赤珠、玛瑙而严饰之。

池中莲花大如车轮，青色青光，黄色黄光，赤色赤光，白色白光，微妙香洁。

常作之乐，黄金为地，昼夜六时，雨天曼陀罗华。

有种种奇妙杂色之鸟，白鹤、孔雀、鹦鹉、舍利、迦陵频伽、共命之鸟。是诸众鸟，昼夜六时，出和雅音。

这是非常非常有趣的一番细腻描绘，如此具体，甚至就是物质的，与其说是极乐天国，还不如说就是某种（当时人们所能想象）最理想的家、最优质的居住环境——从建筑格局、建材、居家摆设和装潢、光线处理、空气品质控制、声音和色彩的安排选择等等，我们几乎都可以一样一样用现代话语、用现代的建筑和生活配备"翻译"过来。所以有回和小说家阿城谈到这部华美的佛经，阿城开玩笑说，你看释迦几乎是在诱惑他的弟子，现场众人一定被说得恨不得现在就全家搬过去住。

但这也是说，如今要得到一个这样的居住之地，已经没那么难了，至少不必无休无止地轮回和修行，不用在"智慧"上有所突破，花得起钱就都有了，果然某种当世成佛——这上头，人类世界的进步是最确确实实的，惊人，而且很动人。

在《世间的名字》书里，我有稍微提到这个——历史上有诸多好心的智者哲人，努力为我们设想出各种版本理想的、人可能活得最好的世界样貌，我总试着去察看它们的"原点"：原来的问题是什么？人们的渴求是什么？这是为着回应当时哪些具体（甚至迫切）的匮乏、不满不平和种种折磨？人究竟是困在何种难受的生命处境里得如此找答案或找安慰？然后，我也总是试着一样一样检查，这些个人们原来普遍以为是空想的、遥不可及的、得有鬼神介入才行的纯思维成果，有哪些居然是可实现的、已实现的，人可以用什么代价和方式来得到它实现它。

我那个地底的、每下愈况愈明的百货公司天堂，指的是那种整层几乎不隔间的、卖各种生食熟食和每天消耗性生活什物的、所有东西齐备到超过、而且所有人几乎都可直接伸手去拿的超市，这是在百货公司里我唯一会徘徊流连的地方，每回站在这个满满什物的世界里，我总有点"感动"，这是我所知道最接近所谓天下升平、风调雨顺、物阜民丰、品类流行甚至众生平等这一串不太能当真话语的真实景象，财富成果最好的一幅图像，我还会想起来，尽管这有些夸张，但真的："故天不爱其道，地不爱其宝，人不爱其情。故天降膏露，地出醴泉，山出器车，河出马图，凤凰麒麟皆在郊陬，龟龙在宫沼，其余鸟兽之卵胎，皆可俯而窥也。"

和楼上卓别林的不同，楼上是分割的世界，每个楼层有它各自的目标顾客，尤其对我这种如格林《命运的内核》里斯考比式"生活愈过、东西愈少"的人而言，依我看也多是不急之物，真缺了也妨碍不了每天生活。好莱坞有那种电影，某种大浩劫原因死光了整座城市只剩一个人、几个人，这种鲁滨孙时刻，真正能让人活下去的是这个地下楼层。

（《鲁滨孙漂流记》里，他在搁浅的船上找到一堆有用东西，也发现有钱，一人生活的鲁滨孙觉得好笑，也浅浅地感慨了一下子——但满脑子经济思维、银行记账员也似的作者笛福让他把钱留下来，仿佛知道他仍会回到那个货币才真正是人每日所需之物的人类世界。）

亚洲尤其东亚的百货公司以日式的百货公司为样本并趋同。于日常生活之物，日本人有一种近乎执念的专注和恶魔也似的想象力，以及由此而生的各式迷人工匠技艺，尤其是泡沫经济那段日子里，人人钱多到不知如何是好，银行存款利息又趋近于零不划算，无处可去的消费力拉动各种奇奇怪怪的生产发明，一整代人几乎把所有的聪明才智连同资源集中于此，成果惊人，惟遗忘了文学创作和阅读（这早已不再是个好读书的国家了），也相当程度错失了接下来全球电子争夺战的必要准备工作。日本人的蔬菜、水果、肉类和鱼大概是全世界长最漂亮的（还不餍足地不断输入、引入、改良世界各国的不同品类品种)，调理之后的熟食也好看，摆设起来更是好看，整个构成一种丰饶之美富庶之美，而且，这里还是一般人的、庶民的，更多就是急着赶电车回家做晚餐的家庭主妇。

这种时候，我会觉得自己像只牛虻，苏格拉底自喻的牛虻，我一直嗡嗡不休地"骚扰"这个世界是干什么呢？

那些了不起的智者哲人，用尽自己人生全部，无非也就是希望人能过这样的生活不是吗？就像谁讲过的，一世纪前伟大壮丽的苏维埃革命这一场，真正允诺的也不过就是人们有土豆加牛肉可吃。

这里可远远不只是牛肉加土豆而已；而且牛肉是日本和牛，土豆是北海道生产的名物男爵马铃薯。如果人人的生活已超出历史预期到这样，就算得绝圣弃智，不再知道康德，不读托尔斯泰、福克纳、乔伊斯，应该也无妨或说代价合理不是吗？

这种时候，我希望自己的想法连同所有的忧虑全是错的。

请你驻留

但一定不好说"这真美好，请你驻留"对不对？依原作者歌德，这是不祥的——《浮士德》诗里，当浮士德博士忘情讲出这句话的那一刹那，依约定就是魔鬼现身拿走一切的时刻了；而且，浮士德看到的其实是幻象，连日夜光黯都是颠倒的，那不是一群勤奋欢快的年轻男女，而是狞恶的掘墓人，敲敲打打的声音不是美丽王国的营建，而是挖坟。

这里，真正问题不在于可否驻留，也不在于是否幻象，而是——这终究只能是偌大世界的一小角，仍在人类世界的尖端之处。这里所说的庶民、一般人，其实只是某地区、某城市、某个国家的某一部分的人而已；要说幻象，确实这就是幻象，即庶民、一般人这词这概念所带来的美好幻象，你无法真的把它放大到、复制到全世界、全人类去，马上就真相毕露。

你很快就会撞上马尔萨斯牧师这个阴郁的老幽灵。

我在写《尽头》谈老人照护问题时说到过，台湾的老人照护当然是"利用"了地区与地区的经济落差,利用了别人的穷苦。若依台湾自身的人力价格,应该是三倍左右(可能还找不到足够人愿意做),换句话说,这就不是一般人家庭能负担得了(证诸台湾除了那百分之一的人再没家庭帮佣这事);换句话也说,台湾现阶段的老人照护现状已远远高出人类全体的平均能力了。但即便是这样,仍然弄得我们狼狈不堪,尤其我这辈年岁的人,个个都神经衰弱了。

地底超市这些平价的生活之物其实也是这样,看一下它们的产地吧,这同样是利用了某乡、某国的经济落差,才提供得起特定地区、城市、国家的"一般人"所能支付的价格。

我们常开玩笑讲,日本人如今一定很后悔教会了半个世界吃鲔鱼吃鳗鱼——鲔鱼原本是经济效益极低的鱼种,一直只用为饲料和罐头,全球渔夫恨之入骨,因为它海中恶霸般四处掠食、驱赶其他鱼群,现在日本人全球低价收购鲔鱼的好日子已过去了,而且不可能再回来;鳗鱼的问题更严重,价格只飙更快,只因为一直到此时此刻为止,人类到得了火星,却奇怪始终无法人工孵育鳗鱼,养殖者只能跟大海其他摄食鱼类抢鳗苗。三十年前左右,用漏斗形细网捕捞鳗苗是台湾沿海人家的重要经济副业(如今已枯竭了),像我还算常去的宜兰过岭海边一带,随时可看到一堆老人小孩半身泡在冬天冰冷而且汹涌的大海浪里,能否过个稍好的年就凭本事看运气了。

所以说,经济学两利性的贸易交换原则不是不对,但真的说得太云淡风轻了不是吗?所谓交易用的"剩余之物"究竟是怎么剩余的?是单纯多出来的还是硬生生挤出来的?更奇怪的是,那些单纯多出来的(进步国家)往往价格远高于那些不得已挤出来的(落后国家)不是吗?要卖多少斤蜜柑才能换得一只手机?

人不断会做错事做坏事这丝毫不必怀疑,但这不是马尔萨斯预言的关注重点，马尔萨斯指出的只是我们这颗蓝色小行星的最终负荷力承受力，惟这颗行星不会成长、变大、每年多个百分之三、百分之五。道理简单、生硬、可拖延，但终究无法永远腾挪回避——像中国大陆定期量产的雾霾已是全球大事，严重到逼近人眼前了，尤其冬季，顺着北风输出到周遭。但我们来问人究竟多做了什么新的错事、坏事？大体上，人只是重复做着他们成千上万年来一直做着的事而已，冬天当然得烧煤生火，否则怎么活下去？人没变，只是撞上了等在那里的马尔萨斯而已。

因此，我们只要稍微想过便很难说出口"你真美好，请你驻留"这句话，不因为不祥（谁还信这个），而是因为这不该是答案——这样一个超市一堆好东西，尤其远从四面八方产地而来，却仍如此生鲜欲滴模样，宛如施了魔法，这些不会凭空发生，这从无到有一路耗用着多少资源和人力，整个是建立在大量浪费才撑得住的全球经济机制上，你怎么可能只要这个不要那个呢？跟着一并驻留的得是这一整个经济体制，包含必要的一堆穷国，一堆穷乡僻壤，一堆无法享用自己生产好东西的人，一堆因此得去做你抵死不从之事的人。一堆人愿意丢下自己父母，千里迢迢跑来你家帮你奉侍孝顺父母；一堆人愿意挤在血汗工厂里，所以我们可以无聊地用手机用电脑聊天、自拍、哀怨自怜、成天胡言乱语还随口骂人、告诉全世界我晚餐吃什么、用各式炫目武器装备日杀十人百人千人万人（端看哪款游戏）。是的，通过自由市场机制看不见的那只手的巧妙安排，大家全都是自己愿意，只是有些人永远比其他人更愿意而已。

在这样的超市购物，我们银货两讫不偷不抢还举止合宜，这是再正当不过的事，也无需负咎。只是，我们的确都占了点便宜，占了这颗地球一点便宜，不管是哀矜勿喜或乐在其中，都应该记得这一点。

失意的人

　　我想把有关财富部分的思索暂停于它的这个准幻象天堂——财富和权势本来就不是这本书的真正关注，只是不得不去想而已，得尽可能弄清楚声誉如今卡在何种现实处境里。

　　但因为不想象是"遁词"，这里再往下延伸几句，以下，我用直通通仿佛断言的形式来讲，不再多附带说明讨论，所以武断大言不是原意，只是句型使然。

　　财富超越了权势，编组起、并相当真实意义地统治着全球，但这不会是某种所谓的历史终结，更不会从此平静无事，接下来，至少这三件事必定持续地发生，成为常态性的世界不安因子；或更正确地说，已发生而且将愈来愈清楚巨大，无法再以其他各种解释盖住它绕开它，说成只是某个暂时性、摩擦性的短暂现象，这是资本主义的"一个历史阶段"——

　　一是，有效需求将长期处于不足状态，不断刺激、下各种猛药重手叫出消费是愈经常性但效果愈来愈有限的事，消费已明显追不上、撑不住不断扩大的全球经济体制，不能说成是所谓的"不完整复苏"云云。

二是，劳动市场仍持续窄化而且趋于劣化。制造业不断削减、赶出来的劳动人口，无法真如传统经济学者所说（其实从头到尾是猜测）由服务业来完全承接，普遍的失业问题很难克服，要做到不恶化都已相当相当难了；更违反经济学一般解释和流传神话的是，服务业的工作不是人由蓝领走向白领的"提升"，而是普遍下落到更低阶之地的派遣化、打工化和时薪化，所得更低不说，其垂直晋升的传统职场之路也严重变小变窄近乎腰斩，人的工作经历丧失了累积，长期的专业养成近乎不可能，"没有希望"。

三是，财富分配持续两极化，中间消失。货币是一切的核心，掌握货币者取走绝大比例利得（粗鲁地说，也就是有钱人将更有钱，且如克鲁格曼所说，不仅仅是更有钱而已），货币的全球流动和掠夺（毫无夸大的用词）是全球经济持续性、定期不定期、处处是爆发点灾变的真正火药库。

人类这套资本主义经济体制已大到处处考验这颗小星球终极能耐的地步，这是无可逾越的右墙（依目前光景看，我们来不及殖民火星挣脱地球，汉娜·阿伦特因此偏乐观的未来判断和人行动能耐的评价可能是错的），我们好像一直听到各处各种的撞击声音了——这使得人的处境加倍（可能不止加倍）困难，得被迫考虑更多，过往那种用发展解决发展问题、用成长挣脱成长困境的简易舒适想当然耳的思维已不再适用了。

接下来，会是这套经济机制不断救火和自我修补的不舒服过程，人可能非得不断做出一定程度的自我约束和牺牲才行（也就是不再单一服从自利之心），百年千年行之不疑的事如今不能做了，理所当然的事不理所当然了，端看这一带着警觉性自省性的必要修正举措和可预期灾难之间的讨价还价以及谁先谁后。终极地来说，我愿意相信人的生命最深处有一种韧性，一种接近于死皮赖脸的可敬韧性，所有信誓旦旦绝不会做不肯做宁死不做的事仍然会一件一件做出来（这些年，光是看一个一个爱台湾爱到成天喊打喊杀的人去到中国大陆如此奇妙且一致的温驯言行就够见端倪了），这是我对人最后的、也最无可救药的乐观和信任。

我很喜欢的英国学者兼《卫报》专栏、作家加顿艾什也这么指出——多亏那些见风转舵的人，这让民主政治的政权转移得以如此平顺。

因此，会来的不是天堂，也不会是末日，只是某种较不舒服也艰难起来的生活方式，以及因之而起的种种必然混乱——人要面对的不是经济体系的轰然崩溃（不少以预言为业的人偏爱这种说法和语调），在我们可预见的、有意义时间长度的未来应该不至于如此，也不会以这种方式发生；或这么讲，会先来的不是一次崩毁，有太多的瓦解会远远抢在它前头发生，不是大楼倒塌，而是不断掉砖掉瓦，这才是人的真正处境。

基本上，人类世界的现实主体问题仍发生于生存线之上而非之下，不是人饿死冻死的问题（最边缘地带的确会这样），而是人以什么方式过活的问题；某种对"生活铁律"、对生活规格生命规格的不得不下修，所引发的不安、沮丧、抗拒和怨怒云云。毕竟，人这样生活、希望和生命安排已经几十几百年了，不止如此，我们的家庭建构、社会建构、政治建构乃至于一整个人的生命网络，已不知不觉完全立基、密合、依存于对此一经济机制的预期、信任和计算之上，说不上来从哪一天开始，这个世界"忽然"翻脸也似的一样一样告诉你，你的预期不会这样发生了，你的这个那个计算是不成立的，凡此。因此，所谓的瓦解系以种种很具体、很实际的事件形式绵密地发生，一件一件来看也许都不致命，却让人焦躁狼狈不已，而且都仅仅像是个别遭遇个人的不运和失误，某种孤立无援还难言。像是人忽然被迫提前退休或中年被公司裁出（尽管依"劳基法"取得补偿），家里小孩该顺利就业自立却一直没工作，原本应该有办法支应的房贷愈来愈像付不出来，老父母的照护远比想象的沉重而且漫长，种种种种。先冲击到的不是存亡问题的身体，而是人的心志和精神层面，就像大经济学者克鲁格曼越过他本行正确无比地指出来，失业问题真正强大而且驻留不去的破坏力，系发生于社会面而非经济面，一个国家失业率上扬三五个百分点，之于经济活动的顺利运行与否仍可以看得很轻，乃至于只是经济机制的摩擦调整、数字起伏，却总是在人、家庭和社会这一边引发连锁性的不安、混乱和瓦解，给一整个社会和人心注入了阴郁、怨怒和绝望这些火药也似的东西。

读过某人回忆他某个年代的这么一句昂扬的话语："当时我们一无所有，却有着人类从未有过的最美好希望。"今天，我们也许可夸张地把话倒过来："我们可能有着人类历史上最多的东西，就只是少掉了希望。"

不是会饿死的人，而是失意的人——"失意"这词及其概念，我完整借自于霍弗这位码头工人哲学家学者兼社会运动祖师爷级人物。其实托克维尔也大致这么说过，他回忆自己在法国大革命现场种种，指出起身革命的并不是日后马克思所说除了脚镣手铐再没其他损失的人，而是一些侥幸取利者，更普遍的则是失意的、感觉在这个社会这个国家已失去希望的人。

失意的空气如今弥漫大半个世界，最浓稠如雾霾的地点可能是亚洲,尤其是东亚。合理推想的原因是,亚洲尤其东亚一如经济学者再三指出的,是最接近经济学所谓"经济人"定义的社会,也就是人把生命价值较单面押在经济物质层面的社会;而这也可以说是一个历史现象阶段现象——从日本到亚洲四小龙,才刚刚是高度成长的社会,又被说成(且一直自诩)是奇迹,从实质生活到心理深层都太适应、太依赖这一毋宁只是阶段性的高成长数字,成长数字同时已是某种(神圣)象征,远超出它原来的经济指涉意义,是凯恩斯所说"超过别人""优越感"的唯一依仗。因此,陷入挣扎的,不只是经济实况和经济指望的下修,还有从某个高处摔下来的异样感觉,日已西夕,荣光逝矣,却又暂时不习惯也无法接受自己只是个寻常的亚洲国家亚洲社会。日本早年提出的"脱亚入欧"主张,极势利眼但诚实无隐,其实相似的心思也一直在东亚成龙这四个社会里徘徊不去,如今打回原形不说,就连亚洲其他穷邻居穷亲戚国家也全追上来了。

经济问题(暂时)不以经济问题的面貌和形式爆发出来,而是沉入底层成为某种遍在的不安要素,构成人事事不顺、宛如身在地雷区又像免疫力严重不足的现实处境,一点点火花、一点点细菌病毒入侵都有事——当下以及可见的未来时日,台湾社会可能很难有脱困之感,也很难真正获得平靖,人感受的远比经济数字显示的糟,沮丧、自怜自伤和时不时的泄愤性攻击性狂暴,仍会是整个社会的基本情绪,典型的失意人社会。

在这样失意人遍在的社会,最该阻止但必定发生的是所谓"寻找替罪羊"的游戏,社会最廉价也最不公义的自我疗愈方式,这可能是伤害性最大的部分,或应该说是腐蚀的——历史经验充分告诉我们(比方中世纪的女巫猎杀或几世纪才堪堪落幕的犹太人迫害),人可能出现最难看最狞恶的样子,出现在这一游戏队伍中,自私、残酷、嗜血而且人人满口谎言，集体进入一种附魔的疯狂状态还洋洋自得，人的素质以一种"如崩"的速度向原始野蛮无知倒退，没有一个再好的社会禁得住这样。

台湾这些年算慢慢看清自己了，这个岛屿真正的珍稀成就并非经济成绩（我们只是还不错而已，连在亚洲都不算顶尖），而是在不错的经济成果基础上成功搭建起来的社会整体样态——某种平和、自在、安适，某种文明教养，最拿得出去也最代表性的就是台北市（一个奇怪饱受自己人污蔑的城市、历史名城），不大不高不美不耀眼，只静静焕发着某种难以言喻的柔和之光，远方到来的异乡异国人反而更容易感受到这个，事实上，这些年我们也正是借助他们的新鲜眼光才真正认清此事，原来如此。台湾知道自己最该防卫这个吗？

经济不好的日子，什么能保卫我们？

　　这个有点悲惨的笑话应该谁都听过，是某人算命时的对话——"你的命太糟糕了，四十岁之前一事无成穷苦潦倒。""四十岁以后就好了？""不，四十岁以后你就习惯了。"

　　时间一定有作用，尤其对东亚、台湾地区，所谓的"习惯"是习惯于大约百分之一到三的成长甚至不成长，把自己全面调整为适应新经济局面的社会，也称之为着陆，回到某种"正常"状态来，像先走一步的日本，便花了约二十年时间。只是，除了如基督山伯爵的临别赠言："等待和希望"，这段不会太舒服太平静的时间里，我们还能为自己多做点什么？

　　基于某种难以说清楚的别扭心理，以下这些话我其实非常非常不愿讲，但是，除了身边几名可说话的人，我仍然会想到为数很少但一直善意耐心读我书的远方不识朋友，我永远感觉亏欠了他们什么。

　　当然不是什么了不起的意见，就只是我愈来愈不想说服任何人而已，乃至于不愿意让自己做出任何像是想说服谁的样子、表情和言论。

我这两句不合时宜的意见是——在可见经济较低迷、不安、时不时动荡起伏的未来时日里，真正能保卫台湾这个社会不坠的，不是什么聪明机巧的经济策略（极可能并没有这样的东西），而是我们丢弃或至少闲置已久、看不起已久的基本价值信念。

台湾地区太小，全球化的经济机制太大，两者完全不成比例，不可能用尾巴来摇动狗这是一切的前提。我们很难单独对经济问题有主张，也别把其他不当心志寄寓其上（比方某种国族企图、某种国族荣光的寻求），那是自找麻烦，经济问题就只是硬生生的经济问题。台湾在自身权势的管辖范围内能做的事，别说全球经济规模，就以台湾自身的经济规模而言，所占比例都不到百分之三十（即所谓外贸依存）；台湾在经济上能做的是这个全球大经济体的"顺民"，卡好某个位置，保持专注、灵动和弹性，随之上下浮沉起伏，世界经济平稳的日子，我们比全球平均值好一些，世界经济波动，我们趋吉避凶躲开其锋芒——这上头我还算有信心，证诸雷曼兄弟风暴以来这平静不下来的几年，台湾的实际表现也差不多就是如此。台湾的总体体质不恶，这些年，尽管仍有些虚张声势的话语流窜，但台湾也愈来愈清楚显现这是一个移民之岛移民性格社会，整体来说还是非常务实的。唯一要留心的反倒是，务实倾向的移民社会东西扔得快，某些有益但不即时有用的价值信念愈容易跟着流失，人的素质也因此容易低落下去，而人的素质，一直是台湾经济表现和经济未来的一项无可取代的资产。

这里有一个接近通则的现象——在经济较挣扎困厄的日子里，人容易趋于两端，一是穷斯滥矣地变坏，人日趋虚无、自私、粗暴而且愈愚蠢愈富攻击性；另一是困而学之地正好用来好好整理自己，下雨天是人修修补补东西并做好预备的日子，困难的处境让人去想一些、学一些舒服日子里不会也无暇去想的事，这上头人有自我选择和作为的余地，永远有，无关乎经济规模大小，无需相称的经济资源和预算数字。

以人类历史经验来看，前者的几率较高，也来得快，是我们说过的"如崩"；后者则需要人的自觉、人把自己好好撑住，是"如登"。

我们说过，经济问题的具体破坏力，必然是不断攻击、引爆于社会各层面各角落，家庭、工作、求学、健康、恋爱（是的，就连恋爱都会有事，感觉如此沉重而且眼前一片黯然）云云。人生气愤恨有其依据有其理由，根本处确确实实是社会的公平正义问题（特别是在财富分配持续恶化的实况下），但事实一再证明，过度的沮丧失意、太夸张的自恋自私、太简单廉价的狂暴，会把我们一再带离真正的问题所在，赶走认真的人，让有意义、可持续的思索和讨论中止，放过真正应该负责的人，只成就那几个虚假的、取利的、不堪认真一问的"英雄"。像这些年台湾向富人多征税的经过便反复如此，从商业税到股市和健保，不是"立法"因此拖延不成，就是好不容易立了又废，两边看似最处于极端的人，包括无意的和处心积虑的，最终的事实结果是共谋。

价值信念是个其实不难懂只是较不容易细说清楚完整的东西。这里我要指出来只是这一面——谈价值信念并非保守、并非维护所有秩序，基本上，它真心防卫的是人自身而不是社会，规范的、维持的、支撑的是人的心志和行为而非社会秩序；它的公共性意义倾向于应然而非实然，实存的当下现实之于它只是某种非理解、非考虑进去不可的限制性材料性条件，是作为一个场域基础而非其既定存在形式（既定存在形式可以是暂时的、不义的、愚蠢的）。大白话来说，必要的话，既存的国家社会都是可推倒可翻转的，不仅这样思索和讨论，也实际上如此行动，这在人类历史上一再正当地发生。

只是台湾地区暂时还用不着这样不是吗？事实上，那些口出各式愚蠢狂言看来很带种的人，确切地说，既没有这样的足够认识，也根本没这样的勇气，他们只是躲在伺服器后头而已，根本没想什么，偶尔误上街头，还要父母送便当饮料、要学校老师不记旷课、还哭叫要吹冷气，这是什么个东西？在经济挣扎不安的日子里，尤其台湾这种size的小经济体，重谈价值信念（我几乎不敢用"建构"这一实现之词），我们一定会发现，这原来远比想出某个经济策略（比方试图以两千三百万人口的市场单独拉动景气）更务实。

　　基本的前提及其必要心理准备是：时间，这样的日子不会太短。像日本这所谓"失落的十年"（或二十年，因为不断延长），我们现在知道了，这并非日本的独特经济现象，正是领头高成长的日本领头着陆的"正常"阶段处境，整个社会需要足够的时间一样一样调整过来，从结构、从法规制度到生活习惯和人心，想快也快不起来。

站在财富、权势和声誉交锋的位置

以下，我回转我出版编辑（以及读者）的身份来想事情——人有各自观看并持续和世界对话相处的基本位置，我的是编辑和读者。

要讲的当然不是出版业，纯经济意义上，台湾出版业小到、萎弱到垮了没了都无所谓，我唯一会挂念的只是昔日的这群编辑朋友何去何从——经济学总说他们自会去到某个于己更有利、于公众更富效益的地方（但那大约会是哪里？）；真实里，则比较会是塞林格《麦田里的守望者》问的：“公园池塘结冰了，这些野鸭子哪里去？”

还有，没出版业对一个社会是什么意思？什么真实局面？除了那种“从几十人到两三千人”的部落式社群之外，说真的，究竟有没有一个社会没自身的出版业呢？

我以为，出版在世间的各行各业里有个稍稍特别或说极端些醒目些之处——那就是位于某个“前沿”，某个伸头出去的地方，很难平静，很难关上门专一地工作；也很像居住于、耕植于某个战场，诸神管辖的交壤暧昧之地，贼来迎贼贼去迎官，同时间得侍奉好几个神，必须缴纳遂也得生产不一样要求的祭品。

一直以来，出版者的最大危险，普遍认定系来自权势统治，自古通往刑场牢狱的大路，其中一条正是由文字铺成的，这确实无误，全世界也诸多国度至今依然。但如果以为只要权势大神离去就从此过着幸福快乐的生活，那就大错了还天真烂漫。出版真正躲不开、如影子如附体存在的统治是财富大神，祂不自外来，祂和出版工作者长住一起，每个阶段、每处细节都在场，有要求有指示并恫吓，祂更接近监视器一类的东西，时时盯着，事后还能调出来一格一格检视查证（最可怕、最像监视器的就是数字）。

所以严格来说，这一行业人得同时具备两种忠诚。对权势倒不必，除非你本身就是那样的人；对权势只是躲闪的、应付的、暂时屈从的，闽南语赖皮俗谚所说"危险跳走，气魄仍在"——声誉和财富，知识传承和市场法则，好书和卖得好的书。一个编辑，最好明智地把这分开为背反的冲突的两种东西，偶尔相容，那是礼物，天上每隔一阵子会掉下来，这样比较实在，比较不会弄得自己进退失据同时如遭雷击，也比较能一一做对事情，如列维-斯特劳斯讲的，人在相当彻底的悲观深处，所孕生出来那最确确实实的一点乐观精神。

老实说，我自己并不介意那些做"卖得好的书"的编辑朋友，我真正在意的，是那几位有办法把"卖得好的书"做成看起来像是"好书"的厉害编辑，包含了愤怒和失望。

两种背反的忠诚集于一身，意味着人被迫用两种角度和方式看世界。

两千的奇迹而今安在哉？

二〇一〇年夏香港书展讲座，我的谈话题目是"两千本的奇迹"，不是演说，而是先写好一篇一万八千字的讲稿到现场"念完"——出版或说书这东西，真正吸引我的不是某一本书能卖出五十万册（中国大陆则放大到五百万册），而是那一整排只卖两千本的书；这也是出版这个行业最不可思议、最不驯服之处，背反或说抗拒着基本商业常识：想想，一个商品从生到死只售出两千个单位，这在今天的商业机制里居然可以成立。不是灰扑扑的、偷偷摸摸的存在，而是活得堂堂皇皇尽管不免辛苦但不改其欣然；不是特例的、偶一为之的，而是普遍的、经常的，甚至可直接讲，两千本的书就是出版的主体所在、是出版物的基本样态。所以说，从编辑到读者，必定有"多出"于生产者和消费者的某些什么，两者的关系也非供需法则这一经济学天条所能充分解释，这个不起眼但如此美好而且重要无比（我以为）的奇迹，一直是编辑和读者联手完成的。

所以，书也不仅仅是商品。

奇迹呈现的具体图像是——书籍品类流行琳琅满目而且还源源生出来，以至于年复一年成为"正常"，不再像是奇迹而是自然状态，不都一直是这样子吗？光台湾这么一个出版世界（出版几百年来一直以英语世界为主体，所以无需再强调活字版印刷是中国人毕昇发明的）的边缘小市场，每年出版书种保持在三万种左右；我们用一种较迷人的方式来说是，但凡人心生某个念头，奇怪的、细琐的、不合时宜的乃至于危险的罪恶的愚蠢的混账的，都可以依循这道书之路说出来，白纸黑字（黑纸白字也行）留存下来，几乎可做到这样。更好的是，读者这一侧总会"派出"两千个基本额人数来买它支撑它，非常安定，并构成一个生生不息的循环性系统。两千个买书的人不见得都看（意即严格来说需求性并非充分），可能只是买错了而已，但是，持续买错却不改其志的作为（在其他生活层面人很少这样），说明其背后有某种应然性的认知，有某种价值信念确确实实存在且深植人心，从而不感觉异常，乃至于有某种身份性的自觉，让此一平静不波的行为接近于一个读者的"高贵的义务"。

商业市场的真正通则是，一种成熟而且充分竞争的商品，一般留下来的不会超出三到五种；或者说，品质和数量多寡取决于集体性和个人性的比例交换关系，其前提是得到达、满足必要的最低限商业规模，最低限的商业规模是一个乘积的常数，计算公式很简单就是价格 × 数量，因此，所谓多样化但少量的商品，一般得是昂贵的稀有的，非常非常昂贵因此稀有，乃至于策略性的、控制性的稀有（甚至铭印上编号或您的尊姓大名，制造出全球只你一个人独有的假象），好瞄准那百分之一到百分之五、夸富的、钱多到不知如何是好、用了也不会变少、不夸富还有什么事可做的所谓顶级尊荣级顾客。你稍微注意过哈利·温斯顿珠宝的门市吗（用门市来说它真是不敬）？宽敞、明亮、典雅、清凉、安宁，有点像《阿弥陀经》描绘的那样，我猜极可能永远不会发生顾客多于店员的景况（中国大陆崛起之后有改变吗？），也不需要，顺利支撑这个门市并不需要一天完成一笔交易，但有一天卖不了一本书还活着的书店和其老板一家吗？书籍多样少量却又廉价，所谓廉价有各种换算法（比方两碗牛肉面等于一本书云云），我较喜欢的是，一个了不起的、如人类礼物和祝福的思维者书写者，他一生如焚烧自己结晶下来的全部成果，我们大概几千块台币、也就是一双球鞋的价钱就可买齐。

这是我熟知而且热爱的一个世界。

2016-2010=6，六年过去了，但也才六年不到，这一奇迹还无恙吗？是何种模样？——六年后，我们来追踪一下。

从两千到五百，死亡之书

　　台湾的书籍出版景况持续地、定向地衰退，跟全世界各地一模一样，惟近年来有稍微加快的既成事实迹象，如同不再抗拒或承认抗拒无效了——也就是，其实并未发生什么具体可说的灾变，也就难以或说没什么理由进行救援，整个是结构性的，问题根由在远大于书籍出版的外头大世界里，这一切遂如流水般进行，从"万山不许一溪奔"，终究来到了"前头山脚尽"，过了这个点，这道溪水便堂堂地、顺畅地不回头而去了。注入到哪条大河、哪片汪洋呢？

　　要产业性地忧心、讨论台湾的夕晖似书籍出版远景也行，但这不太是我这个已退休编辑的职责和关怀，我只挂念那一堆如老朋友般的两千本之书，我以为追问这个比较重要——现况简单明白易懂，销量下滑是全面反映的，是书这个古老东西的苍老弱化，而不是书种的横向转移消长（也发生，如二〇一五奇妙热卖的着色书，仿佛大家一起回转幼稚园无忧岁月，但其效应被更巨大的整体衰退覆盖住了、吃掉了）。所以，原本估计可卖十万册的跌成二万册左右；如今，六千本以上就有资格称之为畅销书；两千本之书则个个消瘦到五百顶多一千，大致如此，六年不到时光。

其实，二〇一〇年我提出两千本的奇迹这个话题当时，我自己心里清楚，也因此才选择这个话题，所谓的两千本之书当时已岌岌可危了，已是站在沉船桅杆上发出的讯号。

畅销书的下修和两千本之书的萎缩，两者意义大大不同，实际命运也大大不同——前者的冲击集中于产业面，书本身没事，仍旧是这个小世界的领头之书，只是从牛头变鸡首罢了，其争抢、出版毫不受影响，甚至更加炽烈非理性。两千本书跌到五百则不是营业损失而已，两千本同时是一个供需的临界点，一个出版成立与否的下限数字，讲白了，就是这堆书从此不能出版了，就商业法则而言没资格出版了，人的这部分思维成果（在台湾）再无法依循书之路进到世界，这是生与死的问题。

谁都晓得，内容品质最好、最富价值和意义的书，绝大部分都归属于这两千本之书、没顶消失之书——于此，从书籍来看，我们来到了一个后多样的时代看来没错，连同其深刻性和价值。

有个很简单很简单的解救办法，纯粹从出版条件来想——荷兰小孩也似的伸手堵住堤防破口、补上这消失掉的一千到一千五百本销售损失，不就让这堆没顶之书又浮上台湾出版水面吗？"我们"也认真计算过实际金额大小，老实说，出奇地少：一本定价四百元台币的书以六折实价入市是为二百四十元，乘以少掉的一千五百本，得出的缺口金额为二十五万元台币；也就是说，只要花两千五百万元，台湾每年就能"救出"一千种消逝的书，多划算多么可行不是吗？

"我们"，指的是三个台湾现役总编辑、发行人的老朋友，他们一起讨论、构想此事。他们以为，要每年找到两千五百万元应该不难，

302

仍然有几个身家百亿的企业巨子听得懂这些话；至不济还可以就自己来，由他们三人、三家公司自掏腰包顶住——不是该由"政府"来做吗？大家世故地不考虑这个，根据各式各样补助案的实战经验，这一定很快"做坏掉"，一个光朗的构想两下子就弄脏；最重要的是必然早早丧失了原意，回不到这嗷嗷待救的"五百本之书"身上，只单纯成为不抢白不抢的抢钱行为，让样子已够狼狈酸苦的台湾出版面貌变得更不好看而已。

乍看单纯是金钱问题，但实际想下去做下去远远不只是金钱问题。有关长期执行的重重困难就不在这里多说了——我印象较深的具体困难之一是，找谁？如何找到可靠可信的人（三个？五个？七个？），来逐年担负一本一本书的审核工作，执行这样累死人又必然引来一堆流言谩骂的工作？台湾这些年消逝最快、或说破坏得最有效率的便是"可信任的人"这个东西，最后一个名字可能是"央行"总裁彭淮南（所以他才成为万用的"副总统人选"），连彭淮南都不可信，全台湾大概从此再无可信的公众人物了。

还有，反复把一千种书送进书店再回收究竟是什么意思？是否只是刺激配送业、仓储业和纸业？——可预期的，最恨此一拯救作业的必定是书店的可怜店员们，除非如陶侃搬砖那样用来练身体练意志力；更可能发生的是，贴上被拯救的标签，不就等于昭告全天下读者，这是一批保证沉闷、保证不必买来看的书？这样的事真的发生过，有好几年时间，报纸年度十大好书的选取特别"学术"，由报社免费供应的贴纸又黏得几乎撕不下来，出版社因此伤透脑筋，知道这是殊荣没错，但能不能别告诉别人？

真心高悬于这三位出版业不死老兵头顶上不去的乌云是——读者少了，走过去了，且顶好想成不会再回来。

不再假装、也应该不会回来的读者

二〇一〇香港书展当时，我把这两千本之书的读者同心圆状分解为三层——中心是正确的读者；再一环是假装的读者，最外头一圈则只是一些买错书的读者、误会的读者。

我最留意并怀抱希望的是假装的读者这一环。

"假装"这词，系来自于"久假而不归，乌知其非有也"这一想法，白话来说就是，人假装久了、装了五年十年大半辈子，原来假的，也就像是、变成、等于真的了（但千万别引申入财富世界权势世界，像台湾一度已成政治人物潜规则的公营行库贷款，钱久借不还，好像这钱本来就是你的）——这乍听轻微恶心，但其实就是人一个学习、自我提升的过程，几乎是必要的必然的；假装一词也可以替换成模仿、模拟，一日复一日临写钟繇或王献之的字，一次又一次重复迈克尔·乔丹的后仰跳投动作云云。博尔赫斯讲，模仿某人那样出声朗读一首诗，包含其全部语气腔调和肢体俯仰，其实是尝试着进入到他的感受方式里，想得到和他相似的某个迷人体认，乃至于学着像他那样子思考、那样想事情，人想成为某个比当下这个自己更好些的人。

于是，一个正确的读者同时也是个假装的读者，假装之处正是他新的生长点，今天的假装读者，有一定比例就是明天的正确读者——读者是杂食的也是瞻望的，书的世界浩瀚多样多重，总这里那里存留着某些更好的人，某个你还不熟悉的世界，以及更多你没有但何妨一试的不一样思考途径、看世界的途径。

二〇一〇的当时，我记得我也一并指出（指出这已够明显的真相并不难）——这批一直很稳定、如一代一代人顶上来的假装的读者正在减少，读者世界的源源生态出现了断点。长此以往，得想成是核心的正确读者多流逝却少补充，这一萎缩是连动的、几乎是可以计算的。

二〇一六的今天，用我们这里的话语来理解是，这也是一种声誉现象及其消长——假装、模拟，当然是（通过）声誉的作用拉动的。人不再装了，直接显示出人不再聆听、遵循这种种召唤；听不见了，或不相信不再被吸引，也就是声誉的消失或毁损。

书种的持续减少是基本事实，这很难让我们轻松地解释为只是某种新选择、某种价值信念的横向替换转移；更何况，这里明显有着质的巨大落差，如果硬把一本着色书和一部《战争与和平》这样伟大的作品放在同一平面，说成是单纯的交换，那就是扯淡了。

从读者到消费者

　　编辑有两种屡屡不相容如双面间谍的忠诚，他得同时服侍财富之神和声誉之神；读者一样也两种身份集于一身，就财富世界的供需位置他是顾客，一个高出于书（商品）的身份，而就声誉世界的古老规矩他则是学徒，一个由最底处开始的谦卑身份——人在（实体）书店的经常性肢体姿态，巧合但不无巧妙的大致呼应着他的此一双重身份，他总是俯视、随手翻拣摊平热卖的书，也仰起头搜寻，伸手向书架上层的某一本书。

　　本来是这样，但整个大世界继续向财富面倾斜，必然的，也人性的，读者也逐渐只留下顾客这个较舒服的身份，书店是所谓的一般零售业商家而不是某个"殿堂"，实际交易过程跟着如此变异。

　　实话实说，我自己最在意的是书籍世界的此一人心变异，几乎是痛恨了——这个讨厌的东西叫"消费者意识"，让人放纵自己、误以为自己可指指戳戳胡言乱语、还以为所有人时时处处计算侵犯你权益。当然，谁都晓得这本来有正当性而且必要，但很快就全面越界了滥用了，还迅速接上集体暴力（通过网路再方便不过），也许糟糕的正因为那一点正当性必要性，为人的自私和愚昧披上社会正义的外衣，成为某种正当的愚蠢和公义的自私（但有这种怪东西吗？）。如今，这在各个较纯粹商业交易行为的领域里都是讨厌的，遑论书籍世界，而且早有各自的固定称谓，可见行之有年及其普遍性，比方在学校称之为"怪兽家长"，在一般商家则叫"奥客"云云。这十几年时间，我几乎一天不缺席地在咖啡馆工作且冷眼旁观，"累积飞行时数"约三万个小时，而且无利益、没兴趣、不参与，正是汉娜·阿伦特所说最宜于看清事实真相的位置，我以为我有资格提出这样一个人类学式的田野结论：我亲眼所见从发生到结局的两造纠纷，十次有九次半是顾客的问题，顾客无理找碴，或者因为自己没搞清楚，或者只因为心情不好出门前和家人吵了一架，或者是他本来就以为自己可以这样、他就是这种人——

咖啡馆川流不居的工作人员，几乎都是小女生，年纪二十上下，多半是工读学生或才毕业，时薪一百元出头，她们同年龄同班的朋友此刻可能正舒舒服服宅在家里连自己杯子都不收不洗，很多人家里有这样的女儿。说说看，欺负她们究竟有哪一点社会公义可言？带种的话以相同方式、相同话语对自己女儿也来一遍如何？

每天早晨，我花一百五十元（从七年前的一百元合理地缓步调升），得到一份颇丰盛的早午餐，两杯咖啡（可续杯一次，但常常不止），一个书写位置，五小时左右的工作时间，还有她们节制的、沉默的善意和侍候。我的家人若肯这样，我乐意每天付五百元甚至更多并感动莫名（如今所有当人家父母的多会这样）；我也跟一些对我工作状态好奇的朋友解释计算过，把这想成是每个月四千五百元租用一个办公室写字楼，还附管家和厨师（且食材由她办理并全额支付），听过的人都很惊奇原来如此划算——这一百五十元，我自始至终不认为还该多换取到什么，我更不相信、打死都不信，只因为我付了这一百五十元，就让我摇身成为事事正确、永远正确、从心所欲连圣哲和基督教的神都做不到的人。是非善恶尽管时时处处辨识不易，但自有其严谨不夺的判准，权势与财富，如果强权如苏格拉底所说不该就是正义，使用金钱也一样必定不就等于正义，还有比这个更明显的道理吗？

尽管绝对平等会破坏不少东西，平等的思维得有其边界，但人是平等的，我以为这是人跟人各种复杂多重关系的唯一根基，唯一可能、或者说绝不容许退缩取消的最终底线。然而，作为一个读者的时候，我会"明智"地让自己（暂时）站在一个稍低的位置，当然不是毁弃此一原则，更不可能是对还收你钱的书店、出版社，其实也不尽然是针对书写者本人（如中国人讲君子有三畏之一的"畏圣人之言"，不是敬畏说话的人，而是他讲出来的话语和道理），是因着书里那些高远的、本来就比你此刻所在高而远的好东西。我自己从不喜欢（事实上不免感觉有点恶心）那种"在 ×× 面前，人必须学会曲膝低头"的说法，不管这 ×× 填的是真理、正义、是非善恶云云；我宁可说这其实是自然的或说物理性的，不是曲膝而是抬起头，你仍是直挺挺站着的，你看一棵大树、一座山、一天星辰，不就自自然然是这个姿势吗？

把粗糙的平等用在这里，不是道德错误，只是很不聪明而已，如同平视的目光会错失所有高处的东西；若进一步用消费者自以为居高临下的视角，那就是愚蠢了，这样的人即便站到喜马拉雅山前，能看到的也就是脚边的乱石野草而已——这里我说愚蠢不是骂人的话，而是一个中性、平实、求其精确的用词。这样做真的非常非常愚蠢。

二〇一五，侯孝贤的《刺客聂隐娘》在戛纳得奖并首次在中国大陆院线上片，首映时，我因自己新书《眼前》的出版事宜人在北京，评论一片叫好，但我其实很担心票房不当地太好，进来太多错误的观众——电影远比文学深植财富世界，好莱坞侍候观众的能耐登峰造极，以至于电影早已如昆德拉所说封闭了其他可能，电影观众的消费者身份极单一排他。台湾我不担心，相关话题吵了已二十年，大致上人们已知道怎么看（以及绝不看）侯孝贤的电影，上帝归上帝恺撒归恺撒，还学会记得带个枕头进场因为不免睡着；中国大陆的影视热潮才起，却已是全球最大单一市场，这一切来得又快又急又浅，像地理学所说的荒溪型之河，都不断听见金钱的各种撞击声音了，绝大多数人们因此只（来得及）看过"一种"电影，乃至于认定电影只此一种，打从卢米埃兄弟开始就是这样。一旦不符合如此窄迫的观影习惯观影预期，人很容易觉得被骗了被占便宜，很容易被莫名激怒，很正当但愚蠢的愤怒，以及所有跟着而来很正当但品质愚蠢的发言。

　　我总会不断想起耶稣赴死前在客西马尼园里那番"分别为圣"的谈话（可想而知，好莱坞大片《达·芬奇密码》绝不会留意极可能正是耶稣一生最深沉触动的这番话语；服侍消费者买书人的丹·布朗没这脑子，也没这个习惯）。是啊，能否把这分开来，相互憎恶也没关系，只是让那些对的以及假装的观众好好看一部电影？——我当然晓得这不可能，愈来愈不可能了；而且电影比文学更不可能，电影的规格、成本太大太昂贵（可想成和书籍之比是三亿对三十万），它更难脱离财富世界的掌控，这是电影作为一种创作形式、思索形式较脆弱、少掉太多自由的地方。

　　大导演们如黑泽明最赞美乃至不胜歆羡侯孝贤的正是自由，久违了的、原来还能这么拍电影的一点点自由（从文学书写来看的确不太多），这多少是靠着侯孝贤本人的"鲁莽"和不在意才堪堪存留——不在意什么？侯孝贤确确实实是我一生少见最不在意名利的人之一，生活也一直过得如此简单，这当然是同一件事。

仔细回想，我自己这大半生也不乏进入电视电影世界工作的各种机会，但我一秒钟也没动过这念头，一直到今天，我仍觉得自己是明智的；还有福克纳这个怪人，他一生不断缺钱，解决的办法是心不甘情不愿去一趟当时已如金粉世界的好莱坞，负责编写修改当时的冷硬侦探电影剧本（汉密特、钱德勒等），但福克纳非常厉害，他赚到设定的有限金额，便掉头回到自己的南方小说世界，绝不多停留一分钟，我不晓得还有谁能做到这样。

所有作品都得接受检视批评，这是声誉最不容情到届临残酷之处——还不是只一小段时日、一种思潮或意识形态判准。我们说真正的声誉是在本人死后很久才堪堪完成，这意味着作品得经历各个不同时代，各种不同现实情境，通过各种思维和视角，所以，一个书写者创作者顶好先相信并做好心理准备，自己所犯的每一处可能错误，想错的、记错的、写错的包括笔误、心存诡计侥幸的、情感情绪失控的，乃至于只是校对印刷失误，每一个都躲不掉，都会在漫长时间大河中被某人看出来。除非是那些只配被遗忘的、消费物件也似的、所以也就无所谓的作品。

但不是这种消费者意见，这种"只因为我买了一张电影票"的批评方式、这种不爽——这真的有点悲哀，就因为一张电影票？能不能就退钱给你呢？

一直到今天，日本的饭店旅馆仍可分为两种，尽管另一种已渐渐稀少在财富世界如花凋零——我要讲的是某些通常一泊二食的传统和式旅馆。和后来的饭店营运方式不同，这种旅馆不是以设法满足顾客的一切可能需求为原则，而是倒过来，是我们拿出来我们认为最适合的、能力可及最好的东西和安排，你选择这个旅馆，代表你接受我们这样的款待方式，也许不同于甚至冒犯了你的某个习惯，但要不要安心下来、沉静下来好好体味我们为你认真准备的这一切呢？我们在百年来接待一个一个客人的时间里习得并不断调整的这一切？京都著名的俵屋旅馆，甚至会婉言提醒你不必住宿超过三天，三天是我们完整的一个接待循环、一趟旅程，超过三天就是又重复了，你不划算，我们也不心安。

这里面，隐藏着一个措词温和但不屈不让的专业思维，包括着这几句没说出口的话——有更多的好东西不在你既有的习惯里，远远超过了你已知的和已习惯的。

追着书的脚印

在编辑生涯后期，我说过不止一次，我有意地少进书店，不看各种量的或质的排行书单（往往，质的排行榜让我更难受），并对书的销售数字保持大略知道即可。如卡尔维诺讲的，避免直接瞪视已宛如蛇发女妖美杜莎的现实世界，珀尔修斯砍得了她的头是通过青铜盾牌的折射才得以不被石化；也像日本高段围棋手爱讲的，这么做是为着培养接下来的战斗勇气。

然而退休后这几年，我反倒刻意地、寻找地看各种书单，这一如昔日需要很多精神上、心志上的耐力，但强迫自己非如此无法看清某些事实真相，有舍此无由的味道。

我们讲过，人发明了货币这东西，便成功让财富取得穿越空间和时间的能耐，因此，像推理小说里的侦探常做的，追着钱的线索跑，往往最快通往隐藏的谋杀真相和犯人；声誉非得穿过漫长时间不可，能让这个本来只是光和影的稍纵即逝东西不散失不消退，我以为靠的就是书，书的行进轨迹（而不是哪本特定的书），记录着声誉的变动消长，我得追着书的线索跑。

来看这一纸书单，并猜猜看它是什么——

1. 噩尽岛　莫仁　著

2. 哈利·波特　罗琳　著

3. 日月当空　黄易　著

4. 淘宝笔记　打眼　著

5. 奇峰异石传　郑丰　著

6. 解忧杂货店　东野圭吾　著

7. 天观双侠　郑丰　著

8. 刑名师爷　沐轶　著

9. 大唐双龙传　黄易　著

10. 锦衣夜行　月关　著

这乍看何其熟悉（不是熟悉这几本书和其作者，而是此一图像），尤其是曾经普遍买不大起书的我们这代人，极可能夜深忽梦少年事的甜蜜断言：这一定是那种一本两块钱一天的街巷租书店排行是吧？其实也差不多对了，只是如今其来头要堂皇许多，这是台湾公共图书馆二〇一三年借阅排行榜前十大——二〇一三丝毫没特殊性，我只是顺手抄下，二〇一四、二〇一五也都长这样子，从而没理由说二〇一六以后会是另一种样子，事实上，二〇一五的书单不算更糟但更荒唐，前十五名是十四本东野圭吾加那本文字都写不通的《格雷的五十道阴影》（大陆译为《五十度灰》）。

我们可能恍然大悟，原来记忆里的武侠小说言情小说租书店，如今移往公共图书馆了。

只是，这纸书单绝非孤立现象，它只是比较特别比较好玩罢了，它有整体的代表性及其说明力量（比方台湾最大样本数的博客来网路书店排行也一样，只是没这么"露骨"而已），这和其他书单相容而且行动一致——如果我们稍微完整地搜集比方近五年以来台湾的各式书单，很容易从中浮出来一个再清晰不过的主图像或说轨迹：这很像一个集体行动队伍，正同步走向同一个地方。目标所指之地，依我们的不同关怀或可称之为通俗，称之为时尚流行，称之为消耗性商品，称之为享乐云云，这里，我称之为"当下"，以及"遗忘"。

质的排行榜也持续如此呼应，愈来愈接近脸书的集体相挺按赞，时间感极窄迫，与其说是鉴别，不如说是反应，底下纵横交错着种种本来不该属于这里的即时性欲望、恩怨情仇和策略——没有评论，只有交际应酬。

老实说，中国大陆的书单还好，还好相当不少，甚至仍四处看得到但丁《神曲》乃至于康德《纯粹理性批判》这些我以为最冷最不可能的书。这是个才部分释放开自己的社会，累积了一堆空白一堆功课待补的追赶中社会，也是一个事事方兴未艾、有大问题可想且非想不可的社会，但前方路途遥遥啊——我很容易看懂这个，只因为台湾也才这样，佐以相近似的书单和阅读，曾几何时。也因此，我并不以为这可长期驻留，也一直说着在地人们不爱听的话：我以为这一切会（或正在）快速崩落，这些书会一本一本从书单上消失，很快且不断加速，只因为当前世界的行进脚步远比我们二三十年前快多了；此外，我也看不出来这个社会有足够多的人意图抵抗这个、有足够坚强的理由抵抗这个，我看到较普遍的是人撒钱也似而且洋洋自得的购买力及其权益意识。

我有一个最简单但绝对正确无误的算术，是我当编辑的日子里自然知道的——大体上，一个社会乃至于一整个世界，人们一定时间内的书写成果、创作成果仍应该想成是均匀的，尤其足够水准的好书，古老形态的手工行当，和现代工业技术和配备的改良关系不大，仍然得老老实实一字一句慢慢来，真正取决的只是人心智的速度这一项而已。因此，如果说一年时间能得出五本够好的书，十年就是五十本，一百年就是五百本，硬得很；也因此，之前很长一段编辑生涯，我总觉得书是出不完的，心急如焚，永远在追赶，并时时不耐烦出版作业的处处沉重迟缓，这样要搞到哪天我们才能堪堪凑齐、相称于人类世界的完整书写成果？然而忽然有一天，你蓦然发觉这个源源不绝的人类成果仓库空掉了（只剩那些你想但不可能出版的又冷又硬之书），你原来已不知不觉跋涉过漫漫时间来到了当下，你不耐烦地换成是那几个活着的一流书写者，老兄能不能稍微写快一点啊？

这个简单的算术我也带进我读者的世界里来，这么做（我以为）当然是明智的、唯一正确的——一直到现在，我相当程度自然依此时间比例阅读（你依书的内容本质选择阅读其实会自动符合这一比例），也许即时性的书仍略略偏高一些，算是我活于当下的必要代价，是我对当前世界的多一点关怀和理解方式，多少得忍受次一级的东西，好知道人们正想些什么、想错什么云云。然而，书终究不同于一般大众传媒，书的真正价值和功能不在此，老实说，这世界真正有意思、有意义、值得一看一记的事也不会就只是一天生命而已，不必太害怕会错失它。

博尔赫斯多次公开承认，他几乎不读当下的书，我没他这么激烈或说放心，也绝不在这类得失寸心自知、损失不起的事情上摆出某种抗争的姿态，这种事没有策略使用空间。我只是牢记我的好书生产公式，不愿急于抓取那五本当下好书，失去另外那四十五本、四百九十五本、四千九百九十五本，如此而已——我少读当下的书系基于这样的信心，让时间可以好好发挥它水流自清般的沉淀涤洗效应，你耐心等它一下，折戟沉沙铁未销，它会洗出那五本书的名字来，我以为这么做是恰当的、极理性考量的。

时间就是流逝，不是人真可击败的，我们再珍视不舍的所有东西最终仍会消亡，不管你把它藏放在哪里、哪种装置里。漫漫长日，以书为业的人甚至如此想过、追究过，现代用来印书的工业生产用纸究竟多长时间会自然分解，乃至于过去人们的手工纸、羊皮卷、竹简木简、纸莎草、泥版云云各自能挨多久？没记错的话，翁贝托·埃科便这么询问过（校稿阶段，传来他病逝的消息，又少一个了，愿他安息，但你我都知道，他这个人不会好好安息的），当然这无关宏旨，书可以再印再版，问题从来就不在于技术层面。

但老实说，人从不真的需要无限长的时间，这毋宁更接近一种必要的意识和概念，好让我们得以顺利地想事情；赫尔岑说得比较对，有意义的目标不能太远，必须稍微近一点。书籍，之于人类有意义长度的时间流逝消蚀，仍有相当的抵抗能耐补救能耐，也因此发明和使用。某种意义来说，它的形态正是种籽，能挨相当时间，据说古埃及出土的一颗莲籽仍能发芽生长，跨越沉睡的五千年整整，只是我们要不要这样想事情？赌这种机会几率？或者说，那是不是也就该奋力留存一些必要的种籽？

朱天心的如此四句对话，我以为是当代经典级别的，牢记于胸。这是她一次获邀到北一女讲话时发生的。校友关系不好拒绝，说话对象又严选过是学校文科资优班学生，这直接可以就想成，台湾最好的一批文学谈话的年轻聆听者齐聚于此，难以更好了。会后是更直接真实的交谈问答，学生们请朱天心开文学阅读书单，朱天心和我一样是不大会也不愿意开书单的人，惟盛情难却，考虑到她们年纪以及当前台湾的空气成分，朱天心刻意选较好看、较易入口的——

"可以考虑张爱玲。"

"她不是死了吗？"

"那白先勇。"

"可是他那么老。"

可是他们都死了啊

　　小说家冯内古特曾说起他这么一位友人，大概是大家闲聊各自身后的事，很奇怪这家伙对自己妻女完全不在意丝毫不挂心，但他辩解道："可是我已经死了不是吗？"他看着所有人又说了一次："我死了啊。"

　　其实我们听得懂他说什么，他的意思大致是，我不是不关心她们，而是届时我已关心不起她们了，甚至说，根本已经不存在关心不关心这种东西了，我没有了。

　　可是我已经死了不是吗？——这也是我看这一张一张书单总不断会想的事，这里头驱之不去藏着一种异常的荒谬，人从生到死、并提前意识到死亡的一个无解的荒谬，人留下来的是作品而不是他这个人，作品（海明威所说如果幸运的话）自己往前走，书写者本人能依附其上的真的并不多，而且往往充满着种种误解、疏漏以及不在意，读书的虔敬读者甚少以相称于投注于书的心力同等对待写书的人，甚至不知道不确定他是谁都无妨，有一派当代的读者思维（其实是一群美国

318

学院蛋头）还振振其词辩称根本不必意识到原作者，他是谁、想什么，以及写这本书的意念意图为何半点不重要，我们只看到作品，并且有权利以各种方式阅读、诠释、肢解作品，他们称自己为享乐派。

在此同时，这个作品所赢取的全部荣光以及绝大部分利益，都再回不到原书写者身上了，他死了啊（伯恩公约的著作权法修订过，原著作者权利死后再保留五十年，此期间发生的利益交给他的继承人，五十年后则归于公共所有云云。我们要不要也考虑在财富世界这么做？富人遗留下来的货币到五十年后这一天全数自动销毁，技术上有点难但并非做不到），极端点的例子比方文森特·梵高，如今他一幅画动辄几十个亿，但拿走钱的都是些谁呢？梵高生前是卖过一幅画，得款五十法郎，他死后才疯狂飙升（尤其近年，是相当纯粹的货币现象）的画价，其实只产生一个声誉逆向效应，那就是让梵高变得庸俗难受难言，不再是一个孤寂受苦的人，法国南方如同能烧熔人脑子的暴烈阳光，如今更像是金钱的光与热，他的画只是一种金融商品，交换于财富世界里，他的声誉不升反降，我们错觉已抵偿了他，但真的没有。

因此，声誉作为一个特殊报称系统，抵偿人无以其他回报的生命燃烧并以励来者云云，实际上一直是大有疑问的。这一点，我自己倒是很乐意把它从原作者分离出来，不怎么及于他、关他的事，而只是我们现世的一个特别注记，一个指引，带着我们循此找到好的东西、好的书，如此而已。如果我们觉得不需要了，或不在意，放由充满各种盲点以各式操作诡计的当下声名来污损它替代它，那也就是这样了，是我们自己的事，"咱们有罪各自承担"。

没看错的话，台湾正进入一个新阶段的沽名钓誉期，这是脸书使用成熟的效应——我总会想起一位新结识的郁姓友人讲的，人也许没是非心了，但总该还有羞耻心吧？

　　声誉的脆弱性可疑性，这不会正好到今天我们才知道，我于是总回头去想：人究竟为何而写？靠着什么支撑他知道绝大比例成果一定有去无回的忘情书写？他想干什么？是何种东西一直驱动着他呢？尤其，我们通常以为（现在慢慢不会了）这些都是人类世界每一时代最聪明绝顶的人，我们甚至称他们为天才、上天礼物、星辰下凡、神灵降附于他身上云云，如果他们真如此聪明（作品成果在在证实他们是），但做着这么谁都晓得并不很聪明的事（其智可及、其愚不可及吗？）还往往一辈子不改不悔，那就有趣了。

　　汉娜·阿伦特这个质疑人死后声誉的了不起女子，当然也是个了不起的、骂名不去、毁誉集于一身的一辈子书写者，她在书写的末端年岁也一贯地这么讲自己："每一次你书写了什么东西把它散播到世界里，它就成了公共的东西了。每个人显然都可以任意处置它，的确也应该如此。我没什么要抗议的。不管你自己的思考遭受什么样的待遇，你都不该插手，你应该试着从别人如何对待它而得到一些启发。"

本来就不倚赖声誉报偿的书写

对于未来，人相信什么这多少包含着选择，未来没发生无从证实也可以抵赖，这给予了我们相当的选择余地，而人类一代代、一个一个人的反复不同猜想和期望，也已构成一大张清单提供我们挑拣，勇敢些或虚无些、开朗些或悲苦些、不可测个人些或生物性集体些，等等。福克纳领诺贝尔奖时不带任何理由（也有点扞格于他的小说内容）说的是，他拒绝相信末日，他也不信人的声音哪天会孤寂空洞，如同只是某种无人海岸的潮水声音，他选择相信人类所做到的这一切不仅有意义，而且有着源源不断的现实作用，用他的话来说是"人必将获胜"；列维-斯特劳斯则不抗拒科学基本认知地说，人会死，宇宙会有终结，到那一天，我们所有的东西都不会留下来（当然包括声誉、尤其是声誉），人必须而且敢于正视这个，并且在这样的意识底下继续生活工作。

福克纳的断言比较好懂，也不能多说些什么，除了讲但愿如此。列维-斯特劳斯的比较麻烦难受却有趣，但把这快快想成是李太白式的行乐及时、所以只有当下是真的云云，那是最糟糕（不管糟糕的是脑子还是心性）的一种听话方式。列维－斯特劳斯是不懈的工作者，他的神话学恢宏建构可半点也不当下不享乐，或正确地说，绝对不是你们说的那种"当下"和"享乐"，而且，他讲这番话正是回应人们对他大半生人类学华美成就的赞誉和好奇。然而我们说，列维－斯特劳斯确实以如此踏实但奇妙的时间意识让一切回归到当下，回转到人此时此刻的工作位置上，借着未来的截断和自此归于虚无，让时间有了尽头，个人时间有限，就连薪尽火传的人类全体时间都是有限的，人不用胡思乱想，种种只会紊乱人心思和工作的东西皆该放下；如此，未来仿佛成了当下，但不是取消、限缩回薄薄的一层，而是把当下延伸、推远到那一时间消失点，一种有奇妙厚度的当下；人失去了永恒，却掌握住更多时间。

这样，意义、价值的确遭到一记重击，仿佛丧失了最终保证，宗教性的保证——但我们也（被逼着）可以开始想，意义、价值为什么非得不朽不灭才算成立？它们真的这么单调、这么脆弱吗？而且它们一定得这么巨大才行吗？

我自己一直比较喜欢格林于此的想法，小说家总是抓得住更具体实在的东西。《一个烧毁的麻风病例》（大陆译为《一个自行发完病毒的病例》）·书里，柯林医生对丧失了生命意义感、亡魂也似飘到刚果丛林来的世界级大建筑师奎里（正是个看透了、恶心于声名的人）讲，你找错地方了，也许你把要找的东西想成太大、太亮了。

我以为，列维－斯特劳斯讲出了一个工作者的时间感（相较起来，福克纳站在诺贝尔奖舞台顶端，像是代表"人类"发言，有点虚张声势，至少有些配合着此一身份期待的成分）。对一个日复一日的工作者而言，未来不是也无法只是一个空洞的、可任意装填内容的词，依循着工作的进行，未来毋宁较像是"接下来会发生的事"，是人此时此刻的延续、实现及其变化。

书写是一个工作，不是胡思乱想，人当然会忍不住时时胡思乱想，可一旦进入到书写，便只能够留下确确实实的部分，可转为确确实实的思维、真正能想得下去的部分。因此，"未来"很难是书写的真正目标，我们人不站在那里，缺乏书写绝不可少的稠密度。不同作品内容里程度不等的未来成分，我这么想，之所以必要、必有，只因为当下是进行中的，每一个你此时此刻看着的、想着的东西通常是未完成的，都还不是它已静止、完整的模样，就像《易经》在第六十三卦的既济（已完成）之后以第六十四卦的未济（仍未完成）终结（孔子因此断言，《易经》作者必定是个经历着忧患、持续想事情的人）。人想要较完整地说清楚任一个当下都得加进一定长度的未来，书写者甚至得提前"偷渡"进未来，站到未来的某一个点来回看当下，为着描述它、说明它，以及能够的话，证实它或有效地驳斥它。

我们也不难自己归结出来，未来成分增多，往往等比例地意味着书写者对当下某事某现状的反对和试图纠正，乃至于是赌气了，所谓藏诸名山等候风雨，大家走着瞧吧，看是谁对。

我要说的正是，书写的真正核心关怀一定是当下，只能是当下，一种不截断它时间来历和它未来去向因此才可解的当下，一种其然也包含着其所以然的有厚度当下；人的当下，而不是生物意义的当下——说到底，人真正能想的、写的也只有这个，这是人仅有的工作位置。

当然，我们是在某个层面以上讲这些话，我们说的只限于那些够好、够认真的书写者——汉娜·阿伦特常说人是完全不可测的，这是她最终仍能够开朗面向着人类未来的真正理由；但更多时候，我以为最不可测的不是人的明智而是人的愚蠢。人即便最华丽看似不可思议的想象力（比方达·芬奇、费里尼这两个相隔几世纪的意大利人）都是有所本也有线索的，但人愚蠢起来可以跟任何可依循的因果逻辑完全脱钩，可以好像不知道伸手到火里会烫伤会痛不欲生也似的，没来由、没征兆、没好处、没底。

声誉，作为一个大报称系统的始终不完善以及如今愈来愈不可能，这有不好的影响吗？短期来说我以为还好——除了看着难受一些、心思不免寥落一些（是的，人就算不在乎是非善恶，总该有羞耻心吧），我倒不认为这会根本动摇那些真正够好、够认真的现役书写者。说到底，我们在意的，乃至于真正用来丈量每一阶段时间书写成就的，也就是那几支顶尖之笔的成果而已。我信赖的不是他们人格心性部分，他们也和一般人一样受着各种诱引，也仍然有其生命的韧度极限；我真正信任的是这个工作和人的基本关系，这在足够长的书写日复一日时间里，必然已生成为某种绵密的、纠结盘缠的"绊"，其中有情非得已可抱怨的部分（"他妈的我当时怎么选了这条路"云云），但也的确有一堆会心的、充实的、还真难舍还真不换的东西，像是书写本身给人的回报，一种隐藏的也延迟的真正报称系统，一种难以言喻的生命归属感甚或博尔赫斯所讲的"幸福"。如果我们说现在才想改行已来不及了，这是玩笑话或者嘲笑，可也一定程度是正经的、严肃的，这里没侥幸的余地，你心知肚明换一条路从头来过绝对来不及走到这里、这种程度，认真想下去，你不会想换的，你舍不得。

事实上，短期之内我们甚至可预期有着"反弹"，书写者感觉有事发生甚至感觉有危险、被侵犯——人类世界诸多动人的、勇敢的、平稳日子里不容易发生的作品正是这么写出来的。族繁不及备载，像海明威在他生命里第一个声誉谷底生气地写出《老人与海》，几乎是一挥而成宛如神助；我近日里听到的是台湾小说家林俊颖，他的生气则比较是义愤（一个消失中的好东西），以至于这个名利之心一直极淡漠不争的书写者决定提前开笔，有某个异乎寻常的驱动力量，写起来也远比他预期的要快要顺手，这部名为《猛暑》的新小说，我非常非常期待。

惟长期呢？长期来说的确会有不好的影响，在书写本身还没足够时间"抓住"新书写者的情况下，华歆多管宁少，书写现实图像应该会缓缓变异成这样子——在当前财富以权势和声誉为羽翼所统治的世界里，我们总会一直注意到像好莱坞、像日本动漫界通俗小说界有着微光状闪闪发亮的很厉害东西，众里藏它不住消灭不了，我以为我完全知道这从何而来。我相信，这是那些原来可以成为一流书写者创作者的人做出来的，只是他们提前走上了人多那条路。

就像 NBA 篮球那些天赋异禀的顶尖球员，换一种人生，他们在赚钱较少的赛跑、跳高跳远、三铁乃至于其他种球类竞技，原来也可以是最好的。

最终，书写者该过什么样的日子？

本来，接下来该进一步谈的是书写的公共性，好较周全回答书写的内在驱动之力此一询问，在声誉召唤力日渐可疑并只会再微弱下去的现实情况下。但我试了一下决定算了（废去了五张成稿）——我猜想，那些够好的书写者不会乐意我这么说话，这总是太像为书写一事"请命"了。好的书写者总多出来一些硬颈的成分，他受不了这个乃至感觉反胃，"拜托你们让我也尽点力、让我有机会为大家服务"云云，这是只有候选人才说得出口的奇妙话语。世与我而相违，我相信书写者宁可说书写是单纯的个人之事，这一切只是个人的选择和坚持，完毕。

书写最根柢处当然是公共的，书是公共的形式，语言文字也都是公共意义的——如果这个世界真的完全丧失此一可能，书写者最终仍有一个拒绝再说再写的选项，如相传当年骑着牛潇洒出关、完全回归成他一人的智者老子。

所以，我们转为具体地来想这个小问题，时不时有人提起来的——

书写者该过什么样的日子才对？好一些、还是糟糕一些？

如今收在《番石榴飘香》这本很好看的种种书写真相揭示之书里头——加西亚·马尔克斯讲他对书写环境的寻求和依赖，很多更像只是个人的习惯和怪癖，如梭罗讲的，换一个人不仅没必要，可能连听都没听过。当时，加西亚·马尔克斯"回到"他墨西哥的住家，他说他要求屋内的温度得暖一些（不是容易昏昏欲睡吗？没有那种清操厉冰雪的抖擞之感？），也讲他对电动打字机的无法替代依赖、他近乎浪费的纸张消耗量；甚至，他发现自己对番石榴花香气的奇妙需要，他怎么也写不顺手的这部小说，始终呼之欲出就是少了一个非常非常重要的东西，原来就是空气里的番石榴花飘香……

少来了，我们太知道他的生平了，他是一个最没办法躲到他作品后头的书写者，他的声誉神迹般来得又急又大——在《百年孤独》取得巨大当下声誉和财富报偿之前的长段书写生涯里，我们完全清楚比方他靠四下推销百科全书乃至于人们善意接待的那段潦倒不成日子，当时他如何要求这些？哪里能坚持哪个哪个是绝不能少的？就写吧，像福克纳说过的，最终书写就是一支笔和一些纸，至于福克纳同时也说的香烟和一点点酒，他自己都晓得那是他偷加进去的。

我也知道晚年宛如世界公民或文学共和国公民的纳博科夫用以书写的瑞士旅馆细节种种（相对地，他不大提自己的流亡岁月，纳博科夫正是最硬颈的书写者，不是那种满嘴怨言、成天怪罪异国世界对他不公的哭兮兮之人），纳博科夫也讲，这家以及这一带旅馆正是当年托尔斯泰等一干旧俄贵族书写者的寓居之地，他们有机会就溜出冰封的俄罗斯，这里有较温暖也较多一点自由的空气。

有些人更有这样的文学好奇习惯，会一地一地地寻访这些了不起书写者的昔日故居，如狄更斯、如谷崎润一郎等等，好像有些书写的奥秘以及作品的线索收藏在这里，也确实多多少少真的如此——书写的实际环境高高低低、幸与不幸不一。但大体上我们仍可以归结出来：一、早年一个成功写出来（没成功之前就不确定了）的书写者，所过的日子的确好一些乃至于好不少，相对于彼时人们的一般生活水平，这不啰唆直接显示，普世地来说，书写者的现实社会地位和经济力是在往下调降中没错；二、老实说，作品的成就，完全看不出来和其生活高下好坏有什么联系。

书写者跟一般人一样，渴望也有权要求过更好的生活，以至于从他们自己的发言里，我们并不容易分离出来，哪些是书写的、哪些其实是一般生活的；还有，年龄也是另一个变动要素，如《礼记》时代就知道的，人在不同年纪对生命条件有不一样的需求及其承受力，寻常的四季流转气温变化，年轻时可不当回事还觉得好玩，到一定年岁就晓得那是生命持续存活的一次又一次考验，身体里某处、某个东西可能应声断掉。

安适的书写环境让书写稳定、专注、心不旁骛，可以的话应该这样，但有趣的是，书写一事就是没这么简单，尤其是文学书写——太过安适乃至于高出于当代人一大截的生活方式，对一个数学家、物理学家也许是纯粹的好事，但对一个文学书写者我们便不得不去留意其局限，这也正是普希金、托尔斯泰等人的惊觉。普希金看到了写乌克兰民间生活的果戈理，托尔斯泰看到了贫穷还身背上一代债务的契诃夫，他们写出了普希金、托尔斯泰完全写不来的东西，当然不是文学书写技艺，而是他们所在、所生活并了若指掌的那个更大世界。

这是文学书写的基本事实，文学史的 ABC，书写者的社会位置往下调降，最终彻底离开宫廷取得（或被迫成为）独立身份散落于一般社会之中，书写的范畴却也因此亦步亦趋地不断扩大，及于一般人，及于边缘人，及于那一个又一个被忽视、被遗弃、被欺负被侮辱的人；书写者生活于哪里，那一个世界才打开来、进入到我们眼中。

从另一面看，冷血一点，这样的玩笑话因此也是对的——书写者过得太好，文学可能就不太好了；书写者有办法，文学书写就没办法了。

我自己相信，真正的关键、接近于唯一的需求，正在于书写的专注、心不旁骛，这的确是个需要极高纯度专注、且长时间持续专注的困难幽微工作，以至于人很难同时真正追逐另外一个目标（当然，应付一般生活可以不是问题，书写者可别拿这个做张做致起来），像马克斯·韦伯劝诫我们的那样，你得认准这个生命中唯一的魔神，并专心侍奉祂一个。因此，书写者有限度的境遇好坏宁可只是命运问题，基本上取决于他活在哪个时代、哪种社会，乃至于个别地来说，被抛掷在哪一家庭，他所剩余为数已不多的心力智力（倒还不见得是时间），通常不足以改变此一命运的基本设定，也不用于改变它（真觉得好生活名流生活重要，就换个工作换个神吧）。所以，这不是背反决裂，而是人合理的、沉静的一种自我价值排序，是人可以做的选择：我要写得更好，这先于我想生活得更好。

我们说过这个，人可见未来的经济麻烦仍发生在生存线之上而非之下，在这样一个后文学后书写的年代，声誉无能且不断变质，书写领域的下滑速度也一定快过、大过平均值。我建议，以书写为志业的人可以自己稍微想一下整理一下，从心志到实际生活到和世界的关系设定，认真、严谨、朝向远方的书写仍是做得到的——真正到了完全不行的那一天，我们再一起来谈（或大声厉声疾呼）书写的公共意义和公共价值，谈书写对世界、对社会、对每个人的未来何等重要不可或缺，谈书写理当索取的报偿该得到社会多少物质支援财富支援等等。

在这之前，我们仍然沉静、专心地、好好地写吧。

亚洲，尤其东亚这几个倾向于单一价值选择（比方相对于西欧）、较典型经济人式的社会，缺少蛛丝网般复杂多样价值信念的缠绕黏着拦阻，其相对下滑程度最为剧烈，这是我们当下的处境，台湾地区如此，日本也如此，这应该想成是全球较极端的特例呢？还是应该想成整个世界的领先指标？于此，中国大陆的现况是个例外，截至目前为止，中国大陆的书写者极可能就是全世界物质待遇最好的，记忆里，台湾地区半世纪以来从未曾有过如此光景，日本有过，差不多到三岛由纪夫为止，那是书写者的华美年代，稍微像回事的作家都过着人上人的生活。

二〇一三年冬天，我因《尽头》一书的出版去了趟北京，有一场和大陆的八〇后年轻作家的谈话。我不认为中国大陆的如此书写好景会久留，我更相信这十三亿五的大书籍市场正走向 M 型化，快速地往通俗倾斜，这是结构性的，是全球资本主义的统治逻辑。我由此担心这批年轻书写者恰好处于一种较困难、较尴尬的转换时刻，他们容易残留着过度美好的记忆和期待如失乐园，让自己只不断感觉失意、沮丧、难以轻快地进入到一步步沉重起来的现实（得想办法让自己从身体到心智都轻快起来才行，如卡尔维诺以穿着飞鞋的珀尔修斯为例，这正是他的第一个叮咛）。我活过比他们长的时间，留意过一个个社会参差迂回但终归趋同的此一现实进展，以为有必要提醒他们一些事——我选了一个听起来不会舒服的题目，大致是"中国大陆当前书写的三个奢侈"：书写题材的奢侈，书写者声誉的奢侈（包括国内和国外），还有当然是书写物质报酬的奢侈。奢侈，意思是多于、高于"正常"，也就是不容易久留、可一直这样的东西，奢侈的最无可逃遁的危险正是成为一个习惯；这本来是好运，乃至于礼物，但一不小心就会转成陷阱、转为诅咒。

大概因此遭天谴了吧，当天下午谈话才结束，我就因胃出血送医，花了两整天考察了北京的医疗现状，并很不礼貌地取消了南下广州深圳的原行程，直到现在，我还不知道广州深圳真长什么样子。

现在是二〇一六年二月一日早晨，刚刚发生最有趣的事情是，台北市几天前下了雪，还有就是日本央行破天荒宣布"负利率"，比零更进一步，往后各银行得付日本央行货币保管费了，如同回到银行历史的最从前。当然，这仍是为着把货币赶出来，让日本钱淹脚目，再重重一次刺激消费。所谓"不完整复苏"的说法并不准确，还有点逃避事实真相的味道，真正的问题是，有效需求结构性的、长期性的不足。

来读博尔赫斯的这首诗，诗的名字就叫《诗两首》，其实是同一物的正反两面，没读错的话，说的应该就是诗人、书写者，乃至于博尔赫斯他自己，他带给这个世界的礼物和骚扰，他的欣喜和负咎，他的坚持和犹豫，他的昼和夜——

正面

你在睡着。这会儿醒了。

明灿的清晨带来初始的憧憬。

你早已忘却了维吉尔。那儿就是他的诗歌作品。

我为你带来了许多东西。

希腊人的四大根基：土、水、火、气。

一个女人的名字。

月亮的亲和。

地图的淡雅色泽。

具有陶冶净化功能的忘却。

挑挑拣拣并再次发现的记忆。

让我们觉得自己不会死去的习惯。

标记捉摸不到的时光的表盘和时针。

檀香的芬芳。

被我们不无虚荣称之为形而上学的疑虑。

你的手期望抓取的手杖柄。

葡萄和蜂蜜的滋味。

反面

想起一个睡着的人

是一件普通而常见

却又让人内心震颤的事情。

想起一个睡着的人

就是将自己没有晨昏的

光阴世界的无边囚禁

强加给别人，

就是向其表明

自己是囿于一个将其公之于世的名字、

囿于往昔累积的人或物，

就是骚扰他的永恒，

就是让他承受世纪和星辰的重负。

就是为岁月再造

一个往事难忘的乞丐，

就是亵渎忘川的清流。

我这一趟关于声誉（以及财富和权势）的简单思索，先暂停在这里。